El fotógrafo de Auschwitz

Novela

Luca Crippa
Maurizio Onnis
El fotógrafo de Auschwitz

Traducción de Clara Ferri

ESPASA

Título original: *Il fotografo di Auschwitz*

Espasa es un sello editorial de Editorial Planeta, S. A.
Avda. Diagonal, 662-664, 08034 Barcelona (España)
www.espasa.com
www.planetadelibros.com

Adaptación de la cubierta: Booket / Área Editorial Grupo Planeta
Fotografía de la cubierta: © Auschwitz-Birkenau State Museum in Oświęcim
Imágenes de la cubierta: © Simbert Brause
Primera edición en Colección Booket: marzo de 2025

Depósito legal: B. 3.653-2025
ISBN: 978-84-670-7638-7
Impresión y encuadernación: CPI Black Print
Printed in Spain - Impreso en España

Luca Crippa es consultor editorial y ha escrito varias novelas, ensayos y docuficción. Mano a mano con Maurizio Onnis, ha publicado con éxito *El fotógrafo de Auschwitz* y *La niña de Kiev* en la editorial italiana Piemme, ambas basadas en hechos reales y ambientadas en la Segunda Guerra Mundial.

Maurizio Onnis es autor de novelas históricas y guiones cinematográficos. Tras estudiar Antropología e Historia de las Religiones y de las Culturas, realizó diversos viajes por el mundo.

Prólogo

Una tarde en el Servicio de Identificación

Wilhelm Brasse encendió la ampliadora y un intenso haz de luz blanca se proyectó en la hoja de papel fotográfico. Franek, uno de sus compañeros, había revelado el negativo esa misma mañana, y él ni siquiera le había echado un vistazo. Franek era un buen técnico de laboratorio, y Brasse estaba seguro de que el negativo tendría el contraste y el grado de revelado adecuados. También conocía a la perfección la ampliadora —después de tanto trabajar con ella sabía cómo funcionaba— y decidió que para el positivado, con un negativo de densidad media, bastaría con que estuviera expuesto durante doce segundos. Después de exactamente ese tiempo, apagó la luz blanca y la habitación volvió a la penumbra de la luz roja de seguridad.

Su jefe, el *Oberscharführer* de las SS Bernhard Walter, le había pedido copias de gran tamaño. Por eso Brasse había puesto en la superficie de la ampliadora una hoja de treinta por cuarenta centímetros. Y cuando la hoja ya se había impregnado de la imagen proyectada por el negativo, pero todavía resultaba inmaterial, todavía invisible, la cogió y la sumergió en la bandeja del revelador. Esperó con impaciencia, como siempre en esa fase del trabajo, y muy lentamente la imagen tomó forma: era un rostro, no cabía duda.

Primero apareció el contorno de los ojos y algunos mechones más gruesos de cabello; luego, los rasgos de la cara y el cuello. Era una mujer, morena y joven, con un pañuelo de colores en la cabeza. Cuando las pupilas se tiñeron de negro, Brasse sacó la hoja del revelador, la enjuagó con rapidez y la metió en la bandeja del fijador, con medio minuto sería suficiente. Ni siquiera miró el cronómetro, que estaba en el estante más cercano. El tiempo que le llevaba ese trabajo le corría por dentro de manera natural y desde hacía mucho ya no necesitaba instrumentos para medirlo. Por fin sacó la hoja del fijador, la lavó una vez más con cuidado, para evitar que la película se volviera amarillenta, y la colgó de un hilo de ropa para que se secara. Le había pedido a Walter una secadora, pero a su jefe le costaba un gran esfuerzo lograr que Berlín le mandara nuevos equipos. Y plantearse buscarlos en Varsovia era inútil; los alemanes habían saqueado la capital polaca y no quedaba nada en ella que pudiera serle de utilidad.

Solo después de haber colgado la película, Brasse encendió la luz del cuarto oscuro. Y allí, de pie, frente al hilo para la ropa, observó la imagen. Se sintió satisfecho, la película estaba perfectamente revelada y contrastada. Sin embargo, pronto la satisfacción fue sustituida por la turbación. Los ojos de la mujer lo miraban con una expresión terrible.

Dio un paso hacia atrás, inquieto, para ver mejor.

No habría podido decir cuál era su origen; el retrato era un primer plano y no permitía deducir nada de la vestimenta o de otros detalles. Era un rostro parecido al de los otros miles de rostros que él mismo había retratado allí, en el Servicio de Identificación del campo. Podía ser una judía de cualquier nacionalidad, o una francesa, o una eslovaca, incluso una gitana, aunque sus rasgos no eran precisamente los característicos de las mujeres nómadas que había encontrado en Auschwitz. O podía ser una alemana castigada por haber hecho algo que no había sido del agrado de los nazis.

No lo sabía.

La foto la había tomado Walter, que no solía perder el tiempo en darle explicaciones. Él, Brasse, nunca salía al exterior a fotografiar. Tenía una autorización para ello, pero no quería hacerlo. Salvo que se lo ordenaran, prefería quedarse en el estudio, caliente y cerrado. En cambio, al oficial le gustaba fotografiar a la luz del sol y rodar breves filmaciones. Luego lo llevaba todo al estudio para que lo revelaran y sacaran copias.

El *Oberscharführer* estimaba y respetaba al retratista. Nunca olvidaba recordarle que él era un SS y Brasse un prisionero, un cero a la izquierda. Pero la habilidad del fotógrafo le resultaba demasiado útil y, con el tiempo, incluso se había encariñado con el deportado polaco. Charlaba con él, le pedía una opinión técnica, le daba encargos delicados.

Esa mañana entró al estudio muy temprano, antes incluso de que se formara la fila de prisioneros por identificar y registrar, y a su llegada todos se pusieron firmes. El alemán tenía en la mano un voluminoso rollo de película fotográfica —debían de ser muchos metros de película— y, por el cuidado con que lo manejaba, se hubiera dicho que contenía un tesoro.

—¿Dónde está Brasse?

—En el cuarto oscuro —le contestó Tadek Brodka, mientras preparaba el equipo para el trabajo de la mañana.

El SS atravesó la habitación a paso rápido y llamó a la puerta del laboratorio. No quería irrumpir mientras estaba encendida la luz roja, habría echado a perder el trabajo de su protegido. Y entró solo cuando lo invitó a hacerlo.

—Buenos días, herr Brasse. ¿Qué tal le va hoy?

El fotógrafo le sonrió.

—Bien, como siempre, herr *Oberscharführer*. ¿En qué puedo servirle?

Walter levantó la mano, le mostró el rollo y lo puso en una mesa.

—Aquí hay un nuevo trabajo para usted. ¿Cuándo cree que podría revelarlo y positivarlo?

Brasse observó la bobina.

—Empezaré hoy mismo, cuando terminemos los registros. ¿Puedo preguntarle de qué se trata?

Walter se encogió de hombros.

—Son tomas que hice ayer alrededor del campo. Así, a la buena de Dios. Pero me interesan mucho, y también a mis jefes. ¿Entiende lo que quiero decir?

El fotógrafo lo entendió perfectamente. Esas imágenes no estaban destinadas al álbum personal de recuerdos de las SS, sino que serían revisadas por los más altos oficiales del campo. Debía trabajar en ellas con absoluta dedicación.

—No se preocupe. Tendrá unas copias óptimas.

Tras esa breve conversación, Walter se fue y Brasse retomó sus labores habituales. Dedicó la tarde a revelar el rollo y sus pronósticos se hicieron realidad. Las copias salieron en verdad perfectas, incluso se permitió cortar algunos encuadres para mejorar las mediocres tomas del alemán. Y ahora estaba allí, observando el rostro de aquella mujer, dejando que sus ojos lo miraran fijamente.

Esos ojos lloraban sin lágrimas.

Las pupilas negras y profundas estaban llenas de terror y desesperación.

Los párpados permanecían completamente abiertos, la mirada desorbitada.

Una arruga de los labios delataba cuánto miedo sentía la mujer. Había visto algo, quizá un cadáver, quizá un sepulturero que amontonaba los cuerpos.

Brasse entendió enseguida dónde se encontraba y cuándo le habían sacado aquella fotografía.

La cámara de gas. La mujer estaba en la entrada de la cámara de gas. Quizá había visto abrirse las puertas blindadas, quizá las había visto cerrarse y había vislumbrado lo que había dentro. Mientras limpiaban tras la carga anterior.

Y en sus ojos se reflejaba todo eso, miedo y desconcierto, junto con la tremenda conciencia de que su vida estaba a punto de acabar. Que ella sería la siguiente.

Brasse se estremeció.

Ya había visto morir a muchos en el campo, pero nunca antes se había topado con unos ojos como los de la mujer de la fotografía, los ojos de quien ahora está vivo y dentro de un minuto estará muerto. Los ojos de quien ve abrirse las puertas del infierno. Los ojos del último segundo en que el corazón late. El último paso antes de que baje el telón.

Se alejó con rapidez, corrió a apagar la luz y el cuarto oscuro cayó otra vez en una penumbra rojiza. Las ventanas estaban cerradas y él se sintió seguro.

Mientras estuviera allí dentro, no podía ocurrirle nada.

Poco a poco se calmó y retomó el trabajo del día: había que registrar a los prisioneros en el Servicio de Identificación. Y no quería retrasarse.

Primera parte

Auschwitz 1941: esconderse para sobrevivir

1

—¡Así, no te muevas! Bien... ¡No levantes demasiado el mentón! ¡No te muevas! ¡Listo!

El obturador disparó y la imagen del prisionero fue capturada en el gran negativo de seis por doce centímetros. Luego Brasse se acercó a la silla. El prisionero se hizo instintivamente para atrás, como si temiera que lo fuera a golpear, pero él lo tranquilizó.

—No te asustes. Solo quiero arreglar un detalle.

Y le ajustó el cuello de la chaqueta del uniforme, uno de los botones estaba medio abierto.

Cuando retrocedió, miró de nuevo en el visor.

—Quítate el sombrero y mira directamente hacia el objetivo. No parpadees, no sonrías. No hagas muecas, por favor. ¿Por qué esa cara?

El prisionero no lograba estarse quieto, ni siquiera durante los pocos segundos necesarios para ser retratado. Era un polaco y contestó a la pregunta de Brasse en su lengua madre.

—Me duele la espalda. Mucho.

También el *Kapo* que lo había llevado allí era un polaco. Se acercó a la silla giratoria y le asestó una bofetada.

—Ponte derecho y haz lo que te dice el señor fotógrafo. ¡Aquí solo tienes que obedecer!

Brasse le lanzó una mirada de reproche al *Kapo*. Nunca lo había visto antes y no sabía de qué bloque provenía, pero no le tenía miedo. Allí era él quien mandaba, sobre todo cuando había que tratar con los «clientes», y no quería que los prisioneros fueran maltratados.

—¡*Kapo*, no vuelvas a golpearlo! ¡No en mi estudio! ¿Me has entendido?

El hombre masculló una maldición y volvió a apoyarse en la pared.

—De acuerdo, ya me las veré después con esta rata asquerosa.

Brasse le repitió al prisionero que no se moviera y el hombre por fin miró fijamente al objetivo, la frente sin fruncir, los ojos muy abiertos, el cuello tenso por el esfuerzo de mantener la pose; el fotógrafo disparó.

Cuando volvió a levantar la mirada, el prisionero estaba en la misma posición en la que lo había visto a través del visor, inmóvil, perdido en sus pensamientos. Le había costado tanto concentrarse en posar, y ahora no era capaz de volver a la realidad. Brasse lo observó. Sus ojos, siempre desorbitados, parecían grandes, inmensos en aquel rostro demacrado; y brillantes, tan brillantes —en el momento en que se había olvidado de por qué estaba allí— como para conferir esplendor al resto de la cara y a toda su persona. Como si al fondo de esos ojos aún hubiera una llama tenaz y decidida a no apagarse.

Fue él quien lo sacó del hechizo.

Estiró el brazo y tiró de una palanca que se encontraba a uno de los lados del banco fotográfico. De inmediato la silla del prisionero giró noventa grados, permitiéndole encuadrarlo de perfil. Pero cuando miró a través del visor reparó en que el hombre, de pronto despabilado por el giro, estaba demasiado arriba. Otra palanca le permitió bajar un poco la silla y, finalmente, la nuca del deportado se halló a la altura correcta.

—No te vuelvas a poner el sombrero y observa el muro frente a ti...

El hombre obedeció y el fotógrafo pudo hacer la última toma.

Con esa fotografía, el trabajo había acabado.

—Bien, ya te puedes ir...

—¡Adelante, camina! —le gritó el *Kapo*, y el hombre se levantó, con la mirada decepcionada, deseoso de saborear un poco más el descanso que le había concedido la sesión fotográfica.

No quería volver fuera, al frío. Quería seguir allí dentro, donde hacía un calor muy agradable. Pero no pudo. Otro prisionero debía tomar su lugar y la fila ya se hacinaba fuera de la habitación. Brasse echó un vistazo al otro lado y vio al menos unos veinte individuos. Estaban de pie, no hablaban, miraban sin moverse delante de ellos. No se atrevían a infringir la regla que les imponía silencio absoluto. Y cuando uno, tal vez el tercero de la fila, se atrevió a sorberse los mocos, el *Kapo* estalló.

—¡Bastardo! ¡Animal asqueroso! ¡Escoria judía!

Empezó a propinarle puñetazos y patadas, primero en el cuerpo y luego en la cabeza, mientras el otro se doblaba en el suelo en absoluto silencio y trataba de protegerse la cabeza con brazos y manos. No pudo evitar que se le escapara un gemido en voz baja, casi en un susurro, pero fue suficiente para que el *Kapo* perdiera aún más los estribos, mientras los demás se apartaban aterrorizados. Había que detenerlo, si no, lo mataría.

—¡Lo quiero a él, ahora!

Brasse señaló al deportado y el *Kapo* tuvo que detenerse. Jadeaba y estaba lleno de rabia.

—¿Por qué justo él? No es su turno...

El fotógrafo tomó al *Kapo* de un brazo y lo apartó un par de metros del grupo. Le habló con tono amable pero inamovible; no quería enemistarse con él. Y dejó pasar a través de las palabras una leve amenaza.

—¿Acaso no recibiste la orden de traer aquí a los hombres de tu *Kommando* para fotografiarlos?

—Así es.

—Y ¿sobre quién va a recaer la responsabilidad si no tomamos las fotos?

El *Kapo* lo miró fijamente un momento, apretando los puños. Se veía que se moría de ganas de golpearlo a él también; al fin y al cabo, el fotógrafo era un simple deportado, un piojo. Luego se contuvo y gruñó:

—¿Qué quieres decir?

Brasse trató de ser aún más amable.

—Me dieron la orden de fotografiar solo a prisioneros en buen estado. Las tomas deben ser limpias. No quiero caras golpeadas, ojos morados, huesos quebrados. No quiero prisioneros sufriendo. A mi jefe ese tipo de cosas no le gustan. ¿Está claro?

El *Kapo* apretó los labios. Había entendido, estaba claro. Incluso trató de relajar el rostro con una sonrisa.

—No le vas a contar a tu jefe este pequeño accidente, ¿verdad?

Brasse negó con la cabeza, tranquilizándolo.

—Yo no diré nada. Pero ahora fotografiemos a ese hombre antes de que en su rostro aparezcan los moratones. ¿A qué *Kommando* pertenecen?

—Estamos en los garajes del campo. Y estos animales se lo toman con calma. Se están acostumbrando bien, tienen demasiadas comodidades.

Resopló, como si pensara que él era el único capaz de restablecer la disciplina en Auschwitz, y, con un bramido, ordenó al prisionero que entrara en el estudio y se sentara en la silla giratoria.

Primera toma de tres cuartos, con el gorro en la cabeza.

Segunda toma de frente, sin gorro.

Tercera toma de perfil, también sin gorro.

Después de cada retrato, mientras Brasse se encargaba del encuadre, Tadek Brodka sacaba de la Zeiss el pesado casete que contenía el negativo y lo cambiaba por otro. Finalmente, Stanisław Trałka acercaba el letrero de identificación al prisionero para que apareciera en la tercera imagen; él era quien componía esos letreros, en los que se indicaba de dónde era originario el deportado, cuál era su número de identificación y por qué se encontraba en Auschwitz. Así fue como Brasse se enteró de que el deportado a quien el *Kapo* había golpeado era Pol S., un preso político proveniente de Eslovenia, y que su número de identificación era 9835. Calculó que había llegado al campo de concentración unos meses después de él.

Cuando terminó y con un movimiento de la cabeza le dio a entender que podía irse, captó en sus ojos un mudo agradecimiento. El prisionero sabía que Brasse lo había salvado de un castigo aún más duro, pero el fotógrafo agachó la cabeza y no le devolvió la mirada. Al intervenir había querido ahorrarle golpes aún peores y sabía muy bien que, de haberlo mandado a su barracón sin retratarlo, habría quedado un hueco en los registros que quizá nunca se hubiera podido rellenar: noventa de cada cien veces los prisioneros no regresaban a una nueva sesión. Los mataban en el ínterin.

Sin embargo, pensaba también en sí mismo. Nadie sabía qué pasaba por la cabeza de los alemanes y no se habría sorprendido si le hubieran echado la culpa a él por las fotos no tomadas. Quería que todo saliera bien.

Mientras el *Kapo* de los garajes empujaba hacia la silla giratoria al siguiente deportado, Brasse levantó la mirada hacia el reloj de cucú con el que los alemanes habían adornado el estudio. Advirtió que casi era mediodía, dentro de poco el pajarito saldría de su puerta para cantar. Aquel sonido lo irritaba, porque siempre lo distraía cuando estaba concentrado, pero no se atrevía a pedir que le quitaran el cucú. A Bernhard Walter le parecía divertido, y eso bastaba. Pasó otro minuto, el pajarito cantó, él sintió una fuerte punzada en el estómago provocada por el hambre y regresó al objetivo. En ese momento entró Franz Maltz, el *Kapo* del estudio fotográfico. Brasse lo saludó con extrema cortesía.

—Bienvenido otra vez, *Kapo*. ¿Hace buen tiempo esta mañana?

Maltz se sacudió, para quitarse de encima la escarcha, y se acercó a la estufa, cubriéndola con su gran trasero.

—Piensa en tu trabajo, polaco, y no te preocupes por mí.

Brasse no contestó y bajó la vista para mirar por el visor de la Zeiss.

Nadie sabía dónde pasaba el *Kapo* la mayor parte de su tiempo. Claro que no entendía nada de fotografía y como mucho podía hacer alguna copia en el cuarto oscuro. El motivo por el que lo habían nombrado *Kapo* del Servicio de Identificación era un misterio, pero nadie se atrevía a preguntarle al respecto. Era su superior directo, así que no había nada más que añadir. Y Brasse ya se había acostumbrado a oírlo jadear detrás de sí, pegado a la estufa, mientras él se ocupaba de los encuadres.

Ahora era un joven quien estaba sentado en la silla. No debía de tener más de dieciocho años y, al observarlo a través del visor, Brasse sintió que el corazón le daba un vuelco. Llevaba en el pecho el triángulo amarillo, encima del cual estaba zurcido el triángulo rojo, formando la estrella de David: era judío y seguro que no viviría por mucho tiempo. Pero no era eso lo que hizo que el fotógrafo se compadeciese de él. Fue su mirada lo que le impactó. El muchacho tenía unos ojos claros, limpios, los ojos confiados de quien acaba de salir de la pubertad. Las pestañas largas, casi femeninas, y las pecas le conferían un aspecto amable. No tenía nada de vello en las mejillas ni en el mentón. Brasse estaba seguro de que de sus labios jamás había salido un insulto. Moriría invocando a su madre y mirando fijamente a sus verdugos, asombrado, sin entender por qué lo mataban. No le quedaban más que un par de semanas de vida. Trabajo, frío, hambre y golpes, solo era cuestión de tiempo.

Tan pronto como hizo la tercera toma, la de perfil, oyó a Maltz gritar: «*Weg!*». En alemán era la orden de largarse, de esfumarse.

El joven provenía de Francia y seguro que no entendía el alemán, pero comprendió el tono de esa orden apresurada y trató de levantarse de la silla giratoria lo más deprisa posible.

No fue suficiente.

Aún no había puesto los pies en el suelo cuando el *Kapo*, con un movimiento repentino, empujó la palanca que había a un lado del banco fotográfico y la silla giró hasta volver rápidamente a la posición frontal. Como si fuera un muñeco dotado con un muelle, el joven saltó y fue catapultado al suelo, golpeándose la cara contra el borde de la plataforma que sostenía la Zeiss.

Por un momento se quedó inmóvil en el suelo y Brasse sintió el impulso de ayudarlo. Pero tal cosa no le estaba permitida, se metería en un lío. Entonces, mientras Maltz se reía como loco, el judío se levantó solo, con un gran esfuerzo. Cuando estuvo de pie, escupió un diente y su *Kapo*, también entre risas, lo empujó hacia fuera. Nunca había visto ese jueguecito y se divertía mucho.

—¡Qué divertido! ¿Lo hacemos otra vez?

Maltz, que de tanto reír se le doblaban las rodillas, contestó con dificultad:

—¿Has visto qué cara ha puesto? ¡Me muero de la risa! Se quedan tan sorprendidos... Oh, Dios, qué cara tenía. Se quedan muy sorprendidos. ¡Sí, hagámoslo otra vez!

Así que la silla giratoria tiró al suelo a otros tres prisioneros.

Uno de ellos, un anciano, se rompió un brazo. Gritaba en el suelo de dolor y de miedo. De dolor porque su brazo se había doblado de manera antinatural y el hueso casi sobresalía de la carne. Y de miedo porque comprendió que ese incidente marcaba su fin. Se leía en su cara que lo entendía. Del estudio fotográfico pasaría directamente al hospital y de allí al crematorio. Nadie tenía interés en curar y alimentar a un anciano. Cuanto antes lo quitaran de en medio, mejor para todos. Y toda la escena —el brazo destrozado, el miedo en los ojos del viejo, el caos que se apoderó del estudio— había provocado la máxima hilaridad de los dos *Kapos*. Solo dejaron de reír después de varios minutos.

Entonces Maltz regresó a su acostumbrado ceño fruncido. Se había desahogado mucho y ya no tenía ganas de bromear. Se estiró un par de veces. Luego bostezó.

—Voy a la tienda a comprar algo de comer. ¿Queréis alguna cosa?

Y se rio socarronamente, sabiendo que Brasse y sus compañeros no tenían marcos para gastar en la tienda.

Entonces los dejó solos, lidiando con los prisioneros.

Brasse miró el cucú. Era casi la una. La punzada del hambre se hizo más fuerte, pero tenía que aguantarse.

Aún le quedaban muchas horas de trabajo por delante.

2

Todo empezó un mes antes, el 15 de febrero de 1941, el día en que lo mandaron a la Oficina Política, después del primer terrible invierno transcurrido en Auschwitz. En el camino se dio cuenta de que no estaba solo. Junto a él, otros cuatro prisioneros buscaban las barracas de las SS. Mientras caminaban con los zuecos en la nieve y los brazos cruzados en el pecho, para no dispersar el escaso calor de sus cuerpos hambrientos, se pusieron a hablar, preguntándose preocupados por qué los habían convocado justo a ellos.

—¿Tú de dónde vienes?

—De Francia. Y ¿tú?

—De Holanda.

—Yo vengo de Eslovaquia.

—No entiendo...

Solo Wilhelm Brasse hablaba alemán, así que para entenderse usaron las pocas palabras que habían aprendido en la Babel que era el campo, comunicándose casi con gestos.

Venían de países distintos y tenían edades diferentes: dos habían pasado los cincuenta, uno tenía treinta y cinco años, y otros dos, entre los cuales estaba Brasse, eran aún más jóvenes. Parecía que ni siquiera tenían a ningún conocido en común entre los *Kapos* o los demás prisioneros; trabajaban en *Kommandos* distintos y tampoco dormían en el mismo bloque. Andaban a tientas. Hasta que a Wilhelm se le ocurrió una idea.

—¿Cómo os registrasteis?

Los demás lo miraron perplejos.

—¿Qué quieres decir?

El polaco replicó con impaciencia:

—¿Qué hacíais en la vida antes de llegar aquí? ¿Qué les dijisteis a las SS?

—Yo era fotógrafo —explicó el francés.

—¿De verdad? Y ¿tú?

El eslovaco asintió.

—Yo también era fotógrafo. Tenía un estudio cerca de Bratislava.

Resultó que, de los civiles, también el holandés y el húngaro habían sido fotógrafos.

—Como yo —cerró el círculo Brasse—. Yo también era fotógrafo. Y ¿sabéis qué significa esto?

Los cinco hombres se detuvieron, con los pies bien plantados en el hielo para no resbalarse. La puerta de la Oficina Política estaba a unos pasos de ellos. Se miraron los unos a los otros, sin hostilidad pero con desconfianza. Enseguida entendieron que los alemanes, por algún motivo que ellos todavía desconocían, necesitaban a un fotógrafo. Quizá dos. Pero seguramente no a cinco. Por lo tanto, se estaban dirigiendo hacia una selección.

Wilhelm rompió el silencio y la tensión que los dividía.

—Vamos, andando. De todos modos, deciden los alemanes.

Y entraron con pasos cortos, pidiendo permiso y anunciando, cada uno tras entrar a la barraca, su propio nombre y número de identificación.

«¡Presente!», gritaban, con voz clara y fuerte, como si su destino dependiera de solicitar audiencia de manera más disciplinada que sus compañeros.

Luego los hicieron esperar, de pie, sin darles ni una explicación, mientras los metían uno tras otro en un cuartito de cuyas paredes se filtraban voces quedas. Cuando terminaron la entrevista, los dejaron salir por una puerta trasera, nunca más se volvieron a ver todos juntos. Ni siquiera pudieron intercambiar una mirada, y un militar de las SS se encargó de que ninguno de ellos informara a los demás de lo que ocurría en la oficina, amenazándolos con una bayoneta bien calada.

Cuando fue su turno, también Wilhelm entró a la habitación.

Se halló frente a un escritorio que ocupaba casi todo el espacio y solo dejaba libre el paso para su dueño, un *Oberscharführer*, un mariscal de las SS. Un joven suboficial del cual en ese momento podía depender su vida. Al polaco le latía con fuerza el corazón. Abrió la boca para anunciar otra vez su nombre y número de identificación, pero el otro lo hizo callar con un ademán y lo invitó a sentarse.

—Tome asiento, Brasse.

Wilhelm lo miró estupefacto.

Desde hacía muchos meses, nadie se dirigía a él hablándole de usted.

Apretó con fuerza el gorro entre las manos y se sentó.

—A sus órdenes.

El alemán, de unos treinta años y con un rostro simpático, examinó atentamente algunos papeles y luego empezó a hacerle una larga serie de preguntas. Sin prisa, con paciencia, como si ahondar en el tema fuera para él una cuestión de la máxima importancia.

—Veo que los documentos dicen que usted tiene veintitrés años y que era fotógrafo en Katowice.

—Sí, junto con mi tío.

—¿El estudio era de él?

—Sí, yo fui su pupilo. Aprendí bien el oficio.

—¿Cómo de bien?

El SS sonreía y Wilhelm tuvo la tentación de hacer trampa, pero enseguida entendió que lo pagaría caro; hacerse pasar por el mejor fotógrafo de Polonia sería inútil y peligroso. Se limitó a decir la verdad.

—Muy bien.

No mentía. Él era realmente muy bueno.

—¿Qué usa para el revelado?

—Líquidos Agfa... La calidad alemana es superior a cualquier otra.

Lo dijo sin ironía.

—Y ¿para el fijado?

—También Agfa.

—¿Qué tal se le da el retoque?

Wilhelm se preguntó qué sentido tenían todas esas preguntas. Estaba claro que necesitaban un fotógrafo que también fuese hábil en el cuarto oscuro. Pero el retoque era algo más sofisticado, que tenía que ver con el retrato; algo útil para un estudio en la ciudad, en las calles elegantes del centro, pero no en un campo de concentración. No lograba entenderlo.

—Con mi tío hice muchos retoques, pero disponíamos de los aparatos adecuados...

—¿Qué quiere decir?

Brasse miró a su alrededor, sin acabar de comprender, repitiéndose que Auschwitz no era el lugar apropiado para ese tipo de actividades fotográficas. Luego contestó:

—Se necesitan lápices con puntas de diverso grosor, tintas negras brillantes y mates, hollín, también laca. Y mucho más. Solo así se puede hacer un retoque de calidad.

El *Oberscharführer* asintió satisfecho, parecía que las palabras de Wilhelm le habían gustado. Hojeó los papeles unos segundos más. Luego abrió un cajón y le puso bajo los ojos un pequeño retrato del tamaño de una postal. Era de un civil, un anciano que el joven jamás había visto, y casi con total seguridad el retrato de medio cuerpo se había llevado a cabo en un estudio. Pero no era perfecto.

—¿Qué piensa de esta imagen?

—No está bien.

—¿Por qué?

—El encuadre de tres cuartos es bueno y también la expresión del rostro. Pero la mitad derecha de la cara está demasiado sombreada. Hay un problema de contraste.

El alemán se inclinó hacia él.

—Lo escucho.

Wilhelm tomó en la mano la fotografía y la observó con atención.

—Las lámparas están mal colocadas. O tal vez el fotógrafo no contaba con iluminación suficiente. Era necesaria otra lámpara que aclarase las sombras en la mejilla derecha del hombre. Ese es el problema.

El SS hizo un ademán con la cabeza hacia la imagen.

—Ese es mi padre y la foto la saqué yo.

Wilhelm tragó saliva sin replicar, asustado.

—La saqué en su casa, en Fürth, Baviera, mi ciudad. Y la saqué solo con las lámparas de la sala. Para ser obra de un amateur no está mal. ¿No cree, herr Brasse?

Puso énfasis en el «herr» y el joven se sintió desvanecer.

Sin embargo, encontró el valor para contestar de manera adecuada.

—Sí. Para estar hecha con un equipo de emergencia, es una buena foto.

El alemán asintió.

—Ya. Es una buena foto, pero yo tengo demasiadas ocupaciones como para dedicarme a la fotografía.

Bajó de nuevo la mirada hacia los papeles que estaba examinando y con decisión anotó en ellos unos signos rápidos. «Es mi práctica», pensó el polaco, y se quedó esperando, lleno de angustia y nerviosismo. El SS dejó de escribir y le dio una hoja.

—Estas son sus órdenes. El eslovaco sabe de fotografía más que todos ustedes y el francés también es muy capaz. Pero usted, Brasse, tiene respecto a los demás una ventaja decisiva, más bien dos...

El joven no replicó.

—La primera es que habla bien el alemán y yo no quiero comunicarme con gestos, como un mono. Con los otros dos sería así. La segunda ventaja es que usted, a pesar de declararse tenazmente polaco, es hijo y nieto de austriacos. Yo tengo el deber de cuidar de los arios. Incluso de aquellos a los que les da igual serlo.

Ante esa observación, Wilhelm se sonrojó y el alemán se dio cuenta. Sonrió con malicia.

—El campo es un duro maestro y quizá con el tiempo le darán ganas de unirse a nosotros. La Wehrmacht es más acogedora que Auschwitz, y nuestro uniforme es más hermoso que el de rayas que llevan ustedes, los prisioneros. ¿No le parece?

—Sin duda es así, señor.

—Bien. Ahora retírese.

Sin embargo, el polaco no se movió y el SS frunció el ceño. Esperó un segundo y espetó:

—¿Ya empieza a desobedecer? ¡Le he dicho que se largue!

—Disculpe, señor. ¿Para qué trabajo me ha reclutado?

El alemán se dio un golpe en la frente con una mano.

—¡Casi lo olvidaba! Me llamo Bernhard Walter y desde hoy soy su nuevo jefe. Usted está asignado al *Erkennungsdienst*, el Servicio de Identificación del campo. Nuestra tarea consiste en tomar fotografías de los prisioneros y con ellas crear un archivo. Todos los que ingresan en Auschwitz deberán pasar frente a su objetivo para ser registrados. Comienza dentro de una hora. ¿Está claro?

—Sí, señor.

—Y ahora váyase...

Wilhelm hizo una rápida reverencia y salió del cuartito.

El soldado de las SS lo acompañó fuera y lo dejó allí, solo, en la nieve, temblando de alegría. Por fin, de la manera más inesperada, una luz aparecía al final del túnel. Casi incapaz de creer lo que estaba ocurriendo, se marcó dos pasos de baile en el frío. Luego, sacudido por escalofríos cada vez más fuertes y vencido por la tensión, se encaminó hacia su barraca. Lloraba, y nunca las lágrimas le habían parecido tan dulces como ese día.

3

—¿Qué tenemos esta mañana?

Eran las seis y media y el *Kommando* del Servicio de Identificación ya se encontraba en el cuarto oscuro, en el bloque 26. Naturalmente, con la excepción del *Kapo* Franz Maltz, que se tomaba las cosas con tranquilidad y siempre llegaba muy tarde. Él decía que no le gustaba llegar a tiempo y ellos sabían el porqué: por orden expresa de Walter no podía golpear a los prisioneros de su equipo. Prefería, entonces, dejarlos trabajar solos.

—¿Qué tenemos esta mañana?

Brasse repitió la pregunta y la respuesta de Tadek llegó desde el fondo de una bodega donde acumulaban al azar los desperdicios del material de laboratorio.

—Aquí estoy.

El muchacho, que estaba de rodillas dentro de aquel cobertizo, se levantó y salió sosteniendo en la mano un bulto envuelto en papel viejo. Lo abrió y apareció una hogaza de pan negro, con un buen pedazo de margarina.

—Me lo dio ayer el cocinero, en la cocina, a cambio de que ampliemos la foto de su esposa.

Pero los hombres ya no estaban escuchando su explicación. Era invierno, hacía frío y tenían hambre. Esa bodega era su despensa secreta y llevaba vacía varias semanas. A pesar de todos los favores que hacían, conseguir comida de contrabando seguía siendo difícil y peligroso. Si Maltz o, peor aún, Walter los hubieran descubierto, nadie habría podido garantizar su salvación. Sin embargo, ahora querían comer, y preocuparse era inútil. Brasse estiró la mano y tocó el pan, negando con la cabeza.

—Está duro como una piedra. ¿Te encargas tú, Stanisław?

Stanisław asintió. Tomó el pan, se levantó y se acercó a la gran guillotina con la que recortaban las fotografías. Al cabo de pocos segundos el nudoso pan negro fue rebanado y distribuido en la mesa que habían improvisado. Y la margarina se la dividieron a mordiscos.

Wilhelm Brasse, Tadek Brodka, Stanisław Trałka y Władysław Wawrzyniak desayunaron y por un momento saborearon no solo los alimentos, sino también la paz de esa comida colectiva, entre amigos, antes de volver al trabajo.

—No nos lo comamos todo. Guardad un pedazo para Franek y otro para Alfred.

Franek Myszkowski y Alfred Wojcicki eran los otros dos miembros del *Kommando*. Franek estaba en el hospital con una fea bronquitis y todos esperaban que se recuperara pronto. Confiaban en que lo conseguiría, porque sus habilidades en el cuarto oscuro eran demasiado útiles para los alemanes, quienes habían dispuesto que lo atendieran como si fuera uno de ellos. Alfred estaba en el otro cuarto, fingiendo que limpiaba y le quitaba el polvo al equipo del estudio. En realidad tenía otra tarea. Y de hecho irrumpió en el cuarto oscuro.

—Daos prisa —dijo con ansiedad—. Maltz está llegando.

Se pusieron de pie, con el bocado en la boca, y en pocos segundos cada quien se ocupó de sus asuntos. El pan y la margarina que habían sobrado regresaron al fondo de la bodega, donde era casi imposible encontrarlos. Prácticamente, solo un chivatazo hubiera permitido que se descubriera el secreto, y ellos sabían que nadie hablaría. Confiar los unos en los otros era indispensable si querían sobrevivir.

Brasse se sumergió en su trabajo y casi no oyó los gritos ni las imprecaciones de Maltz. Todas las mañanas, hasta poco antes de las diez, el polaco solía dedicarse al revelado de las fotografías que había tomado el día anterior y, por lo tanto, se encerraba en el cuarto oscuro, aislándose del resto del mundo.

El grupo funcionaba como un reloj. Durante las sesiones, Brasse disparaba con la ayuda de Tadek y Stanisław. Mientras tanto, en el cuarto oscuro, Alfred, Franek y Władysław se encargaban de los negativos que se sacaban de la Zeiss tras cada toma. Los sumergían en tanques en los que cabían hasta treinta y esperaban media hora antes de revelarlos. Luego los sacaban, los enjuagaban, los sumergían en el fijador y los enjuagaban otra vez. Finalmente, colgaban los negativos para que se secaran. Solo en ese momento volvía a intervenir Brasse.

Por la mañana y después de las cinco de la tarde, cuando el último de los deportados por registrar abandonaba el estudio, le tocaba trabajar en los negativos y obtener las fotos. Casi nunca positivaba por contacto y la mayoría de las veces procedía directamente a ampliar, pues había comprendido que los alemanes querían que las fotos fueran de dimensiones respetables. Así ocurrió también la mañana de ese día. Mientras sus compañeros limpiaban el estudio y preparaban el equipo para el revelado, él imprimía.

Era un trabajo delicado y no podía hacerlo rápido.

Sin embargo, tampoco podía retrasarse. Sus fotos eran enviadas a la Oficina Política, donde las incluían en los expedientes de los prisioneros. Eran esenciales para reconocer a los deportados, los alemanes querían asegurarse de que mataban a la persona correcta. Por eso, de noche Brasse se veía obligado a quedarse en el cuarto oscuro, incluso hasta tarde. Corría a la explanada cuando pasaban lista y luego volvía al bloque 26, con la autorización de Walter, hasta medianoche o la una. A la mañana siguiente estaba agotado, pero era mejor eso que escarbar en la grava congelada o fabricar ladrillos para los nuevos edificios de Auschwitz.

Solo había un modo para acortar el trabajo, hacerlo con menor cuidado, ser menos preciso en la exposición del negativo, hacer ampliaciones más pequeñas. Sobre todo, podría haberse ahorrado dar algún que otro retoque. Retocaba a escondidas, con unos lápices que le había conseguido Franek, y lo hacía porque sentía respeto por esos prisioneros. Eran muertos andantes, pero él quería que se presentaran ante la historia con un aspecto digno. Entonces se demoraba corrigiendo las sombras o endulzando algún rasgo demasiado pronunciado del rostro. Sobre todo en las ampliaciones, si aparecía la marca de los golpes, la corregía. Algún día alguien encontraría esas fotografías y Brasse deseaba que el explorador del futuro entendiera que se trataba de hombres y mujeres, no de animales.

Estaba inmerso en esos pensamientos cuando Maltz abrió de par en par la puerta del cuarto oscuro, sin anunciarse. El *Kapo* sabía que así echaría a perder las películas, pero no le importaba. Era su modo de dar a entender a los miembros del *Kommando*, y en particular a Brasse, que aunque no pudiera tocarlos era él quien llevaba las riendas.

Habló en tono grosero:

—Son las diez. Los prisioneros esperan. ¡Adelante!

Brasse entró al estudio y empezó a trabajar.

El primero de la lista era un hombre que tenía muy buena planta; en la vida civil debió de ser médico o abogado, de seguro un gran profesional. Luego fue el turno de un anciano bajo, con los ojos espantados y las mejillas hundidas; era tan pequeño que tuvieron que levantar la silla hasta el tope para que entrara en el encuadre. Y tenía las piernas tan maltrechas que Brasse no entendió por qué los alemanes lo habían dejado vivir. Tal vez hacía algún trabajo importante para ellos, no había otra explicación. El tercero —con un contraste grotesco con el anciano que provocó en Maltz una risa socarrona— fue un cuarentón larguirucho. Era muy alto y delgado, y se veía aún más enjuto porque la estancia en Auschwitz lo estaba dejando en los huesos. Después de él, Brasse hizo una pausa.

—¿De dónde vienen?

—Oí que son del bloque 11 —contestó Stanisław, ajetreado en componer los letreros de identificación.

Ante esa noticia Brasse se estremeció. Si venían del bloque 11, en el pasillo debía de estar también su *Kapo*, el polaco Wacek Ruski, a quien todos temían y consideraban una de las peores alimañas del campo.

Se asomó y su angustia creció.

En efecto, le bastaron pocos segundos para reconocer en la fila a algunos de sus conocidos de Żywiec, la ciudad en la que había nacido y crecido.

Eran tres: Wachsberger, Springut y Schwarz. No eran precisamente amigos suyos, pero le resultaban muy familiares, porque el primero tenía una taberna cerca de la estación y los otros dos eran tenderos, un vendedor de especias y uno de telas. ¡Cuántas veces su madre o él los habían saludado en la calle! ¡Cuántas veces él había entrado en la tienda de especias a por algún producto y cuán a menudo su madre había comprado retazos en la de Schwarz! El recuerdo repentino de su madre, la casa paterna y su ciudad hizo que le temblaran las piernas. Desde hacía un tiempo evitaba recordar aquellas imágenes. También ese ejercicio era indispensable para sobrevivir: no pensar en el pasado ni en el futuro, solo vivir en un eterno presente, sin mirar hacia otro lado. En cambio, ahora el pasado iba a su encuentro en las piernas y los rostros espantados de sus vecinos. Para colmo de la ironía, esos tres, aun teniendo apellidos arios, eran judíos. Sabían que morirían pronto.

Todo esto pasó por la cabeza de Brasse mientras los alaridos de Ruski le taladraban el cráneo. El *Kapo* no dejaba de aterrorizar con insultos a los hombres de su bloque, y si alguien trataba de alejarse, golpeaba con su grueso bastón la cabeza del pobre diablo, tumbándolo en el suelo como una res en el matadero. Brasse lo odiaba, no solo por la violencia, sino también porque era un polaco que traicionaba a su pueblo. Era un *Kapo* polaco que disfrutaba al golpear a los polacos.

Se armó de valor y se le acercó.

—Wacek, escucha. Deja que les dé un cigarrillo a estos tres hombres.

El otro lo miró, malévolo.

—¡Jódete!

—Mira —Brasse sacó del bolsillo un fajo de diez cigarrillos—, les doy tres a ellos y los otros siete te los doy a ti. ¿Te parece?

El hombre hizo una mueca y sin contestar estiró la mano, ávidamente, para coger los cigarrillos. Después se volvió hacia la pared, fingiendo no ver.

Brasse se acercó a los tres de Żywiec, que solo entonces levantaron la mirada y lo reconocieron. Vio en sus caras el asombro y el alivio, y contestó con una sonrisa cálida. No podían hablarse, pero no hacía falta. Les dio los cigarrillos y se los encendió. Ellos fumaron con alegría, mientras los rasgos de sus rostros se relajaban y, por un instante, les parecía que habían vuelto a los viejos tiempos en que todo estaba bien y la vida transcurría con tranquilidad. El tabernero, Wachsberger, le guiñó un ojo a Brasse y le susurró, tratando de evitar que Ruski lo oyera.

—Cuando todo esto termine, podrá venir a comer gratis a mi taberna.

En ese momento, confiando en que Ruski estaba distraído charlando con Maltz, Brasse se levantó la chaqueta del uniforme y hundió la mano en los pantalones. Allí había cosido un bolsillo secreto, donde tenía algo de comer. Tomó un trozo de pan y se lo ofreció a sus tres conocidos. Ellos abrieron mucho los ojos por la sorpresa y se metieron el pan en la boca, tragando sin tan siquiera masticarlo. Sabían que les daría la energía suficiente para salir adelante un día más. Schwarz, que era el más anciano, tendió la mano hacia Brasse, quería tomar la suya y acercarla hacia sí. Pero le venció el pudor y con los ojos llenos de lágrimas solo logró musitar:

—¡Gracias! ¡Eres un buen muchacho!

También el fotógrafo tenía ganas de llorar, pero no podía. Si Maltz lo descubría, exigiría explicaciones y sus conciudadanos sufrirían las consecuencias. Se despidió de ellos en silencio y volvió a sus ocupaciones. Cuando alcanzó a Ruski, titubeó un instante, luego decidió hablarle:

—Wacek, tengo algo que pedirte.

El polaco lo miró amenazante.

—¿Qué haces? ¿Interrumpes una conversación entre tus superiores?

—Por favor, escúchame.

—Escúchalo —dijo sarcástico Maltz—, nuestro artista siempre tiene algún favor que pedir. Tú solo debes tratar de sacarle el mayor provecho.

Y se alejó riéndose, mientras Ruski miraba a Brasse con hostilidad.

—¿Qué quieres?

Brasse señaló a sus conocidos.

—Wacek, te lo ruego, si debes matarlos, si debes matar a esos judíos, hazlo de modo que no sufran.

—¿Estás loco? ¡Yo los mato como quiero!

—¡Te lo ruego, Wacek! No tengo nada que darte a cambio de lo que te estoy pidiendo, pero te lo ruego, ¡no hagas sufrir a esos tres!

El *Kapo*, con el ceño fruncido al intentar entender una petición tan extraña, no contestó y se quedó callado un buen rato. Luego silbó, enfurecido:

—¡No recibo órdenes de nadie! ¡Ni de ti!

—Te lo ruego, Wacek.

Pero el otro le dio la espalda y volvió a gritar a sus deportados.

Un poco más tarde, Brasse fotografió a Wachsberger, Springut y Schwarz. Como cientos de prisioneros más, también sus rostros se materializaron ante el objetivo de su Zeiss para luego esfumarse, y entre ellos no hubo ninguna otra conversación muda. Los vio desaparecer en el pasillo, con los hombros encorvados y el paso incierto, mientras se cerraba la puerta del estudio.

Solo después de las cinco de la tarde, mientras estaba en el cuarto oscuro, Brasse recordó a los tres judíos de Żywiec y sintió que tenía el ánimo por los suelos. Volvió a recordar a su madre, su padre y sus hermanos, de los que ya no sabía nada, y todas las esperanzas del pasado le parecieron muertas. Pero algo lo atormentaba más que otra cosa, el remordimiento. Le había pedido a un asesino matar dulcemente. Wilhelm era un sujeto racional, capaz de pensar, que respetaba y amaba la vida, pero le había pedido a un asesino que matase.

Dulcemente, pero que matase.

Durante días esperó la noticia de la muerte de Wachsberger, Springut y Schwarz, preguntándose si Ruski habría hecho caso de su plegaria. Él sabía cuál era el modo que el *Kapo* prefería para matar a los prisioneros. Los tumbaba en el suelo, de espaldas, y apoyaba en sus gargantas el largo mango de una pala. Luego se subía encima, pero no con todo su peso. Los ahogaba así, poco a poco, matándolos lentamente. Era justo lo que le había pedido que no hiciera. Menos de una semana más tarde supo que los tres de Żywiec habían muerto, a cada uno le había tocado un balazo, contra el paredón, detrás del bloque 11.

Nunca descubrió si había sido una casualidad o si Ruski se había acordado de su súplica. De todos modos, los judíos de su ciudad no habían sufrido y su sentido de culpabilidad se atenuó.

Pedirle a alguien que matase no siempre era pecado.

4

El día en que Brasse fotografió a sus conocidos de Żywiec pareció infinito.

Algo más tarde de las ocho de la noche, un buen rato después de que se pasara lista, Walter llegó corriendo al bloque 26. En el estudio fotográfico no había nadie. Entonces abrió de par en par la puerta del cuarto oscuro y encontró a Wilhelm trabajando. Él levantó la mirada con aire sombrío, imaginando que sería la última payasada de Maltz, pero cuando se dio cuenta de que era el SS, se puso de pie, cuadrándose, con el gorro en la mano. El hombre de negro asomó apenas la cabeza.

—Llama a los demás. Hay trabajo para toda la noche.

Y desapareció.

Brasse no tuvo tiempo de hacer preguntas.

Salió deprisa, atravesó el breve tramo del camino de tierra que lo separaba del bloque 25 y reunió al *Kommando* del Servicio de Identificación. Luego mandó a Alfred Wojcicki a buscar a Maltz; el *Kapo* no estaba allí, pues era un alemán y dormía con sus semejantes. Más tarde, Alfred le confesó haber temido que Maltz se desahogara con él por esa llamada imprevista. En cambio, el *Kapo* perdonó al polaco y descargó su ira golpeando a un cocinero que pasaba cerca del bloque 13. Lo dejó en el suelo medio muerto.

Los hombres estaban listos para ponerse manos a la obra, pero en el *Erkennungsdienst* no había nadie más. Brasse encendió las lámparas y se aseguró de que el haz de luces estuviera bien orientado hacia la silla rotatoria; Tadek introdujo un nuevo casete con negativo en la Zeiss; Stanisław preparó con antelación un par de letreros de identificación, al fin y al cabo sabía que seguramente les tocaría un *asocial*, un *Roma* —un gitano— o un *esloveno*. Y los demás mezclaron los líquidos para el revelado y el fijado. Pero durante más de media hora no ocurrió nada, y al final terminaron por quedarse dormidos, con la cabeza apoyada en la barra, en una silla, o reclinada hacia atrás.

Brasse fue el primero en despabilarse; lo despertó el silbido de un tren, estaba llegando un convoy. Y, antes de que pudiera alertar a los demás, Walter los despertó a todos con sus alaridos.

—¡De pie! ¡Listos para trabajar!

No pasó mucho tiempo hasta que, en el silencio de la noche, oyeron unas pisadas que se acercaban al bloque, al principio débiles y confusas pero luego cada vez más recias y ruidosas. «Es como cuando graniza», pensó para sí Wilhelm, solo que ahí iba a llover gente. Y vio que sus compañeros observaban espantados las ventanas, los muros, el techo, tratando de atravesar la oscuridad con la mirada y entender qué estaba pasando.

El ruido de las pisadas creció hasta volverse ensordecedor, acompañado por los rabiosos gritos en alemán de los *Kapos*, y finalmente se interrumpió frente a la puerta del Servicio de Identificación. Luego Maltz abrió y los nuevos «huéspedes» del campo empezaron a entrar. Era el propio Walter el que los acogía y les daba instrucciones sobre qué debían hacer. Nunca había sucedido antes, parecía el dueño de la casa.

Brasse se acercó a su jefe.

—Herr *Oberscharführer*, ¿puedo saber cuántos son? Así sabremos a qué ritmo debemos trabajar.

Walter contestó sin tan siquiera mirarlo.

—Trabajen lo más rápido y meticulosamente que puedan. Ha llegado de Róterdam una carga de mil cien judíos y hemos seleccionado a algo más de doscientos. Los tendrán formando aquí dentro de poco, Brasse, y mis jefes quieren que todos estén registrados a más tardar mañana por la mañana. ¿Entendido?

Brasse hubiera podido objetar que retratar a doscientos deportados en una sola noche era imposible, pero no habría servido de nada. Estaba muerto de cansancio y no sabía si aguantaría hasta la mañana siguiente.

Sin embargo, debía lograrlo si no quería volver a la ruleta del campo. Acató las órdenes y, mientras el primer judío se sentaba en la silla, se inclinó sobre el objetivo. De inmediato levantó la cabeza, estupefacto.

Los prisioneros por registrar iban vestidos de civil,

algo obvio, pensándolo bien, ya que acababan de llegar, pero a él nunca le había tocado verlo. Siempre había retratado a los deportados en uniforme. Volvió a mirar a través del visor y observó al individuo que tenía enfrente. Un cuarentón, regordete y no muy alto, que vestía chaqueta, pantalón y un pesado abrigo de lana. Bajo la chaqueta llevaba una camisa blanca abrochada hasta el mentón, durante el viaje había pasado frío. Y la camisa estaba toda manchada. El hombre siguió las instrucciones de Brasse, pero antes de la toma dijo en alemán: «¡Un momento!».

Se miró la camisa, apenado por las manchas, luego se volvió hacia el fotógrafo, como pidiendo una solución. Brasse le indicó que se abrochase también la chaqueta, para cubrir la suciedad en la medida de lo posible, y él obedeció. Luego se arregló las gafas redondas y el escaso cabello. Apretaba en la mano un gorro de terciopelo con visera.

El hombre todavía se sentía un civil, no un deportado. El campo aún no lo había embrutecido y consideraba normal, legítimo, e incluso tranquilizador, el procedimiento del *Erkennungsdienst*. Nadie habría perdido tiempo en fotografiarlo y registrarlo para después matarlo.

Brasse disparó.

Luego llegó una larga fila de hombres y mujeres, todos bien vestidos e incluso elegantes. El largo viaje en los carros de ganado los había agotado, pero ya habían recobrado un aspecto digno. Ninguno de ellos sabía qué los esperaba y la ignorancia los hacía normales, casi hermosos. Todo esto le levantó el ánimo a Wilhelm, las fotografías de esa noche fueron las mejores que había tomado en Auschwitz hasta entonces. Naturalmente, trató de no preguntarse cuántos de los mil cien judíos holandeses de los que había hablado Walter sobrevivirían al campo; para contarlos seguro que habrían bastado los dedos de una mano.

A las tres de la mañana, el *Kommando* había retratado a cerca de la mitad de los prisioneros. Wilhelm se detuvo para hacer una pausa. Salió al pasillo, bostezando y estirándose, y vio a Maltz. El *Kapo*, junto con un par de colegas y dos o tres judíos del *Effektenkammern*, procesaba los bienes de los recién llegados. Maltz y los demás les arrancaban de la mano maletas y bolsas a los prisioneros holandeses y luego las abrían, escogiendo qué conservar y qué no. Los deportados no osaban protestar, estaban convencidos de que les devolverían al menos la ropa, las medicinas, los productos para la higiene personal. Y soportaban pacientemente los gritos y las bofetadas de los alemanes.

Cuando estaba volviendo al estudio, Brasse fue detenido por un hombre con un abrigo de piel.

Después de asegurarse de que los guardias no lo veían, el desconocido se quitó de la cabeza un sombrero de alas anchas. Le dio la vuelta y le mostró qué había debajo de la faja.

El sombrero estaba lleno de brillantes, diamantes y todo tipo de joyas.

—¡Tómalas! ¡Te bastarán para el resto de tu vida, pero ayúdame a salir de aquí!

Los ojos del hombre fulguraban furiosos y su tono era autoritario. Como civil debió de estar acostumbrado a mandar y no se resignaba a la mala broma que le había jugado el destino. Parecía desesperado, pero también animado por una firme voluntad de supervivencia. Empujó el sombrero contra el pecho de Brasse.

—¡Tómalas! Y ¡ayúdame!

El fotógrafo dio un paso hacia atrás y miró al hombre.

Con el rabillo del ojo vio que ni Maltz ni los demás *Kapos* se fijaban en él, pero ni por un segundo se le pasó por la cabeza aceptar. No podía hacer nada por aquel judío y no quería robar sus joyas. Además, sabía que ese tipo de negocios siempre daba problemas. Una cosa era coger algún trozo de pan para alimentarse, otra cosa era entrar a las grandes ligas; si se apropiaba de los brillantes y diamantes acabaría mal. Rechazó el sombrero.

—No puedo. Dáselos a otro.

Y volvió al estudio.

Cuando se encontró al hombre frente al objetivo, vio que ya no tenía el sombrero. Brasse pensó que le habría ofrecido sus joyas a un *Kapo*. Y estaba igualmente seguro de que no serviría para nada, no se salvaría. Lo aniquilarían también a él a base de hambre, golpes y trabajo duro.

Era un judío y para él no había esperanza.

Esa noche se esfumaron muchas otras riquezas.

Al amanecer, Franek pasó a su lado. Volvía del pasillo y le mostró un fajo de dinero. Eran dólares, en billetes de cien. No podían ser menos de diez mil.

—Los encontré en una maleta. ¿Qué hago con ellos?

Brasse observó a su amigo, estaba emocionado y al mismo tiempo preocupado.

—¡Quémalos!

Y señaló la estufa.

Por unos segundos, Franek desvió la mirada de Brasse a los billetes y de los billetes a la estufa. Y luego lo volvió a hacer. Empalideció, desgarrado por el deseo de quedarse con todo aquel dinero. Si lo manejaba bien, y con una pizca de suerte, le podía garantizar una larga vida, incluso en Auschwitz.

—¡Quémalos, te digo!

Franek miró fijamente a Brasse un momento más y luego se decidió.

Estiró el brazo y el fajo de billetes terminó en el fuego.

Él volvió al cuarto oscuro y Wilhelm se acercó al visor.

A las siete de la mañana habían retratado y registrado a los más de doscientos prisioneros.

Habían hecho un buen trabajo.

Bernhard Walter estaba satisfecho de su *Kommando*.

5

Wilhelm Brasse tenía miedo.

Estaba muy contento con su nueva vida. El bloque 26 era su pequeño reino, dirigía el estudio fotográfico y el cuarto oscuro con destreza, su habilidad era reconocida por sus superiores y, mientras acatara las órdenes, todo iría bien. Se daba cuenta de que estaba rodeado, gracias a sus méritos, de una impalpable aura de invulnerabilidad, lo cual lo reconfortaba y lo ayudaba a salir adelante. Sin embargo, también era consciente de que cualquier alemán —ya fuera de las SS o un *Kapo*— podría matarlo de un instante a otro por simple capricho, sin que le supusiera ningún castigo, y que su existencia colgaba de un hilo.

No lograba quitarse el miedo de encima.

Los primeros meses en Auschwitz lo habían marcado de modo indeleble y no podía olvidar nada de lo que había vivido. Las caras de los compañeros muertos le volvían continuamente a la mente y en más de una ocasión tuvo que estrujarse los ojos, mientras observaba a los deportados a través del objetivo, porque le parecía que esos prisioneros tenían el rostro de los sacerdotes atados a la apisonadora y asesinados a latigazos por Krankemann, en septiembre. Habían llegado al campo con él y ninguno de ellos duró demasiado. Volvía a ver sus miradas, sus lágrimas, y esperaba aterrorizado que de un momento a otro le pidieran ayuda. Luego se despabilaba y retomaba el trabajo, una toma de tres cuartos con el gorro, una de frente y otra de perfil, por decenas, por cientos.

El miedo lo llevaba a no dejarse ver fuera.

Por la mañana se levantaba al son del gong, a las cinco y media, y disfrutaba del calor del bloque 25. Allí tenían estufas, un lavabo con agua corriente y un inodoro. Podía lavarse, tomarse tranquilamente el tazón de brebaje que llamaban café y pensar en las tareas del día. Con él estaban los compañeros del *Erkennungsdienst* y muchos otros prisioneros privilegiados que trabajaban con los alemanes en las cocinas, en el Departamento de Uniformes, en los establos, en la administración. Todos ellos estaban bien y no se quejaban.

Cuando salía del bloque 25, Brasse iba con la cabeza agachada, pero antes echaba un rápido vistazo a su alrededor para asegurarse de que no se topaba con alguno de sus superiores. Si lo lograba, recorría los pocos metros que lo separaban del bloque 26 sin volver a levantar la cabeza. No quería mirar a nadie a la cara, no quería ver nada. De seguro, si hubiera levantado la frente, se habría topado con algo desagradable en la tierra de nadie entre las barracas: un *Kapo* golpeando a un prisionero, un deportado castigado a permanecer de pie en mitad de la nieve, un enfermo arrastrándose sin fuerzas, en espera del golpe de gracia. Cuantas menos escenas de esas viera, menos recordaría después.

Luego entraba en el bloque 26 y se sumergía en el trabajo del Servicio de Identificación, desde la mañana temprano hasta muy entrada la noche. Se entregaba totalmente a él, con cada fibra de su voluntad, echando mano de todo lo aprendido del oficio en Katowice y de toda la creatividad que podía expresar. Nunca miraba por las ventanas, a eso lo ayudaba mucho el hecho de estar metido en el cuarto oscuro durante largas horas. En Auschwitz, poder refugiarse en un lugar cerrado y sin vistas hacia el exterior, hacia la vida real, era una suerte inestimable. Él no buscaba el mundo, y el mundo lo dejaba en paz.

Esa mañana, al entrar al estudio, encontró a Stanisław Trałka sentado en el banco fotográfico con un lápiz en la mano y una hoja de papel enfrente. Usaba el banco como escritorio, se lo podía permitir mientras no hubiera alemanes. Stanisław era un estudiante de literatura y le había contado a Brasse que la Wehrmacht lo había arrestado en noviembre de 1939, mientras se encontraba en la facultad, en la Universidad de Cracovia. Ese día los nazis habían encarcelado a decenas de profesores, y también un buen número de estudiantes terminaron detenidos, la crema y nata de la intelectualidad polaca. Stanisław había sido trasladado a Auschwitz desde la prisión de Tarnów, justo como Wilhelm, pero antes que él. Era un pionero en el campo, le dieron el número 660. Ahora, precisamente, no estaba trabajando en la redacción de ninguna crítica literaria.

—Escucha...

—¿Qué es?

—Una carta para mis padres.

Brasse frunció el ceño.

—¿Cómo planeas hacerla salir de aquí? Ya lo has intentado un par de veces.

—Lacek, el fontanero, está seguro de haber encontrado a un guardia dispuesto a hacer la vista gorda.

El fotógrafo se encogió de hombros, nunca estaba de acuerdo con esos asuntos. Si los alemanes encontraran la carta, golpearían al guardia y matarían a su compañero. Algo así sería un pésimo acontecimiento para todo el *Kommando* del bloque 26. Pero él no podía impedir que los hombres añoraran su hogar. Además, Stanisław era más joven que él y había dejado en Cracovia a su familia y a su novia.

Brasse suspiró y le hizo un ademán al otro para que le leyera la carta.

—Acabo de empezar y les estoy contando la vida que llevamos.

—Pero ¿qué dices? ¿Quieres que nos maten?

Tralka se rio.

—Calma. No digo casi nada. Pensarían que estoy loco y no me creerían. Me limito a algunas anécdotas, así se quedan tranquilos y no se preocupan. Aquí va: «Cada uno de nosotros viene de una parte distinta de

Polonia, pero de todos modos en el estudio fotográfico hemos creado una pequeña familia. Pasamos la mayor parte del día aquí, trabajamos, comemos, charlamos de todo un poco y a veces cocinamos, compitiendo como cocineros...».

—¿Cuándo cocinamos? —preguntó sarcástico Brasse.

El otro se encogió de hombros.

—Nunca. Pero nos gustaría hacerlo, ¿no?

—Continúa.

—«Volvemos a nuestras barracas solo para dormir, y gracias a Dios cada uno de nosotros tiene un catre con su colchón. El despertador suena a las cinco y media, demasiado temprano, sobre todo para mí; como bien sabéis, en casa nunca me levantaba antes de las siete y después de una jornada de duro trabajo necesitaría más descanso. Pero no es posible. Aquí hay que acatar las órdenes y, si no te presentas cuando pasan lista, te metes en problemas. De todos modos, la noche es lo mejor de nuestra vida en el campo, porque tenemos la libertad de soñar lo que queremos. Nadie aún, ni siquiera los alemanes, es capaz de controlar eso, y a menudo sueño que me reúno otra vez con vosotros. Es algo maravilloso y doloroso, porque me hace sentir como si estuviera en casa, libre...»

Stanisław levantó la vista de la hoja y miró a Brasse.

—Por el momento he escrito esto. ¿Qué opinas?

—Tienes suerte. Yo nunca sueño con ser libre.

—¿Quieres morir en Auschwitz, amigo mío?

Pero el fotógrafo no pudo contestar.

Se oyó un tenue silbido desde fuera, era la señal de que llegaba algún otro miembro del grupo y, sobre todo, de que había alemanes cerca. Trałka escondió el lápiz y el papel, y se pusieron manos a la obra. Después de unos segundos entró Alfred Wojcicki, seguido a breve distancia por Franz Maltz, quien, como siempre, estaba de pésimo humor. El *Kapo* se estremeció por el frío, escupió en el suelo algo que se le había quedado entre los dientes en el desayuno y fue de inmediato a encender la estufa. De allí no se despegaría hasta al cabo de unos quince minutos, cuando se hubiera calentado lo suficiente. La mañana transcurrió tranquila, entre el trabajo del cuarto oscuro y el del estudio. Por primera vez desde la apertura del Servicio de Identificación tuvieron que retratar únicamente a mujeres. Nunca antes había pasado.

—Y estas, ¿de dónde llegan? —preguntó asombrado Tadek Brodka.

Hasta ese día habían fotografiado a mujeres solo en raras ocasiones; por lo que les constaba, Auschwitz no era su destino principal. Sin embargo, entre los rumores que se esparcían con rapidez por el campo, les había llegado que los alemanes habían abierto una nueva sección femenina en el área de Birkenau, con cinco o seis barracas destinadas a mujeres. Ver a tantas mujeres en fila, ahora, a la espera de que las fotografiaran, podía significar solo una cosa: esas barracas estaban llenas y sus huéspedes habían llegado a la trituradora de carne, listas para ser trituradas por el *lager*.

Brasse no sabía cómo mirarlas.

Le habían enseñado que la guerra era un juego entre hombres. También Auschwitz lo era. Esto pensaba cuando miraba a través del visor a eslovacos, holandeses, checos, franceses y a los otros miles de individuos a los que tenía que fotografiar. Sabía que había una diferencia entre víctimas y verdugos, y él mismo se sentía víctima, pero se consolaba pensando que, entre hombres, las cosas habían sido así desde hacía milenios. Ni siquiera los romanos debieron de ser tiernos con los bárbaros derrotados, y Gengis Kan era incluso más cruel que los alemanes. Sin embargo, al menos eran todos varones. En cambio, ahora eran mujeres, no tenían nada que ver con la guerra, y él no entendía por qué estaban allí. La pena no hacía sino aumentar en su interior. No lograba sostenerles la mirada. Hubiera querido cerrar los ojos y no volver a abrirlos.

Luego se obligó a mirar.

Tenía enfrente a una chica joven, yugoslava, según el letrero de identificación preparado por Stanisław. Mostraba una cara rellena y sincera, de campesina. De curvas sinuosas, ni siquiera el uniforme de rayas podía esconder su feminidad. Llevaba un pañuelo amarrado en la nuca y cuando se lo quitó, para la segunda y la tercera fotografía, el cabello le cayó sobre los hombros. Estaba sucio, un rasgo que conmovió a Brasse, porque le recordó por contraste su casa y el cabello tupido y siempre limpio de su madre. A las mujeres de Auschwitz los nazis les arrebataban, antes que nada, lo que para una mujer es más importante, el cuidado personal. Y, por primera vez desde que lo habían asignado a ese *Kommando*, deseó saber algo más sobre la persona que tenía delante. Miró a su alrededor y no vio a Maltz.

—¿Cómo te llamas? —preguntó en alemán.

—Jacina —contestó ella.

No parecía asombrada por esa confianza que el fotógrafo se tomaba con ella.

—¿Por qué estás en el campo?

También la muchacha miró a su alrededor y contestó susurrando con prudencia, de modo apenas audible.

—Colaboraba con los partisanos. Me atraparon y me trajeron aquí.

Esa sencilla explicación asombró a Brasse. Preguntó como un estúpido:

—¿Alguien puede plantar cara a los alemanes?

Ella no contestó. Simplemente asintió.

Entonces el fotógrafo fue invadido por una gran impaciencia, por la rabia. No podía acercarse a los prisioneros sin permiso, y mucho menos a una mujer. Hubiera querido decir o hacer algo para ayudarla, pero no sabía el qué. Y, mientras la *Kapo* de Birkenau se la llevaba, se quedó así, indeciso, a medio camino entre hacer y no hacer, entre decir y no decir.

En ese momento Maltz volvió a entrar en el estudio.

—¡Cierra la boca, Brasse!

—¿Cómo?

—¡Cierra la boca, idiota! La tienes abierta como un pez muerto.

Luego sonrió socarronamente y añadió:

—¿Ver a unas cuantas mujeres te hace ese efecto? Bueno, me parece normal. Eres joven.

Brasse no replicó. Cerró la boca y volvió a la Zeiss.

Después de la yugoslava, fue el turno de una judía, mucho más entrada en años, que trató de recomponerse para la fotografía. Se ató con cuidado el pañuelo bajo el mentón, se arregló el cabello y se mordió los labios para que parecieran más vivos. Luego llegó una asocial alemana, con la mirada dura y malvada. «Seguramente —pensó Wilhelm—, esta se convertirá en *Kapo*.» Y luego una prisionera política eslovena de unos veinticinco años, una muchacha de rasgos finos pero con ojos pequeños y huidizos. Y una holandesa y otra judía. Todas mujeres, víctimas de la guerra de los hombres.

Cuando, más de una hora después, Brasse levantó la cabeza para tomarse un descanso, se dio cuenta de que Tadek y Stanisław se tapaban la nariz con un pañuelo. Tenían una expresión de disgusto dibujada en el rostro. Y Maltz había desaparecido, algo extraño, porque él siempre estaba a la caza de cualquier fémina que se le pusiera por delante y hasta esa mañana, invariablemente, había presenciado todos los registros de mujeres. Se paraba a un lado del banco fotográfico, las miraba, observaba sus formas bajo el uniforme; y se entendía que, de haber podido, se las habría tirado a todas. Sin embargo, ese día, que podía ser un día de gloria para sus sentidos animales, se fue. Brasse vio a Brodka y Trałka aprovechar la pausa para quitarse el pañuelo, sacudir la cabeza y dirigirse hacia el cuarto oscuro. Abrió la puerta del estudio y echó un vistazo al pasillo. Decenas de mujeres estaban paradas allí, de pie, esperando su turno, y solo una *Kapo* las vigilaba, inmóvil y apoyada en una ventana; ella también se tapaba la nariz con un pañuelo.

Por fin el fotógrafo entendió qué estaba pasando.

El aire estaba cargado de un olor pesado, fuerte, de cuerpos que llevaban semanas sin lavarse. El hedor era insoportable y le cerró la garganta, obligándolo a dar un paso atrás y a encerrarse en el estudio. Hasta entonces no se había dado cuenta, ya que estaba enfocado en su tarea, pero ese tufo provenía justo de las mujeres.

Cada delicado pensamiento sobre la feminidad desapareció de su mente. Retomar el trabajo fue difícil, y desde ese momento su único deseo fue que la fila se acortara lo más rápido posible. En un par de casos renunció a mover las lámparas para obtener un resultado mejor y ya no pidió a sus sujetos que endulzaran la expresión del rostro. Solo quería que todo acabara y que las mujeres se fueran.

Finalmente, poco después de las seis, la fila de las prisioneras se terminó y los hombres del *Kommando* abrieron puertas y ventanas. Era necesario airear el estudio y el laboratorio, aunque tal cosa significara dejar entrar el frío de esa noche de principios de abril.

—¿Sabes algo al respecto? —preguntó Brasse a Tadek, haciendo una mueca.

—No tienen agua.

—¿Qué quieres decir?

—Allí no hay agua, ni en las barracas, ni fuera. No pueden lavarse.

—¿Estás bromeando?

El amigo lo miró molesto.

—No bromeo en absoluto. Me lo dijo alguien que está en una barraca cerca de Birkenau. El olor proveniente de los bloques de las mujeres les llega hasta allí. Ya está preocupado por el verano, según él, será insoportable.

—Pero ¿cómo hacen para...?

—¿Para qué?

—En sus días... Es decir, para el ciclo.

Tadek Brodka negó con la cabeza, riendo ruidosamente.

—Es lo único que no les preocupa.

—¿Por qué?

—Descubrieron que la naturaleza se ha aliado con los alemanes. Con el hambre, los golpes y el hielo las menstruaciones desaparecen. Las mujeres ya no tienen la regla. Interesante, ¿verdad?

Brasse sintió cómo el vómito le subía por la garganta y se asomó a la ventana del cuarto oscuro. El cielo limpio sobre Auschwitz y el aire fresco del atardecer lo ayudaron a recomponerse. Evidentemente, lo peor nunca acababa y él no lograba acostumbrarse a ello.

Pero de inmediato el flujo de sus pensamientos se interrumpió.

Sabía que no debía asomarse, sabía que no debía mirar el mundo exterior.

En cambio, lo había hecho, por error.

6

Ante sus ojos, a pocos metros, se perfilaba el bloque 20.

Era el bloque de los enfermos de tifus y había una ventana abierta casi frente a la suya. El interior, detrás de los vidrios, estaba iluminado. Fuera todavía no estaba oscuro, pero dentro, sin luz, no habrían podido trabajar bien.

Un SS daba vueltas por la habitación.

Hablaba, gesticulaba, se enfadaba con alguien allí presente.

Brasse no sabía cómo se llamaba el hombre con la calavera en el gorro, hacía mucho tiempo que había reparado en él, pero nunca había preguntado. No quería saber nada y, por otra parte, para él no habría habido ninguna diferencia entre que se llamara Funk o Seler o Bruder.

Durante el día, ese militar vivía recluido en su barraca, escondido en alguna otra habitación. Sin embargo, a esa hora de la tarde siempre se encontraba allí, justo enfrente del Servicio de Identificación.

Tenía una jeringa en la mano.

La levantaba, la miraba a contraluz —quizá era justo por eso por lo que escogía esa habitación, era la que tenía más sol— y luego la apuntaba hacia abajo.

Una, dos, tres veces. Decenas de veces cada tarde, con gestos lentos y mesurados, durante un par de horas. Y siempre alternaba el desempeño de su tarea con charlas, risas, discusiones, imprecaciones. Su rostro estaba a veces relajado, otras veces tenso, y a partir de esa información Brasse deducía si en ese momento al SS le gustaba el trabajo o si lo maldecía. Era como ver una película muda sin subtítulos. Nada dejaba intuir qué contenía la jeringa.

Después de un par de minutos, el fotógrafo dirigió la mirada hacia la izquierda, a la entrada del bloque 20.

Varios jóvenes en fila esperaban su turno, de pie, sin abrir la boca. Quién sabe qué les habían dicho. La distancia no era muy grande, de modo que pudo ver la estrella de David cosida en su pecho. Ese día los elegidos eran unos adolescentes, no debían de tener más de catorce o quince años.

—¿Tú sabes de dónde vienen?

Alfred, que había entrado en el cuarto oscuro para preparar los tanques de revelado que utilizarían al día siguiente, se acercó a la ventana y echó un vistazo.

—Creo que son griegos. Al menos eso es lo que dicen en la cocina. Al parecer uno de ellos preguntó si era posible obtener un poco de *tzatziki*. Todavía se están riendo.

Brasse vio que la fábrica de la muerte funcionaba sin obstáculos.

Los jóvenes entraban vivos por un extremo del bloque 20 y sus cadáveres salían por el extremo opuesto.

Por la tarde, como cada día, los sepultureros pasarían con sus carretas a recoger los cuerpos; era una de las cosas que Brasse se esforzaba por no mirar cuando volvía a su barraca.

Sin embargo, ahora no podía evitar observar al SS en la habitación.

Tenía la jeringa en la mano y no llevaba bata.

No era un médico. Aprender a matar con una aguja era una tarea al alcance de cualquiera, se adquiría práctica con facilidad. Ni médico, ni enfermero. Era suficiente un cabo o un simple sargento de tropa. Ni siquiera un oficial.

Un cuarto de hora después, la luz en la habitación del bloque 20 se apagó. Brasse no podía ver nada, salvo que los jóvenes judíos griegos seguían esperando en la entrada, de pie y en silencio.

El militar se había esfumado y el fotógrafo, tras cerrar la ventana, se giró hacia la ampliadora, tratando de concentrarse en el trabajo; tenía que positivar decenas de retratos de mujeres. Absurdamente, lamentó no tener en el estudio una mampara adecuada, quizá con algún paisaje agreste. Lo hubiera puesto detrás de las prisioneras para volver menos duras las imágenes.

Acababa de sumergir una película en el fijador cuando oyó un golpe en la puerta. Se estremeció.

—¿Quién es?

—Soy yo, herr Brasse. ¡Su vecino de enfrente!

No reconoció la voz, pero ató cabos en un instante.

¿Qué quería ese hombre? Nunca había aparecido por el Servicio de Identificación y no tenía ningún motivo para presentarse allí, cualquier solicitud de colaboración debía pasar por Bernhard Walter.

Brasse entró en pánico. De repente ese demonio se materializaba frente a su puerta y no podía librarse de él diciendo que estaba demasiado ocupado o soltándole alguna otra mentira. Ese tipo de ocurrencias podían costarle la vida. Encendió la luz blanca y carraspeó.

—¡Entre, la puerta siempre está abierta para los superiores!

El hombre entró, lo saludó cordialmente y se presentó.

Era joven, tal vez tenía su edad, y llevaba el gorro negro en la mano, como si él fuera el prisionero y Brasse el alemán. Parecía apenado y no tenía ese aire autoritario tan común entre los nazis del campo. Miró a su alrededor con atención, observando el equipo del cuarto oscuro: la ampliadora, las bandejas para el revelado y el fijado, los paquetes de papel fotográfico. Eran cosas de primera calidad, que Walter había traído de Varsovia o había hecho mandar directamente desde Alemania. El suboficial lanzó un tenue silbido de admiración.

—¿En qué puedo servirlo?

El SS se volvió hacia Brasse. Y sonrió.

—Tengo que pedirle un favor, con el permiso del *Oberscharführer* Walter.

Brasse impidió que su rostro mostrara la menor emoción, pero se sentía terriblemente turbado por esa alteración de su paz doméstica. E inquieto, porque el hombre que estaba frente a él parecía el más gentil del mundo. No tenía sentido. Con un ademán invitó al visitante a continuar.

El alemán sacó del bolsillo una pequeña imagen y se la dio al fotógrafo.

—Me la tomó el *Oberscharführer* Walter en persona hace unos días. Soy yo trabajando. Quiero conservarla para mí, pero también quiero mandar una copia a mis viejos compañeros. ¿Sabe?, los muy afortunados están en Francia, en una guarnición. En cambio, a mí me mandaron aquí. ¿Lo puede hacer?

Brasse tomó la imagen sin mirarla, la apoyó en el banco de trabajo y asintió.

—Claro. Puede pasar a recogerla dentro de un par de días.

El SS sonrió de nuevo, mostrando con alegría infantil una dentadura blanquísima. Y al mismo tiempo retrocedió hacia la puerta, obsequioso, sin mirar a sus espaldas.

—Se lo agradezco. Es usted muy amable. Le diré al *Oberscharführer* Walter que me ha sido de gran ayuda.

Solo cuando tocó la puerta con la espalda, se volvió para buscar la manilla. Y no salió antes de haberle lanzado un caluroso saludo de despedida. La puerta se cerró de nuevo.

Al quedarse solo, Brasse se sentó y esperó a que el corazón ralentizara sus latidos. Se pasó una mano por la frente, empapada de sudor, e intentó calmarse. La foto estaba delante de él, en el banco, bocabajo, mostrando el anverso blanco. Esperó un buen rato antes de extender la mano y cogerla. Finalmente la tomó con la punta de los dedos, de una esquina, como se haría con un insecto venenoso. Luego le dio la vuelta, mirándola bien.

El hombre retratado vestía pantalón y camisa de ordenanza y sujetaba un hacha de mano, pues estaba a punto de derribar un pesado tronco de árbol. Brasse reconoció el lugar donde se había dejado retratar: una de las obras que salpicaban el campo. Y cerca de él se veía a los carpinteros que luego tallarían el tronco y le darían forma para transformarlo en una viga para el techo.

Era una fotografía inocente, una imagen sencilla, cotidiana, de trabajo manual.

No era la prueba del delito sistemático al que el SS se dedicaba cada tarde.

Tanto mejor.

Brasse suspiró y levantó la mirada de la imagen al oír voces alegres que provenían del estudio. El alemán, antes de regresar a su barraca, se había entretenido charlando con los miembros del Servicio de Identificación. Al parecer, el *Kommando* había hecho un nuevo amigo.

Dejó la pequeña fotografía en el banco. Haría la copia al día siguiente.

Luego se levantó y se acercó a la ventana para echar un vistazo al bloque 20.

La habitación de enfrente estaba oscura y vacía.

Y los judíos griegos seguían ahí, en la entrada, esperando pacientemente su turno.

7

Acababan de dar las cinco de la tarde. El *Kapo* Maltz asomó la cabeza por el laboratorio y le lanzó una orden con voz seca.

—Ven acá. ¡Hay un trabajo en cuero para ti!

Brasse no abrió la boca. Encendió la luz blanca, quitó el negativo de seis por doce del casete de la ampliadora, apagó la máquina y se dirigió al estudio fotográfico. Un «trabajo en piel» era un trabajo para el doctor Entress. Él no conocía al médico, pero sabía bien qué le apasionaba: los tatuajes. Había oído que también hacía experimentos quirúrgicos y con fármacos, pero en el Servicio de Identificación su fama concernía únicamente a los tatuajes. Cualquier tipo de tatuajes. En cuanto se topaba con un prisionero que tuviera la piel dibujada, o le comunicaban que había llegado uno, Entress lo mandaba al bloque 26. Mariposas, marineros, mujeres medio desnudas, aves, puñales, calaveras con los huesos cruzados, en esos meses Brasse había fotografiado decenas de tatuajes. Luego Entress mandaba algún mandadero a recoger las tomas.

Esa noche Wilhelm se encontró de cara con un hombre de unos cuarenta años, alto, todavía lleno de fuerza, con el cabello negro y tupido. Era evidente que acababa de llegar al campo. De lo contrario, no habría tenido esa mirada llena de orgullo.

—¡Adelante, saluda al señor fotógrafo!

Maltz acompañó su invitación con una poderosa patada en el trasero del hombre y una risa burlona. Sin embargo, el hombre no se movió, como si fuera de piedra, y miró al torturador con ojos de fuego. Las manos le temblaban y parecía que estaba a punto de abalanzarse contra el *Kapo*.

También Franz Maltz era grande y musculoso, pero ese día debía de estar harto de peleas. O tal vez no era tan estúpido y en ocasiones sentía miedo. Escupió con desprecio en el uniforme del prisionero y despotricó.

—¡Te lo dejo a ti! —dijo, y se fue.

En cuanto hubo salido, Brasse se dirigió en alemán al deportado.

—¿De dónde vienes?

—De Gdansk.

—¿Eres polaco?

—Sí. Por eso me mandaron aquí.

Enseguida pasaron a la lengua madre y el fotógrafo le encendió un cigarrillo, para charlar un poco. Resultó que aquel hombre se llamaba Karol y era fogonero de barco. Con esos músculos, pensó Brasse, no había oficio más adecuado para él. Después de la ocupación de Gdansk, en 1939, se las había arreglado bien. Luego las cosas se complicaron.

—Yo trabajaba en los barcos viajando por todo el mundo, y rara vez regresaba a Polonia. Pocos días en cada ocasión, justo el tiempo para cargar mercancías y carbón. De la guerra casi no nos dábamos cuenta, me quedaba a bordo y los nazis no estaban interesados en meter las narices en mi caldera. Llevé esa vida durante casi dos años. Luego se esmeraron...

—¿Qué quieres decir?

—Un día ordenaron a todos los marineros polacos de los barcos que había en el puerto que desembarcaran. Gdansk ahora es alemana y pretendían que cambiara de nacionalidad, que me volviera alemán. Y, además, nazi. Querían mandarme al frente. Me golpearon para convencerme, pero les dije que no. Ya veremos si hice lo correcto.

Brasse le contó que había pasado por lo mismo, también él se había negado a luchar por el nazismo. Con el agravante de que la sangre aria corría rápida y fluida por sus venas. Así que se encontraban en Auschwitz por el mismo motivo y ninguno de los dos sabía si saldría vivo de allí. Le preguntó si conocía por qué lo habían mandado al Servicio de Identificación y el otro negó con la cabeza. Brasse sonrió.

—No importa. Yo lo sé. Eres un trabajo en piel para el doctor Entress.

El hombre frunció el ceño.

—¿Qué dices que soy? Y ¿quién es el doctor Entress?

—Un médico con una pasión particular. Quítate la chaqueta.

El fogonero obedeció y Brasse observó el pecho y los brazos del prisionero. No vio nada y tampoco encontró nada en el bajo vientre.

—Bájate los pantalones y los calzones.

Y, dado que el otro titubeaba, lo alentó con un gesto de la mano.

—No te preocupes. No va a ocurrir nada extraño.

Sin embargo, el hombre no tenía nada tatuado, ni siquiera en la ingle o las piernas.

Finalmente le pidió que se girara. Entonces Brasse vio el tatuaje que había cautivado a Entress. Lanzó un grito de admiración y llamó a los demás.

—¡Venid! No os podéis perder este espectáculo.

Los miembros del *Kommando* dejaron sus tareas y se acercaron al banco fotográfico. Brasse tenía razón. Era el tatuaje más hermoso que se había visto hasta entonces en el bloque 26.

—¡Eres una obra de arte viviente, amigo! —exclamó Władysław, sintetizando el pensamiento de todo el equipo.

Toda la espalda de Karol estaba cubierta con un tatuaje multicolor. La escena estaba ambientada en el paraíso terrenal y relataba la historia más famosa del Génesis. Adán, a la izquierda, tenía en la mano la manzana prohibida. En el centro, la serpiente tentadora se enredaba alrededor del árbol de la vida y le ofrecía al hombre, creado por Dios, una segunda manzana. A la derecha, Eva miraba hacia Adán. Y ella también tenía una manzana en la mano.

—No creo que resista a la tentación. Tres manzanas son demasiadas.

Brasse habló en voz alta, aunque en realidad el suyo era solo un pensamiento para sí mismo.

—Pues sí —le dio la razón Franek—, y por su culpa todos terminamos en Auschwitz.

Esa ocurrencia fue recibida con unas risas amargas, sobre todo porque era verdad. En el campo veían todos los días demasiadas cosas horribles y, si el ser humano se las merecía por haber cometido un pecado original, este pecado debía de ser terrible. Dios todavía los estaba castigando por el comportamiento de Adán y Eva, y no daba señales de estar satisfecho. Quizá los tendría en ese infierno para siempre.

—¿Habéis visto cómo lo mira ella?

El tatuaje era realmente hermoso, rico en detalles precisos y finísimos, como las escamas de la serpiente o el cabello de la mujer. Y los colores eran vivos, estaban saturados, con prevalencia del rojo y el azul. Pero todo ese arte no ofuscaba el sentido carnal de la escena. Y nada expresaba tal sentido mejor que la mirada de Eva, lujuriosa y llena de deseo por Adán.

—¿Quién te lo hizo, Karol?

—Un tipo de Valencia, España, hace un par de años. Es hermoso, ¿verdad?

—Mucho —contestó Brasse—, y nosotros ahora debemos fotografiarlo.

El fogonero se rio.

—¿Es esta la pasión del doctor Entress?

—Sí. Y nosotros obedecemos sus órdenes, aunque no siempre es fácil.

El Servicio de Identificación estaba equipado para hacer retratos y solo para eso. Brasse temía el día en que le pidieran hacer alguna fotografía de grupo, porque ni siquiera con toda su experiencia podría suplir la falta de adecuación del estudio, incluso la amplia espalda del fogonero polaco le resultaba difícil de fotografiar. La silla giratoria y la Zeiss estaban clavadas en el suelo para que la toma jamás se desenfocara. No podía moverlas. Solo había un modo para retratar al hombre de Gdansk: que este se sentara a horcajadas, dando la espalda al objetivo, y mover las lámparas para producir la mayor cantidad de luz posible. Luego, para asegurarse de obtener el mejor resultado, realizó tres series distintas de tomas, con diferentes iluminaciones. Toda la operación le llevó más de una hora. Cuando concluyó, soltó un suspiro de alivio.

—Terminamos. Puedes volver a vestirte.

—Menos mal.

El estudio tenía calefacción, pero al estar inmóvil en esa posición durante tanto tiempo el polaco había cogido frío. Y empezó a estornudar, una, dos, tres veces.

Antes de irse, se fumó otro cigarrillo, con evidente placer, dijo que eran los primeros que fumaba desde su llegada al campo.

—¿Tú no fumas? —preguntó a Brasse con curiosidad.

—No, pero me gusta regalarlos. Hace que la gente que viene aquí se sienta mejor.

El fogonero miró a su alrededor. La expresión en su rostro delataba que allí se sentía bien, el *Kommando* del Servicio de Identificación vivía en unas condiciones aceptables y él no quería irse. Pero sabía que no tenía otra opción.

—¿Qué hace tu médico con las fotos de los tatuajes?

Brasse se encogió de hombros.

—Creo que las archiva. Quizá le sirvan para sus estudios.

—Ah... —murmuró el prisionero.

Acabó su cigarrillo hasta quemarse los dedos y luego se fue.

—Sois buenas personas. Adiós.

Brasse lo observó un minuto y volvió al estudio solo cuando lo vio perderse en la noche. El fotógrafo se sentía incómodo por haberle mentido. En realidad, no sabía qué hacía Entress con las fotografías y no entendía por qué los tatuajes le interesaban tanto. Era evidente que no tenían ningún valor científico. Sin embargo, aunque Maltz llegara a menudo con un «trabajo en piel», él nunca había querido preguntar. Era su regla, no interesarse por lo que ocurría fuera del Servicio de Identificación.

La respuesta a las preguntas sobre Entress le llegó de todos modos, cuando ya no pensaba en Karol desde hacía bastante tiempo. No buscaba esa respuesta, pero no había un solo rincón en Auschwitz donde no se oyera cómo los tambores de la muerte resonaban de un lado al otro del campo.

Mes y medio después de haber recibido en el bloque 26 al fogonero de Gdansk, un amigo suyo de Cracovia, Mieczysław Morawa, mandó decirle que tenía algo interesante que mostrarle. Brasse fingió no haber recibido el mensaje, porque Mieczysław trabajaba en el horno crematorio y él no quería saber nada de ese lugar desde que, durante sus primeros terribles meses en Auschwitz, lo habían obligado a descargar allí los cadáveres del *lager*.

Sin embargo, el amigo insistía añadiendo que tenía que darse prisa, quería enseñarle algo extraordinario.

Entonces, una mañana, antes de empezar a positivar, Wilhelm subió en un carro del *Leichenträgerkommando*, el *Kommando* de cadáveres, y se dejó llevar al horno crematorio, preocupado, pero al mismo tiempo contento de tomar una bocanada de aire. Cuando vio a Mieczysław lo saludó con alegría y lo abrazó. Llevaban semanas sin cruzarse por el campo y era hermoso darse cuenta de que los dos seguían vivos.

—Ven conmigo. Estoy seguro de que te interesará.

Morawa pasó frente a los hornos, mientras sus compañeros alimentaban el fuego con nuevos cuerpos sin distraerse ni un instante del trabajo, y lo llevó al fondo de todo. Se detuvieron al lado de una mesa sobre la cual, a lo largo y a lo ancho, se extendía algo. Mieczysław agarró a Brasse de un brazo.

—Sabes de qué se trata, ¿verdad? Quería enseñártelo para que hubiera un testigo aparte de mí. Si soy lo bastante afortunado para arreglármelas y salir con vida de aquí, contaré todo esto también, pero sé que nadie me creerá. Por eso quería que vinieras. Tenemos que ser muchos los que lo contemos.

En la mesa, Brasse vio la piel de la espalda de Karol. La sujetaban unos pesos en los extremos y a los lados, y parecía en buenas condiciones.

Las rodillas empezaron a temblarle. Trató de hablar, pero la voz se le ahogó en la garganta. Y solo después de intentarlo dos veces logró preguntar:

—¿Quién hizo esto?

El amigo no contestó. Bajó la mirada, en silencio.

El fotógrafo, impactado, pensó en el sinsentido que suponía desollar a un hombre para quitarle la piel. Y se agachó al suelo, vomitando.

Mieczysław lo sostuvo y luego lo llevó fuera del horno crematorio.

—¿Fue Entress quien te ordenó cortar el tatuaje del marinero?

—Sí, en persona.

—¿Qué te dijo?

Mieczysław lo miró fijamente a los ojos.

—Me dijo que tratara esa piel con cuidado y que debía curtirla bien porque quiere encuadernar un libro con ella. Eso dijo. Y me lo repitió dos veces. ¿Entiendes? Un hombre murió porque un médico loco quiere encuadernar un libro. Según tú, ¿qué tiene ese libro que lo hace tan valioso?

Brasse no contestó a esa pregunta idiota y se alejó a

pie, tambaleándose. Del horno crematorio al *Erkennungsdienst* había un buen trecho, pero él necesitaba tiempo para calmarse y pensar.

Sí, un hombre había muerto porque un médico loco quería encuadernar un libro con su piel. Era verdad, eso era lo que había ocurrido. Karol, el fogonero de Gdansk, había sido fusilado o estrangulado o ahorcado —él no lo sabía— porque Entress debía embellecer su librería. Había ocurrido, no se podía dudar de ello; sin embargo, en su cabeza esa locura no tenía cabida. Brasse aún no estaba tan loco como para acogerla, era demasiado grande para él, que quería permanecer lo más cuerdo posible. Se preguntó si existía un nivel mínimo de locura que había que alcanzar para sobrevivir en Auschwitz. Se contestó que sí, ese nivel mínimo existía, y tenía que alcanzarlo si quería salir adelante.

Mientras se encontraba a medio camino, le vino a la mente que Entress trabajaba en el bloque 7. Era ahí donde trataba a sus enfermos. Y pensó en acercarse para ver qué cara tenía.

Sopesó a fondo qué hacer, allí parado en tierra de nadie, inmóvil, corriendo el riesgo de que algún *Kapo* o un SS lo golpeara por merodear sin meta ni ocupación.

Luego decidió que el rostro de Entress no le interesaba.

Al verlo se le habría clavado en la cabeza y nunca habría conseguido sacárselo de ahí.

Era mejor volver al Servicio de Identificación, cerrar la puerta a sus espaldas y sumergirse en el trabajo del laboratorio.

Tenía un montón de negativos que revelar y transformar en fotografías.

Su única tarea era esa.

8

Esa mañana, en el bloque 26 la confusión era indescriptible.

Dos días antes el escriba del *Kommando* había enfermado y para sustituirlo habían sacado a Władysław Wawrzyniak del cuarto oscuro. Pero Władysław no estaba para nada familiarizado con ese trabajo y se había confundido con las convocatorias: a las diez se habían formado en el pasillo dos filas de prisioneros, una de hombres y otra de mujeres. Los deportados estaban callados, petrificados, para no despertar la rabia de sus torturadores, y eran los *Kapos* quienes discutían, disputándose la preferencia para hacer las fotografías. Todos gritaban que los habían convocado primero. Brasse salió al pasillo y gritó que se callaran.

—¡Basta! Lo haremos así: primero que pase una mujer y luego un hombre, una mujer y un hombre, de cada fila, alternándose. De este modo todos perderán menos tiempo. ¿Está bien?

Los guardias lo escudriñaron con ojos saltones, callándose por fin durante medio minuto. Luego, como si ni siquiera hubiera hablado, empezaron otra vez a discutir.

—¿Debo llamar al *Oberscharführer* Walter?

La amenaza calmó los ánimos y Brasse asintió satisfecho.

—Lo haremos a mi manera. ¡Que pase el primero!

Le tocó a un hombre aún joven, fornido, al que apenas le cabía el uniforme. Aquella misma mañana había pedido uno más grande, con lo que se había ganado un ojo morado. Brasse tuvo que mandarlo de vuelta al barracón. Luego llegó una mujer de mediana edad; era judía, tenía el cabello rubio muy estropeado y una mirada que iluminó el objetivo del fotógrafo polaco. Era la mirada de una madre que no se desanima ante ninguna dificultad, que resiste ante todo simplemente porque no puede renunciar; antes de sucumbir debe salvar a hijos e hijas, hermanos y hermanas, maridos y padres. Esto mantenía vivas a ciertas madres, también en Auschwitz. Brasse le sonrió, tratando de ofrecerle un poco de consuelo. Después le tocó a un preso político holandés, que frente a la Zeiss arqueó las cejas y frunció el ceño, como si temiera que la cámara fotográfica pudiera robarle el alma. Luego vino un muchacho, también holandés, también preso político; por más que le insistiera, no logró que mirara al objetivo. En la toma de frente, el joven se obstinó en mirar hacia abajo. Brasse estuvo a punto de perder los nervios y recriminarle su actitud, pero se contuvo, no quería que el *Kapo* le diera una paliza, y le sacó una fotografía que ya sabía que saldría mal. Sería la primera desde que había empezado a trabajar en el Servicio de Identificación, y de algún modo lograría justificarla. Cuando fue el turno de otra mujer, una checa, estalló de nuevo el caos y él salió corriendo, exasperado, para ver qué sucedía.

Dos *Kapos*, un hombre y una mujer, rodaban por el pasillo, luchando cuerpo a cuerpo, incitados ferozmente por sus respectivos colegas, mientras una mujer muy joven estaba tirada en el suelo, con las manos en su rostro ensangrentado. Tan pronto como Brasse abrió la puerta, todos se volvieron a verlo, parecían niños atrapados con las manos en la masa. Los *Kapos* se levantaron y en el silencio reinante solo se oyó el débil llanto de la prisionera.

—¿Qué ha pasado?

—A ti no te debemos ninguna explicación, escoria —replicó con desprecio el *Kapo* involucrado en la pelea.

Brasse lo miró y con una punzada en el corazón se dio cuenta de que era Wacek Ruski.

—Golpeó a una de nuestras prisioneras —se justificó su adversaria.

—Y ¿por qué?

—Le hice una caricia y me miró mal, ¡por eso!

—¡Mentiroso! ¡Sabemos dónde acaricias tú! Le metiste una mano entre los muslos.

Mientras los *Kapos* empezaban otra vez a pelear, Brasse observó a la chica herida, que no tendría más de catorce años y cuya fragilidad hacía que la acusación de Ruski fuese difícil de creer. Ese ser tan débil nunca desafiaría a un energúmeno como Ruski, ni siquiera con la mirada. Cuando con mucho esfuerzo se levantó del suelo, Brasse la apuntó con el dedo.

—Que pase ella.

La chica entró al estudio con paso inseguro y se sentó en la silla giratoria, o, mejor dicho, trepó por ella. Parecía realmente un pajarito espantado y el cabello mal cortado la hacía semejar un pollito desplumado y recién nacido. Brasse se acercó a la silla.

—¿Cómo te llamas?

—Czesława.

—¿Eres polaca como yo?

Ella asintió.

—¿Por qué estás aquí?

—Arrestaron a mi padre y al resto de mi familia, pero no hemos hecho nada.

Los ojos se le llenaron de lágrimas y tuvo que esforzarse para no llorar. Trataba de no llamar la atención de los guardias, no quería más golpes.

—Ahora tranquilízate. Tomamos las fotografías y luego vuelves en paz a tu bloque.

La chica aspiró por la nariz y se puso el gorro en la cabeza, apretándolo con un gran nudo en la nuca. Luego, con la manga del uniforme, se limpió la sangre de los labios, donde la había golpeado Ruski. Incluso intentó sonreír, como si esas fotografías la hicieran volver a los juegos y a los días de su infancia, pero no pudo.

Brasse la observó a través del visor. Con el uniforme enorme y sin forma que le quedaba grande por todos lados y el gorro calado en la frente, parecía un jovencito, y él sintió que la ternura invadía su corazón. No era justo que el destino se ensañara con una criatura tan inocente. Entonces fue él quien se mordió los labios para contener las lágrimas. Tragó saliva, le pidió a Czesława que se quedara inmóvil y tomó la foto. Luego la acompañó de la mano fuera del estudio. Esperó que un día, después de la guerra, un familiar o un amigo encontrara su foto en los archivos del campo, así también ella sería recordada. No moriría por nada.

En ese instante entró Maltz.

—¡Tadek, sal! ¡Walter y Hofmann te necesitan!

Brodka se giró a mirar a Brasse, quien asintió.

—Dile a Alfred que deje el cuarto oscuro y trata de volver lo antes posible.

—Está bien.

Tadek llamó a Wojcicki, que estaba en el laboratorio, para que ocupara su lugar en el casete del negativo de la Zeiss, agarró una pequeña cámara portátil con visor de cintura y siguió a Maltz al exterior. Que lo convocaran fuera del bloque 26 no era para nada insólito. A Walter y Hofmann, su oficial subordinado, a menudo les tocaba retratar la vida del campo, y en circunstancias particulares llamaban a Brodka para que los ayudara. En efecto, hoy tenía una tarea especial.

Tras una hora larga de ausencia, Tadek volvió al estudio. Brasse no le preguntó nada. Lo vio retomar su lugar en silencio, en el banco fotográfico, con la mirada baja, y trabajar mecánicamente hasta entrada la tarde, cuando por fin las dos filas de prisioneros se acabaron. Pasaban pocos minutos después de las cinco. Solo entonces le habló.

—¿Cuántos eran hoy?

—Dos.

—¿Dónde?

—Uno se ahorcó en el bloque 12 y el otro se arrojó a los cables eléctricos. Le di la película a Franek hace un par de horas para que la revelara, espero que esté lista. Walter y Hofmann quieren ver las fotografías esta misma noche.

Brasse hizo una serie de cálculos mentales, preocupado.

—El *Oberscharführer* hoy recoge también el álbum fotográfico que le revelé el miércoles. ¿Cómo pretenden que llevemos a cabo todo este trabajo?

Brodka se encogió de hombros. Se veía que no le importaba, no era problema suyo y no le tocaba a él resolverlo. Pero Wilhelm no se ofendió por ese desaire. El compañero, a quien fuera de su bloque todos llamaban en burla «el fotógrafo de los suicidios», había pasado un buen rato entre deportados, SS y *Kapos* esa mañana y seguía alterado.

—¿Eran jóvenes?

—Uno sí, el que se ahorcó.

—¿Quiénes están en el bloque 12?

—Vienen de toda Europa. Se ahorcó esta noche. Rasgó el uniforme en jirones y se colgó de una viga. Lo encontraron antes de pasar lista y lo dejaron así hasta que llegamos. Me dijeron que venía de Bélgica y que acababa de cumplir los veinticinco.

—Dos años más que yo —lo interrumpió Brasse.

—Y tres más que yo.

—¿Nadie se percató de nada?

—Nadie, o al menos eso dicen. Estoy seguro de que sus compañeros de catre lo vieron y escucharon, pero si hablan los acusarán por no haberlo detenido o no haber llamado al *Kapo*. Walter dice lo mismo, aunque en realidad no le importa nada. Solo quería que tomara esas fotografías. Me obligó a sacar un rollo completo, desde cada ángulo posible. Y mandó a los SS a traer dos lámparas de pila; en la barraca estaba demasiado oscuro, no se veía nada.

Hizo una pausa, reflexionando, y luego concluyó:

—Sea como sea, la cara de ese tipo se veía tranquila. Si sufrió, se consoló pensando que todo estaba a punto de acabar.

—Y ¿el otro?

Tadek se rio sarcásticamente.

—El otro fue más listo. ¡Más listo que todos nosotros!

—¿Qué quieres decir?

El joven encendió un cigarrillo, porque le ayudaba a recordar mejor. Brodka fumaba todos los cigarrillos que lograba intercambiar, incluso diez al día, y nadie sabía cómo los conseguía. Decía que solo fumando se calmaba y aguantaba toda esa tensión.

—Era un hombre de unos cincuenta años, recién bajado del tren. Creí que a los de su edad los mataban a todos, pero resulta que no. Superó la selección e iba rumbo a las barracas; sin embargo, ya había entendido cómo funcionan las cosas en el campo de concentración. Fue más inteligente que nosotros. Y también más valiente.

Brasse lo miró sombrío.

—¿Por qué dices eso? ¿Piensas que nosotros somos unos cobardes? ¿Solo porque queremos vivir?

Tadek abrió el brazo, describiendo un semicírculo en el aire con el cigarrillo.

—Él no esperó a tocar fondo. Nosotros somos unos ilusos, creemos que podremos salvarnos. Pero no es así. Tocaremos fondo y ese día descubriremos que ni siquiera tenemos las fuerzas para matarnos.

Brasse no contestó. Estaba enfadado. Él no era un cobarde. Solo intentaba salir adelante y arreglárselas, no era un pecado. Se alejó de su compañero, intentando ahuyentar esos pensamientos de su mente, y fue a buscar a Franek. Quería los negativos de los suicidios del día, debía revelarlos de inmediato. Los negativos estaban listos, pero, antes de ponerse manos a la obra en el cuarto oscuro, se acercó a Władysław, que estaba sentado a una mesa, en el estudio fotográfico, y trabajaba en absoluta tranquilidad.

Władysław había llegado a Auschwitz a principios de 1941 desde Cracovia; lo detuvieron los alemanes durante una redada callejera. No era un gran técnico de laboratorio, y él había tenido que enseñarle muchas cosas, pero las SS lo habían escogido por otra de sus habilidades. Era un buen calígrafo y escribía magníficos pies de fotos, en caracteres góticos, de las imágenes de los álbumes ordenados por los patrones. Brasse revelaba las fotografías, ellos le decían a Władysław en qué orden querían verlas en el álbum y qué debía escribir debajo de ellas. Las SS eran muy precisas y de cada imagen anotaban lugar, fecha y hora. Lo que hacían luego con esos álbumes seguía siendo un misterio, pero era evidente que no servían para documentar, en las oficinas del Reich, el trabajo de los hombres del uniforme negro. Para tales fines se necesitaba otro tipo de estadísticas. La hipótesis más probable era que Walter y sus jefes se los regalaran a los jerarcas que pasaban por Auschwitz.

Brasse contempló durante unos minutos a su compañero mientras este dibujaba garabatos finísimos debajo de las fotografías, con un plumín fino y tinta azul cobalto. Luego lo invitó a tomar un descanso.

—Ve a comer algo al cuarto oscuro, Władysław. No has probado bocado desde la mañana.

El otro lo miró dubitativo.

—Pero todavía tengo mucho trabajo.

—¡Ve, anda! Walter no vendrá hasta dentro de un par de horas y Maltz no está. Nadie te va a descubrir si te tomas un descanso. Me quedo yo de guardia.

Wawrzyniak le sonrió, agradecido, y abandonó la silla.

Brasse ocupó su lugar, quería quedarse solo con ese álbum y estudiar con detenimiento las fotografías que él mismo había revelado hacía un par de noches. Porque desde que vio surgir de la bandeja de revelado ese cruel blanco y negro, no lograba quitarse de la cabeza la historia que las imágenes contaban.

Había escuchado de los demás prisioneros un montón de cosas sobre cómo se hacía la selección en Auschwitz. Cuando él llegó, la organización del campo aún no era perfecta, las cámaras de gas no estaban, a ellos los habían hecho bajar casi en plena campiña y todos juntos habían sido conducidos hacia las barracas. Luego, los alemanes empezaron a tomarse las cosas en serio y al Servicio de Identificación llegaron rumores de todo tipo sobre el modo en que las SS escogían a los prisioneros que pretendían matar y a aquellos que se salvaban, y sobre el modo como acababan con los primeros, los más desdichados. Brasse conocía bien el horno crematorio, pero nunca había visto las cámaras de gas. No de cerca. Y jamás había presenciado una selección.

Hasta entonces Walter solo había pedido a los hombres del *Erkennungsdienst* que elaboraran álbumes de él mismo y sus amigos, escenas de la vida de los SS en el campo, de sus periodos de descanso o de sus vacaciones en Varsovia. O bien, álbumes de los prisioneros trabajando y de la construcción y la ampliación de Auschwitz. En cambio, un par de días antes les había entregado unas imágenes completamente nuevas. Narraban la llegada de un convoy, la selección de los deportados y lo que ocurría después. Todas eran obra de Walter, que se había aplicado con la tenacidad de un reportero.

La fotografía más grande inauguraba el álbum y retrataba una escena masiva, miles de personas recién bajadas del tren. Hombres, mujeres y niños revueltos. Personas que se buscaban las unas a las otras y familias que intentaban permanecer juntas. En medio de ellos, los SS y los *Kapos* ya dividían y apaleaban a los grupos, gritándoles que fueran por allá o por acá. Brasse observó la fotografía con mayor atención y, con un escalofrío, vio en el horizonte algo que en el cuarto oscuro se le había escapado: un humo denso y negro que se elevaba hacia el cielo. Y no era el humo de la locomotora. Era el humo de los hornos crematorios, activos a todas horas del día y de la noche, punto preciso de referencia y orientación para todos los internos del campo. En cambio, en primer plano había una mujer con un turbante blanco en la cabeza y un recién nacido en brazos. Le daba la espalda a un SS, quien tendía la mano hacia ella como si quisiera darle una orden y ella ya estuviera huyendo.

Para realizar una toma tan amplia, Walter debía de haberse subido a algo, quizá a una escalera o a la pala de una excavadora. Muchas otras imágenes seguían a la primera. La multitud dividida en filas bien ordenadas bajando del tren, esperando a que médicos y oficiales decidieran a quién salvar y a quién no. Madres con un pañuelo en la cabeza y enormes estrellas de David en el pecho. Hombres con abrigo que sujetaban el asa de la maleta, como si aferrarse a los pocos bienes que se habían traído de su casa les asegurara que todo estaba bien, que todo era normal. Niños y mujeres separados de sus padres y maridos. Encabezaban las filas tres muchachitos, el más grande de los cuales agarraba de la mano a los más pequeños. Las miradas desorientadas de los adolescentes y las sonrisas ingenuas de los niñitos, mientras las mujeres, incapaces de comprender qué ocurría, miraban al objetivo con angustia. Hombres marchando hacia las barracas, inconscientes de que no volverían a ver sus maletas. Y, en efecto, en otra foto aparecía una montaña de equipajes, y un *Kommando* abría bolsas grandes y pequeñas desparramando su contenido alrededor. Lo primero que buscaba, Brasse lo sabía, era el dinero y las joyas. Solo después la ropa sería separada de los objetos de higiene personal, y los utensilios de cocina de los libros y periódicos. Y así sucesivamente. Las fotografías del *Oberscharführer* Walter relataban las escenas habituales de una deportación en Auschwitz. Hasta la última, la mirada de una mujer que tanto había impresionado a Brasse en el cuarto oscuro. Esos ojos seguían ahí, aferrados a la vida, mirándolo fijamente, implacables. Notó que las SS habían instruido a Władysław para que pusiera la imagen al final del álbum. Entonces el fotógrafo tuvo una intuición: el de la mujer era el paso definitivo hacia la muerte, su último vistazo al mundo antes de la oscuridad. Władysław aún no había escrito el pie de foto, pero allí estaban las instrucciones de Walter. Decían: «Judía va a la cámara de gas. Auschwitz, a 30 de septiembre de 1941, 16.30 horas».

Brasse cerró los ojos y apoyó el álbum en la mesa. Estaba aterrorizado y sintió que unos escalofríos le recorrían la espalda.

Por más que intentara evitarlo, el mundo seguía tocando a su puerta.

Él se esforzaba en aislarse, y cuanto más lo intentaba, más la realidad invadía su vida.

Sabía que esconderse era inútil.

Él quería quedarse solo, pero en Auschwitz eso no era posible.

Tarde o temprano, estaba seguro de ello, la realidad le pasaría la factura.

Y él la tendría que pagar entera.

Segunda parte

Auschwitz 1942-1943: servir al patrón

1

—Adelante, herr Brasse, tome asiento.

El fotógrafo, incómodo, apretó el gorro entre las manos, hizo una ligera reverencia de agradecimiento y se sentó en la silla, en primera fila.

Apenas tuvo tiempo de mirar a su alrededor y preguntarse quién iba a ocupar las cinco o seis hileras de sillas que llenaban la habitación. Nadie, evidentemente, porque Walter se sentó al lado del polaco y le hizo un gesto al operador. Este apagó la luz y la habitación se sumió en la oscuridad. Luego encendió el proyector, que comenzó a zumbar, y en el muro que había frente a ellos empezaron a correr las imágenes. Eran tomas en exteriores, del campo.

Brasse se removió en la silla, inquieto.

Las imágenes aparecían torpemente montadas, con cortes imprecisos y largos fundidos negros, hasta el punto de que el fotógrafo se preguntó qué inepto habría hecho ese trabajo. Por lo general, eran los del Servicio de Identificación quienes revelaban las películas de las SS, pero en este caso el *Kommando* había sido excluido del procedimiento. Como si le leyera el pensamiento, Walter precisó:

—Lo mandé a Varsovia. Es un material muy delicado.

La inquietud del polaco creció. El *Oberscharführer* de las SS le estaba mostrando material sin editar y para hacerlo lo había convocado en la Oficina Política. Brasse no pisaba ese lugar desde el día en que lo habían contratado en el *Erkennungsdienst*, más de un año antes, y mientras tanto las cosas habían cambiado por completo. La Oficina Política abandonó la vieja barraca y se estableció en el bloque 13, donde ocupaba un piso entero. Ahora todos los oficiales en uniforme negro tenían un espacio adecuado para su trabajo y Walter, incluso, había logrado habilitar una pequeña sala de proyecciones que sin duda usaba para mostrar a sus amigos los frutos de su arte. Sin embargo, estos detalles, en los que había reparado con rapidez, no impresionaron tanto a Brasse como la amabilidad del alemán y las molestias que se había tomado para invitarlo al espectáculo, organizando incluso una sesión individual para él.

Las imágenes corrían con rapidez. El fotógrafo vio a los prisioneros reunirse para pasar lista y responder a la llamada, salir de sus barracas por la mañana y regresar por la noche, cultivar los huertos de las SS y construir sus casas, excavar canales de desagüe y de recolección de aguas blancas y negras. No hizo preguntas y solo después de unos minutos se dio cuenta de que había un detalle que no encajaba: la película había sido filmada en una estación cálida, mientras que en ese momento era invierno. En el celuloide no había nieve, los alemanes vestían uniformes veraniegos y los prisioneros no tamborileaban con los pies para vencer el frío.

Asombrado, se atrevió a decir:

—Esa película no es de ahora, señor...

—La grabé el septiembre pasado. ¿Recuerda el septiembre pasado, Brasse?

El fotógrafo polaco dejó de prestar atención a las imágenes y se concentró en la pregunta de Walter. No tenía motivos para recordar el septiembre del año anterior. En Auschwitz todos los días eran iguales —lentos y dolorosos de la misma manera— y nadie quería conservar su memoria. No había fiestas religiosas ni civiles, no había vacaciones, no había modo de marcar el tiempo y sus cesuras, excepto por el gong que los despertaba cada mañana. Así, después de la desorientación inicial, quien llegaba al campo se inventaba un calendario personal que le permitiera contar al menos las estaciones y los años, basándose en los acontecimientos más importantes que le sucedían en su vida. Wilhelm se encontraba en Auschwitz desde hacía casi dos años y del primer periodo le quedaba un recuerdo muy confuso, con todos esos cambios de trabajo, a las órdenes de un *Kommando* diferente cada vez, sin mencionar el miedo y el peligro continuo de morir. Eran asuntos que no quería recordar. Es más, si hubiera podido arrancárselos de la cabeza, lo habría hecho. La fecha decisiva para él había sido el 15 de febrero de

1941, el día de su primera visita a la Oficina Política. Esa fecha, que había visto marcada en un pequeño calendario de pared a espaldas de Walter mientras este examinaba su expediente, representaba un giro fundamental en su vida, el momento en que le había caído del cielo la oportunidad de competir en igualdad de condiciones con el destino. De todo lo que había sucedido después recordaba muchas cosas —principalmente las muertes de sus conocidos de Żywiec y del fogonero de Gdansk—, pero ni siquiera esforzándose habría podido situarlas en el mes y la estación correctos. No, no había razón por la que supiera qué había ocurrido en septiembre.

Apenado, masculló una excusa y Walter se rio.

—En septiembre llegaron los rusos. ¿No lo recuerda?

Una chispa prendió en la mente del polaco y de improviso le retornaron a la memoria aquellos acontecimientos. Un instante antes le había parecido que el *Oberscharführer* estaba hablando de un pasado muy lejano; en cambio, era todo tan cercano que junto con el recuerdo volvió el dolor. Sintió como si unas puntas de alfiler se le clavaran en el corazón.

—Claro, señor. Los rusos...

—¡Aquí están! ¿Ve lo bien alineados que permanecen?

El fotógrafo miró, estaban todos formando, aplastados por la derrota en la batalla pero aún jóvenes y fuertes, bajo el sol de Polonia. Eran miles, habían desembarcado unas horas antes y estaban listos para pasar lista por primera vez. No como prisioneros de guerra, sino como prisioneros de Auschwitz.

Esa tarde Stanisław y Alfred habían hablado de ello entre risas.

—¡Han llegado los rusos! ¡Por fin! Ahora nos vamos a divertir.

Sus compañeros del *Erkennungsdienst* y él mismo odiaban a los rusos con todas sus fuerzas. Los odiaban desde siempre, y aún más desde que Stalin había empezado a hacer negocios con Hitler, en 1939, permitiéndole la toma de Varsovia y participando en el festín; nadie olvidaba que el Pequeño Padre se había anexionado la mitad de Polonia sin combatir. Como un zar cualquiera, como los imperialistas a los que la propaganda soviética atacaba todos los días. Ya anticipando la matanza, Trałka susurró:

—Ahora tendrán su merecido.

Y así fue. Las SS destinaron siete bloques a los rusos, separándolos de los demás deportados únicamente con alambre de espino. Y los hacinaron allí, sin preocuparse de que no pudiesen dormir más que uno encima del otro, dándoles de comer solo un calducho por la mañana. No los alimentaban, no los curaban, no los vestían para el frío otoño, que seguía avanzando. Ni siquiera los ponían a trabajar; los mantenían así, esperando que se murieran de hambre. Su objetivo no era explotarlos, sino exterminarlos. Incluso los polacos del campo se quedaron impresionados.

—Es increíble —comentó un día Alfred, desconcertado—, los alemanes desprecian a los rusos incluso más que a los judíos.

Era verdad, y ni siquiera todo el rencor que los polacos sentían por Stalin, el comunismo y los comisarios políticos bolcheviques podía aplacar la angustia que les provocaba ese espectáculo.

—¿Cómo les va a los rusos? —preguntaba de vez en cuando Brasse.

—Están cayendo como moscas —contestaba Stanisław. Y lo decía cada vez menos satisfecho, con los hombros cada vez más encorvados.

Solo cuando terminaron esa primera selección, las SS pusieron a los soviéticos a trabajar. Únicamente quedaba un tercio de ellos y estaba destinado a desaparecer también. Se encontraban tan maltrechos que no podían soportar ningún trabajo, ni siquiera el más ligero. A finales de noviembre, los siete bloques ocupados por los soldados del Ejército Rojo volvieron a los deportados ordinarios y en Auschwitz ya no se vieron más prisioneros rusos, salvo esporádicamente.

Mientras hablaba con Walter, Brasse recordó justo un día de ese mes de septiembre. Estaba atravesando el campo para llevar un paquete de fotografías que le había encargado el doctor Entress, pues el médico no había mandado a nadie a recogerlas. Pasó cerca del alambre de espino que aislaba las barracas de los rusos y, aunque se esforzó por mantener la mirada baja, acabó levantándola. La curiosidad era demasiado grande. No debió hacerlo.

Más allá del alambre de espino vio unos fantasmas.

Eran seres filiformes y etéreos, que estaban de pie, apoyados en los muros, arrodillados en el suelo, con manos y brazos caídos, las carnes blancas pegadas a los huesos, los ojos claros clavados en algún punto lejano. No se quejaban, no pedían nada. Darles un trozo de pan habría significado matarlos más rápido, ni siquiera podían levantar la mano para llevársela a la boca. Mientras intentaba acelerar el paso, Brasse cruzó la mirada con uno de ellos. Estaba justo detrás del alambre, a no más de un metro de distancia. Si estiraba los dedos, podría tocarlo. Se detuvo, incapaz de seguir adelante.

El ruso movió la mano derecha, apoyándola en un poste de la cerca, y abrió la boca. Dos veces trató de hablar, sin lograrlo. Y volvió a intentarlo, mientras dos pequeñas lágrimas bajaban en sus mejillas por el esfuerzo. Finalmente pronunció unas pocas palabras en un alemán incorrecto y entrecortado.

—*Ich bin nein Kommunist*.

Brasse abrió los brazos, impotente. Luego extendió la mano más allá del alambre, tocando la del prisionero. Fue como si lo hubiera golpeado un tornado. El hombre se desplomó en el suelo, con el puño todavía apretando el poste de la cerca, y el fotógrafo entendió que había muerto.

El soldado del Ejército Rojo le había dedicado sus últimas palabras.

Brasse se alejó corriendo, sin volverse.

—¿Por qué me enseña esto, señor?

Lleno de angustia por haber recordado al fantasma

ruso, Brasse se atrevió a dirigirse así a Walter, pero de inmediato se arrepintió.

El SS había mostrado en muchas ocasiones que apreciaba su trabajo. De vez en cuando charlaban de cuestiones técnicas y el bávaro siempre estaba satisfecho con las explicaciones que el fotógrafo le daba. Brasse consideraba a Walter como el menos malo de los jefes que pudieran tocarle: no era malvado, no lo golpeaba ni a él ni a los hombres de su *Kommando*, limitaba los gritos y los insultos a los momentos en que estaba verdaderamente furioso. En más de un año se había creado entre ellos dos cierta familiaridad, y para el fotógrafo eso era un seguro de vida, un capital que debía preservar a toda costa. Por eso se arrepintió de inmediato de haberse dirigido al SS con tanta impertinencia; jamás, de ninguna manera, a pesar de las muestras de amabilidad que le hubiera dado, un prisionero debía ponerse al mismo nivel que su superior. Y, en efecto, una sombra de enfado cruzó los ojos del alemán.

—Quiere saber por qué lo he convocado a la Oficina Política, ¿verdad, herr Brasse?

El polaco asintió sin levantar la mirada.

—Espere y entenderá. Mientras tanto, disfrute de la película.

Brasse no lograba calmarse, no era posible que se encontrara allí nada más que para ver una vieja película del *Oberscharführer*. Sin embargo, solo el oficial nazi podía satisfacer su curiosidad, de modo que volvió a concentrarse en las imágenes vívidas en la pared blanca de la sala. Ahora aparecían algunos miembros de las SS que, sonrientes, saludaban mientras paseaban por el campo. Llevaban en bandolera unas máscaras antigás y Brasse recordó bien el terror que se había esparcido entre los prisioneros al verlas. Durante días habían pensado que los alemanes se preparaban para acabar con los prisioneros de Auschwitz bombardeándolos desde el cielo con alguna sustancia letal. Y quien decía que para ese fin eran suficientes las cámaras de gas y los hornos crematorios de Birkenau era objeto de burla, en poco tiempo se había difundido entre los deportados la certeza de que el apocalipsis estaba cerca. Estaban tan seguros de ello, y tan convencidos de no poder evitarlo que incluso empezaron a trabajar a un ritmo menor. Sin embargo, los golpes de los *Kapos* atestiguaron que en realidad las SS se preocupaban por los deportados: al menos no permitían que holgazanearan. Luego, al ver que no ocurría nada, los temores se apaciguaron, pero sin desvanecerse por completo ni siquiera cuando las máscaras antigás desaparecieron del equipo que portaban las SS.

—Nos reímos mucho de sus miedos. Eran como ratoncitos enjaulados: aterrorizados, pero incapaces de huir. Ahora mire esto, herr Brasse.

Hombres de uniforme sellaban las puertas y las ventanas de una barraca, pero no era una barraca de Auschwitz. Prisioneros esqueléticos —los rusos moribundos— eran desalojados de sus bloques. Del mismo modo, muchos enfermos eran arrancados a rastras de sus camastros. Se trataba de varios centenares en total. Los llevaban a la barraca sellada y los empujaban dentro. Ninguno de ellos protestaba, nadie intentaba escapar, estaban demasiado débiles para ambas cosas. Luego, antes de que se cerraran las puertas, soldados de las SS lanzaban dentro grandes cestas llenas de voluminosas latas negras.

De pronto la película se interrumpió, y el blanco de la pared deslumbró a Brasse.

Las imágenes empezaron a correr de nuevo un segundo después.

Lo que vio era el interior de la barraca; Walter había colocado su pequeña cámara cinematográfica en el marco de una ventana.

—¡No quiero verlo, herr *Oberscharführer*!

El polaco cerró los ojos y arañó los reposabrazos de la silla.

—Si no mira, no llegará vivo a esta noche.

Y, dado que el fotógrafo tenía la cabeza agachada, Walter repitió su amenaza en tono gélido. Sacó la pistola de su funda.

—Obedezca, Brasse, si le importa su pellejo.

El polaco obedeció, mirando la pared entre lágrimas.

Dentro de la barraca, los prisioneros estaban agitados, intuyendo lo peor, y corrían de un lado al otro, desorientados como hormigas bajo un ataque. Cuando el gas comenzó a emanar de las latas negras, los presentes se alejaron de las cestas, amontonándose contra la pared más lejana, y luego se dirigieron a trompicones hacia el lado opuesto, como insectos atrapados incapaces de encontrar una salida. La película era muda y tan solo se oía el zumbido del proyector, pero Brasse escuchaba igualmente dentro de sí el lamento de aquellos desdichados. No eran lamentos humanos, sino aullidos, balidos, gemidos de pequeños animales heridos y ensangrentados. Los prisioneros se agarraban a las paredes, se arrojaban contra las rejas de las ventanas, se pisaban, trataban de trepar unos a los hombros de otros. Pero no podían huir.

Walter encendió un cigarrillo y ofreció otro al prisionero, quien negó con la cabeza.

—Hágame caso, tómelo. Ayuda a relajarse.

El fotógrafo cogió el cigarrillo con la mano temblorosa y lo metió entre sus labios. Luego el alemán se lo encendió y lo miró divertido mientras tosía.

—No se acostumbra, ¿verdad?

Brasse no contestó y volvió a mirar la pared, hipnotizado, dejando que el cigarrillo se le quemara entre los dedos. Le cayó ceniza en el uniforme, pero no se dio cuenta.

Los rusos y los enfermos doblaban las rodillas, mientras un líquido negro proveniente de las vísceras brotaba de sus bocas; y se tendían en el suelo despacio, como si se estuvieran acostando en la cama tras una jornada de duro trabajo. Morían lentamente, con los rostros hinchados, apagándose entre leves estremecimientos. Pero tardaban demasiado tiempo, de vez en cuando levantaban la cabeza para buscar un poco de aire que respirar entre enormes sufrimientos. Era imposible intentar imaginar qué se agitaba en sus conciencias durante aquellos momentos. La filmación terminó con los últimos fotogramas deteriorados de la película, y el fotógrafo se agarró la cabeza con las manos.

—Mándeme otra vez al Servicio de Identificación, por favor.

Walter se volvió y en la oscuridad hizo un gesto al operador.

De inmediato la luz de la sala se encendió y la proyección terminó. El operador rebobinó la película, cogió los rollos y los encerró en una pequeña caja de cartón. Luego cubrió el objetivo del proyector. Hizo el saludo militar y se fue.

Brasse abrió la boca para hablar, pero ningún sonido salió de sus labios. Walter lo miraba sin perderse una expresión, un movimiento de su rostro, un signo que revelase lo que le pasaba por la cabeza.

—¿Quiere preguntarme algo? —preguntó gentilmente.

El otro primero negó con la cabeza, luego levantó la mirada hacia el alemán.

—Yo ya soy su esclavo, herr *Oberscharführer*. Le obedezco en todo. ¿Por qué me ha traído aquí hoy? ¿Por qué me ha mostrado esta película?

El SS se inclinó hacia delante y acercó el rostro al del fotógrafo, mirándolo fijamente.

—Usted es mi esclavo, Brasse, no se equivoca. Sin embargo, yo no me conformo con su cuerpo. Quiero también su mente. Quiero ser el dueño de su conciencia, su estado de ánimo, sus emociones.

El fotógrafo se encogió:

—¿Por qué?

—Porque usted es uno de nosotros. Tiene padre y abuelo austriacos, es ario. Y ¡yo lo quiero, lo quiero con nosotros! ¿Recuerda? Se lo dije hace un año, cuando lo escogí para que trabajara conmigo.

—Yo soy polaco.

Las negras pupilas de Walter se empequeñecieron.

—Su madre es polaca y ella le hizo creer que es polaco. Pero lo que le dijo su madre no cuenta. Y tampoco lo que le enseñaron en la escuela o lo que decía la propaganda de Pilsudski. Lo que cuenta es la sangre. Y en sus venas corre en gran parte la misma sangre que corre en las mías, sangre aria. ¿Durante cuánto tiempo más va a renegar de los suyos? ¿Acaso no es hora de volver al cobijo de la patria?

Brasse señaló la pared blanca.

—¿Qué tiene que ver todo esto con los rusos y el gas?

El otro se levantó y empezó a caminar por la habitación sin dejar de mirarlo. Contestó con otra pregunta.

—¿Hace cuánto que está aquí?

—Desde el 31 de agosto de 1940.

—Ya van a ser dos años. ¿Cree que la guerra terminará?

—Estoy seguro de ello.

—¿Cree que Alemania será derrotada?

Brasse no contestó, y él sonrió socarrón, negando con la cabeza.

—Tiene que olvidarse de la guerra, Brasse. Sus esperanzas no tienen sentido. Estamos en Auschwitz, nuestro mundo termina con el alambre de espino. Le he mostrado la película para que sepa que nosotros somos omnipotentes. Su vida y su muerte están en nuestras manos. Convénzase de una vez y le resultará más fácil regalarme su corazón. Yo lo voy a tratar bien, le daré la dignidad y el orgullo que nunca ha tenido. Venga conmigo y le ofreceré el mundo.

Brasse sintió vértigo. Ese hombre lo quería todo para él, pero no intentaba comprarlo ni trataba de dominarlo a través del miedo. Quería que fuera él quien se entregara. Como una criatura dócil y obediente. Aturdido, no supo cómo replicar. El otro siguió, implacable.

—¿Por qué, herr Brasse, nunca sale del bloque 26? ¿Por qué jamás se ausenta del Servicio de Identificación?

El fotógrafo lo miró asombrado.

—¿Acaso cree que no me he dado cuenta? Yo sé que usted evita cualquier encargo externo, confiando en que será suficiente con la actividad que lleva a cabo en el estudio, con su maestría al retratar a los prisioneros. Sin embargo, ni siquiera allí dentro está a salvo, créame, y no me refiero a la seguridad física; si hubiera querido, el *Kapo* Maltz lo habría matado hace mucho. No, me refiero a su salud mental. Usted cree saber quién es y qué quiere, Brasse, pero se lo advierto, si no se une a nosotros, lo voy a llevar a la locura.

El polaco lo miraba sin mover ni un músculo.

—Solo tiene un modo de evitar ese riesgo. Entréguese a nosotros y no se arrepentirá.

Brasse se levantó tambaleando y balbuceó.

—¿Puedo irme ya?

—Sí, pero regrese mañana por la mañana. Tengo grandes planes para usted y quiero contárselos. Ahora estoy cansado.

El polaco salió del bloque 13 y dejó a sus espaldas la Oficina Política. Estaba aturdido. Levantó el rostro hacia el cielo y descubrió que ya era de noche. Por un momento se preocupó por no haber estado presente cuando pasaban lista. Luego entendió que era una preocupación absurda; seguramente Walter había dado instrucciones a Maltz al respecto. Todos dormían, pero él estaba demasiado agitado como para dormirse, por eso en vez de regresar con sus amigos al bloque 25, se dirigió hacia el *Erkennungsdienst*, el bloque 26. Quería estar solo y esperaba encontrarlo vacío.

Fue inútil.

Al entrar en el cuarto oscuro, vio a Franek, que imprimía y copiaba. Cuando Brasse se ausentaba, le tocaba a él ocupar su lugar. Se le acercó e intentó concentrarse para revisar el trabajo; con el tiempo, Myszkowski se había vuelto muy diestro, pero siempre era necesario otro vistazo. Mientras lo observaba, sintió la necesidad de desahogarse.

—¿Recuerdas a los rusos, Franek, el otoño del año pasado?

El joven dejó de trabajar en la ampliadora y se volvió.

—Claro que los recuerdo. ¿Por qué?

—¿Te acuerdas de que murieron de hambre y luego los últimos desaparecieron todos juntos?

Franek lo miró con curiosidad.

—Sí que me acuerdo. Pero ¿dónde has estado? Te hemos buscado toda la noche y cuando han pasado lista Maltz ha respondido por ti. ¿Te has metido en algún lío?

Brasse hizo un gesto, como para alejar esa pregunta tan estúpida.

—Están muertos, Franek, esos rusos están todos muertos.

—Y ¿qué? Todos los que estamos aquí moriremos, tarde o temprano.

—¿No quieres saber cómo pasó?

Una mueca torció los labios del muchacho.

—¿Por qué debería interesarme? ¿Quieres contarme qué nuevo método inventaron los alemanes para liquidar a los prisioneros? No, gracias, no quiero saber nada. Es más, déjame terminar el trabajo. Así por fin podré irme a dormir. Me caigo de sueño.

Decepcionado, Brasse se alejó unos pasos, jugueteando nerviosamente con los materiales y el equipo del cuarto oscuro. Myszkowski terminó y se fue.

Esa noche el fotógrafo polaco durmió en el estudio, sentado y con la cabeza apoyada en el banco fotográfico.

Cerró la puerta, pero ni así logró mantener alejadas las pesadillas.

El fantasma del Ejército Rojo tendió de nuevo las manos hacia él, con una pregunta en los ojos.

Y él no supo qué contestarle.

2

—No más judíos, para empezar. No sirve de nada.

—¿Cómo dice, señor?

—Desde hoy ya no fotografiarás a los judíos, Brasse. Es por completo inútil. Su destino está marcado. Van a morir. Al registrarlos solo desperdiciamos película y papel fotográfico.

Brasse se estremeció y pensó en todos los judíos que habían desfilado frente a su objetivo durante el tiempo que llevaba en el Servicio de Identificación. Se preguntó cuántos eran. No podía dar una respuesta precisa, porque los documentos donde constaba el número de personas registradas eran custodiados celosamente por las SS, pero le parecía que eran una infinidad. Miles, muchos miles, toda una civilización. Con sus palabras, Walter borraba a toda una civilización del archivo del campo. Y de la historia. Tan fácil que parecía increíble. Repitió como si fuera estúpido las palabras de su superior.

—¿No más judíos, herr *Oberscharführer*?

—No, salvo algún caso especial que le encargaremos a su debido tiempo. Los judíos morirán, pero siguen siendo un excelente objeto de análisis y nosotros nos encontramos en una situación ideal para estudiarlos a fondo.

—No entiendo, señor.

El SS sonrió.

—No es necesario que entienda ahora, Brasse. Cuando llegue el momento, todo estará claro. Tengo grandes planes para usted, ya se lo dije. No lo olvide.

El fotógrafo se estremeció de nuevo.

Esa mañana se había despertado preguntándose obsesivamente qué le esperaba en la Oficina Política. Y, después de haber formulado miles de hipótesis, terminó por renunciar a adivinar. Ahora esa era la primera consigna, no más judíos. Preocupado por las consecuencias, se armó de valor y dijo:

—No más judíos significa mucho menos trabajo. Señor, ¿tiene la intención de reducir el personal del *Erkennungsdienst*? Sería difícil para mí renunciar a alguno de mis colaboradores. Todos son muy buenos.

El alemán negó con la cabeza y contestó con sarcasmo.

—No tenga miedo. Sus amigos no corren peligro. Seguirán calentándose y comiendo de gorra. Vivirán porque su trabajo aumentará.

El fotógrafo lo miró desorientado y esperó una explicación.

—Dígame, Brasse. ¿Qué necesita para hacer buenos retoques?

Entonces, de eso se trataba, de volver al verdadero retrato.

El polaco recordó cuando lo habían llamado por primera vez a la Oficina Política, en febrero del año anterior, y rememoró que ya entonces Walter le había hecho un montón de preguntas sobre su habilidad con el retoque. ¿Acaso ya entonces tenía la intención de encargarle alguna tarea de ese tipo? De todos modos, no sabía que él ya retocaba las fotos de los judíos cuando era necesario, un retoque bastante básico y apresurado, pero eficaz, con un par de lápices de contrabando que le había procurado Franek. Sin embargo, para satisfacer las necesidades de los alemanes requería herramientas más profesionales.

—Para hacer un buen retoque, señor, necesito antes que nada un nuevo objetivo.

El SS se sorprendió.

—¿Hay algún problema con su Zeiss?

—Mi Zeiss es excelente, pero la lente es demasiado incisiva. Exalta los perfiles del rostro, los rasgos de los prisioneros. Es demasiado nítida y hace que incluso un simple moratón se vuelva una mancha imborrable. Es un objetivo más adecuado para paisajes que para retratos, señor. Necesito uno diferente.

—No veo qué relación tiene tal cosa con el retoque, Brasse.

El joven intentó explicarse del modo más sencillo posible, sin mostrarse arrogante o condescendiente. Cuando abordaban una cuestión técnica, salía a flote la evidencia: Walter era solo un aficionado y ponerlo a cargo de todo un estudio fotográfico no había sido una gran idea. Sin embargo, este no era un argumento que discutir con el mariscal de las SS. Brasse fue amable pero claro.

—Necesitamos un objetivo con lentes más suaves, señor, pensado específicamente para retratos. Los rasgos de una cara, con este tipo de objetivo, parecen casi desenfocados. Pero no es así, solo se atenúan. Entonces el moratón se confunde con más facilidad con la tez y en estas condiciones el retoque no es tan necesario. ¿Entiende ahora?

Walter lo seguía con atención y reaccionó con entusiasmo, sin fijarse en la ironía escondida en la pregunta de su subalterno.

—¡Bien, Brasse, es justo por esta clase de cosas por lo que lo escogí! ¿Le parece bien otro Zeiss?

—El Zeiss es perfecto. Le indicaré yo las características técnicas, así me conseguirá el más adecuado. Además...

—¿Además?

El fotógrafo enumeró con los dedos qué necesitaba.

—Como ya le dije el año pasado, necesito lápices con puntas específicas, 3H y 4H, tintas, pinceles y un cepillito. Y también una mesa para el retoque. Una mesa parecida a la que usan los diseñadores industriales, inclinada y muy bien iluminada, para poder trabajar sobre ella con comodidad. ¿Cree que es demasiado, señor?

—Tendrá todo dentro de unos días. Hoy mismo escribiré la orden de incautación para Katowice y verá como obtendremos materiales y equipo en un santiamén. ¿Necesita algo más?

Brasse se concentró. Ese era el momento adecuado para satisfacer sus necesidades y las de su *Kommando*. Tenía que aprovechar la condescendencia de Walter. Sin embargo, no quería pedir más comida o cigarrillos. Respecto de ese tipo de cosas, en el bloque 26, no podían quejarse. Debía inventarse algo más importante, algo más grande. Y finalmente se le ocurrió una idea.

—Si el trabajo aumenta, como usted dice, señor, podríamos necesitar nuevo personal. ¿Me autoriza a señalar los nombres de los prisioneros con las aptitudes adecuadas? Si encontramos en el campo a algún fotógrafo, podríamos aprovechar sus capacidades y producir aún más. ¿Qué le parece, herr *Oberscharführer*?

El SS no tuvo que reflexionarlo y asintió satisfecho.

—De acuerdo, Brasse, de acuerdo. Hágame saber a quién necesita y se lo daré, ¡aunque esté a punto de acabar en la chimenea! Solo soy un suboficial, pero entre camaradas nos echamos una mano con gusto. Además, de ahora en adelante, gracias a usted, tendré crédito con todos mis colegas.

—No entiendo, señor.

—Lo entenderá esta noche, Brasse. Y ahora vuelva al trabajo.

El fotógrafo se puso de pie y dejó la Oficina Política, rezando fervorosamente para no tener que volver a pisarla. Estaba aturdido por las novedades y por todos los misterios de Walter, que jugaba con él como el gato con el ratón. Sin embargo, estaba feliz de que su vida no hubiera sufrido ninguna alteración; al contrario, si contentaba a su superior, en el futuro podría dedicarse al Servicio de Identificación con todas sus fuerzas, incluso más que antes, dejando fuera de la puerta del *Erkennungsdienst* las cosas terribles que sucedían en Auschwitz.

También estaba contento con la inspiración que le había llegado al proponer al mariscal incrementar el personal del *Kommando*, esto le permitiría salvar algunas vidas. Era algo extraordinario y estaba tan orgulloso de ello que se olvidó de las amenazas de la noche anterior y de los acertijos de Walter sobre su salud mental y los grandes planes que tenía para él. Volvió al bloque 26 cargado de energía justo cuando el pajarito del cucú cantaba las diez: era la hora de ponerse manos a la obra. Animando a sus compañeros, Brasse se inclinó detrás de la Zeiss para observar al primer sujeto de la jornada.

Era una gitana exuberante. Al parecer, los alemanes se estaban esmerando en arrasar a los romaníes de Europa, ese era el tercer traslado en dos semanas. El pasillo estaba lleno de gitanos recién llegados, vociferantes y malolientes, con unos fardos de equipaje a la espalda que no soltaban ni con los golpes. Llegaban de Bohemia y tenían la cara alegre de quien, después de un largo año de trabajo, estaba a punto de irse de vacaciones. No se daban cuenta de dónde se encontraban. O quizá afrontaban su llegada a Auschwitz con la desfachatez típica de su pueblo.

—¡Cómo apestan! Nunca los he soportado —murmuró Stanisław, asqueado, mientras preparaba el letrero de identificación para la mujer que estaba sentada plácidamente en la silla.

Brasse se encogió de hombros con una sonrisa. En Żywiec, su ciudad natal, se veían muy pocos gitanos. Llegaban, acampaban en la periferia y se quedaban allí para descansar unos días. Luego recorrían las calles de la ciudad en parejas —dos mujeres, un hombre con el violín y un niño, dos niños— e intentaban trocar sus cosas: ollas, cazos y sartenes de cobre, pero también peines, cuchillos, armónicas. No pedían limosna, proponían un trueque y raramente aceptaban dinero, solo cuando tocaban, alegrando a la gente, o cuando sus mujeres leían las manos de las chicas de la ciudad. Duraba un día, no más. Entonces los párrocos y los policías los ahuyentaban. Ellos desarmaban su campamento, subían a los carros y retomaban su vagabundeo. Brasse recordó que, cuando era pequeño, en varias ocasiones había observado la caravana de los gitanos atravesar Żywiec para dirigirse hacia el norte. Y se acordó de que una vez le preguntó a su madre si podía unírseles. Ella le apretó la mano tan fuerte que le hizo daño.

—¡No vuelvas a decir algo así, Willy! Esa es gente mala.

Ahora aquella mujer romaní estaba frente a él, aún joven, de unos veinte o veinticinco años, pero ya gorda, con unos pechos enormes y un gran trasero. De reojo Brasse vio a Maltz pasarse la lengua por los labios, con la mirada absorta, e intuyó lo que estaba pensando. En cambio, la mujer no le prestó atención al *Kapo*. Tenía el cabello muy oscuro —no lo cubría ningún pañuelo—, una camisa blanca abierta en el cuello, un collar y unos pendientes de jade falso. En la tez aceitunada de su rostro resaltaban los ojos alargados, que a través del visor miraron a Brasse con una expresión benévola, llena de comprensión. Como si la mujer ya supiera qué le sucedería a su gente, pero estuviera también segura de que nada, ni siquiera los nazis, podía erradicar a los gitanos de la Tierra. Y el polaco se sorprendió constatando que jamás, ni siquiera una vez en más de un año, había captado esa mirada en los ojos de un judío. Quizá los judíos habían sufrido demasiado en la historia como para hacerse ilusiones. Quizá los gitanos eran demasiado jóvenes y aún debían sufrir mucho antes de doblegarse también ellos.

La mujer se dejó fotografiar dócilmente y se fue.

Otros siguieron después de ella: hombres con bigotes y sombrero, jóvenes fornidos, viejos encorvados por los años con la piel del rostro apergaminada, adolescentes descalzos y mujeres con vestidos multicolores. Todos los que parecían haber superado los treinta años —Brasse reparó sobre todo en este detalle— tenían los dientes llenos de caries o incluso la boca desdentada.

Cuando sintió la punzada del hambre, como a las dos de la tarde, el polaco levantó la cabeza del banco de la Zeiss y vio entrar a Mieczysław Morawa, su amigo del horno crematorio. Se preguntó qué hacía allí. Él le lanzó una larga y triste mirada de complicidad, lo buscaba justo a él. De pronto Brasse olvidó el hambre, a los gitanos y a Bernhard Walter. Se le cerró el estómago y el miedo se abrió paso en su corazón.

—Vamos al otro cuarto.

Y llevó a Morawa al cuarto oscuro.

—¿Ha pasado algo?

La última vez que se habían visto, Mieczysław le había mostrado la piel tatuada del fogonero de Gdansk. Algo terrible que sin embargo no había impedido a los dos amigos abrazarse, charlar y reír juntos. Ahora no había lugar para las muestras de afecto. Morawa metió la mano en la bolsa del pantalón, sacó una hoja y se la dio a Brasse. Él se la quedó mirando y preguntó:

—¿Qué es?

—Es la hoja de asistencias de esta mañana. Si descubren que me la he llevado, me arrojarán vivo al horno, sin tan siquiera quitarme el uniforme. Échale un vistazo.

La «hoja de asistencias» era la lista de los cadáveres entregados al *Kommando* que se encargaba del horno crematorio y que Mieczysław y sus compañeros habían paleado y ofrecido como holocausto a las llamas. Una larga lista de nombres que hasta el día anterior habían pertenecido a seres vivientes y pensantes. De esas personas ahora no quedaba nada, salvo algún diente y restos de hueso. Sus nombres, con el corazón y el alma, se habían desvanecido en el cielo, mientras que su ceniza dentro de pocos días fertilizaría el huerto de algún colono alemán en los alrededores de Auschwitz.

Wilhelm revisó rápidamente el pedazo de papel. Ahí estaba, más o menos en el trigésimo renglón, justo al final de la hoja, solo a un paso de haberse salvado, de haber estado un día más con vida.

Su tío Lech, hermano de su madre, había muerto. Y las lágrimas le brotaron de los ojos sin que pudiera contenerlas. Un sollozo le sacudió el pecho.

—De inmediato sospeché que era un familiar tuyo. Es así, ¿verdad?

El fotógrafo asintió, sujetándose a una mesa, y se sentó al lado de la ampliadora. Luego, instintivamente, llevó la mirada a la ventana, como si esperara encontrar en el cielo una señal de lo ocurrido a los hombres cuyos nombres aparecían en esa hoja. Sin embargo, el cielo estaba azotado por el viento, no había nubes, no salía humo de la chimenea. Todo había acabado, todo estaba limpio. Y de la vida de su tío solo quedaba ese nombre, esa quisquillosa anotación burocrática.

—¿Lo conocías bien?

Brasse sonrió al recordar.

—Es el hombre que me enseñó todo lo que sé sobre la fotografía. Regentaba el mejor estudio de Katowice y cuando tenía quince años me acogió. Me enseñó el oficio. Si hoy sigo vivo —la voz se le quebró— se lo debo a él. Pero ¿cómo ocurrió?

Morawa abrió los brazos, era imposible saberlo.

Brasse no entendía. No había tenido noticias de su

madre, de su padre ni de sus hermanos desde hacía casi dos años, pero esperaba que después de que lo arrestaran a él hubieran sido prudentes y no se hubieran metido en líos. Lo que le preocupaba no eran sus padres, ya ancianos, estaba seguro de que a ellos los alemanes no les harían nada. Ni siquiera a los tres hermanos menores, demasiado pequeños como para trabajar o ser reclutados en la Wehrmacht. Lo que lo angustiaba era Bronislaw y Jacek, sus dos hermanos dos y tres años menores que él, la edad justa para ser llamados a filas. Seguramente los nazis les habían preguntado también a ellos de qué lado querían estar, y quién sabe cómo habían contestado. Si se habían negado, no sería tan extraño que se los encontrara algún día en Auschwitz, donde terminaba toda la escoria de Polonia. No nacía ningún amanecer sin que Brasse se cuestionara sobre el destino de sus dos hermanos, sobresaltándose cada vez que le parecía reconocer sus rostros entre los deportados. Y cada día transcurrido sin malas noticias reavivaba la esperanza: quizá sus hermanos se las habían arreglado, quizá habían logrado huir y unirse al ejército de la Polonia libre, en Inglaterra. Quizá estaban a salvo.

Se preocupaba por todos, excepto por el tío Lech, un hombre entrado en años, tranquilo, enamorado solo de su oficio y nada propenso a asumir riegos. Quién sabe cómo había terminado en el campo de concentración, quién sabe qué había hecho para llevar a los alemanes a arrancarlo de la paz de Katowice y mandarlo a Auschwitz. Era todo inexplicable.

Luego, una sonrisa amarga le torció los labios.

—¿Qué sucede?

El joven agitó la hoja en el aire.

—Es la rareza de nuestro destino lo que me hace tragar bilis. Él estaba fuera, y a pesar de ejercer el oficio de fotógrafo no logró salvarse. Yo estoy aquí dentro, aún vivo, justo porque sé fotografiar y revelar. ¿No es ridículo?

En ese momento, Franz Maltz asomó la cabeza en el cuarto oscuro y empezó a gritar, enfurecido.

—¡Brasse, sal de ahí! ¿O debo sacarte a rastras?

Cuando él y Morawa se despidieron, por fin el fotógrafo abrazó al amigo.

—Gracias por venir hasta aquí. Y gracias por haberte arriesgado por mí.

—Cuando llegue el momento, ya me ayudarás tú.

Mieczysław lo miró a los ojos y Brasse se dio cuenta de que hablaba en serio. Las suyas no eran palabras vacías. De verdad lo pensaba, y el fotógrafo se sintió comprometido a respetar ese pacto.

—Lo haré. Cuando llegue el momento, te ayudaré en lo que necesites. Tenlo por seguro.

Luego volvió a su trabajo.

Decenas de gitanos pasaron todavía por delante de su objetivo hasta las cinco de la tarde. Y todos se dejaron fotografiar con gusto, dedicando amplias sonrisas a la Zeiss. Dos de ellos le ofrecieron a Brasse unos dulces, como agradecimiento, y el fotógrafo tuvo que rechazarlos, no podía aceptar comida de los deportados ante la mirada de los guardias.

Mientras tanto, el estudio y el pasillo se llenaron de charlas de gitanos. Nadie logró callarlos, ni siquiera los *Kapos*. Cuando intentaban levantar el bastón contra uno de ellos, hombre o mujer, los demás se les acercaban con cara de pocos amigos, insultándolos y agarrándolos de los brazos y las piernas, hasta que se detenían. Y cuando el *Kapo* retrocedía para preparar un nuevo ataque, no lo soltaban, increpándole en voz muy alta en su lengua incomprensible. Finalmente, ganaban por agotamiento.

Después de un par de horas, los *Kapos* desaparecieron del pasillo y el estudio fotográfico quedó en manos de los gitanos. Solo Maltz, que creía que iba a enloquecer por ese continuo vocerío, permaneció en su lugar. Él no era uno de los *Kapos* que acompañaban a los prisioneros, sino el *Kapo* del Servicio de Identificación, y si las SS lo hubieran encontrado fuera de su sitio de trabajo, le habría costado la vida. Él también acompañó con un suspiro de alivio el final de la jornada. Y de inmediato se esfumó.

Fue entonces, mientras Brasse cerraba con la tapa protectora el objetivo de la Zeiss, cuando se presentó en carne y hueso el objeto de su nueva tarea.

3

—¿Se puede?

Wilhelm, Stanisław y Tadek levantaron la mirada hacia la puerta y vieron a tres militares de las SS, soldados rasos, sin insignias ni decoraciones, con las caras redondas típicas de los campesinos. Sobraban las preguntas, eran muy jóvenes, se entendía que era su primer encargo y que habían sido catapultados a Auschwitz, a un mundo nuevo y feroz, desde los valles profundos del Reich. Vista desde allí, tal vez, también la guerra parecía algo idílico. Tenían expresiones tan inocentes que ni siquiera la calavera en las gorras causaba impresión. Los hombres del *Kommando* se miraron, extrañados: por primera vez se encontraban frente a unos SS que no infundían miedo.

Pero eso no era todo. Uno de ellos carraspeó.

—Soy el soldado Martin Scherr. Me manda el mariscal Walter, para hacerme la credencial del campo.

—Yo me llamo Frederick Scherr.

—Yo soy Hubert Scherr.

Los tres eran hermanos y habían sido llamados a filas juntos al estallar la guerra. Venían de Bavaria, de un pueblo cerca de Fürth, la ciudad natal de Bernhard Walter, y contaron que había sido justo él, durante una gira propagandística de reclutamiento, quien los había convencido de alistarse en las SS y seguirlo a Auschwitz. Les había prometido prestigio y generosos botines. Brasse sintió pena al ver sus miradas inocentes, pero de inmediato se arrepintió y notó cómo la rabia le crecía por dentro. Esos soldados eran compañeros de armas de las alimañas que habían matado a su tío Lech y a tantos otros compañeros, y no tardarían mucho en convertirse ellos también en asesinos. Sin embargo, contuvo esas emociones y los invitó a entrar.

—Adelante, señores, el estudio es todo para ustedes. ¿Quién es el mayor?

El que había hablado primero, Martin, dio un paso hacia delante y se sentó en la silla. Le sacaron sus tres tomas, de frente, de perfil y de tres cuartos, con la gorra en la cabeza, igual que a los prisioneros; su credencial de identificación era la de un superior, la de un vencedor, pero en el *Erkennungsdienst* los vencedores recibían el mismo trato que los derrotados. Solo el uniforme era diferente. Y la luz en sus ojos. Martin, Frederick y Hubert lanzaron al objetivo miradas llenas de nostalgia, y Brasse entendió que estaban pensando en su hogar, en la cara que pondrían sus padres cuando recibieran esas imágenes. Bajaron de la silla giratoria como niños contentos.

—Gracias, herr Brasse. ¿Cómo podemos compensarlo?

El fotógrafo negó con la cabeza, sonriendo.

—No es necesario, señores. Este no es un estudio privado, nosotros trabajamos para el *Oberscharführer* Walter. Su satisfacción es para nosotros recompensa más que suficiente.

—Vamos, herr Brasse, insistimos. ¿Sus hombres no necesitan nada?

El fotógrafo se volvió hacia Tadek y Stanisław, y vio el deseo en sus ojos ávidos. Si recibían algún bien, como comida o cigarros, luego podrían utilizarlos para hacer trueques. Sintió una punzada de enfado, porque no quería exponerse, y afortunadamente fueron los alemanes quienes lo sacaron de la incomodidad. Martin sacó del bolsillo del pantalón un paquete de tabaco y lo dejó en el banco fotográfico.

—Aquí está. Uno por cabeza, de parte mía y de mis hermanos. Pueden fumárselos a nuestra salud.

Frederick y Hubert siguieron su ejemplo y dos paquetes se unieron al primero.

Los tres SS estrecharon la mano de Brasse. Luego salieron.

Cuando estuvieron solos, Wilhelm, Tadek y Stanisław miraron todas esas riquezas.

—Avisad a los demás —dijo Brasse, y llamaron a quienes estaban en el cuarto oscuro. Alfred, Władysław y Franek se unieron al grupo.

—¿Qué proponéis hacer con esto?

Tres paquetes, de diez cigarrillos cada uno. En Auschwitz eso los convertía en verdaderos mercaderes.

—Dos paquetes nos los fumamos nosotros. Uno lo intercambiamos por algo de pan, en la cocina.

Todos estuvieron de acuerdo con Franek.

—¿Te encargas tú del trueque con los pinches?

Myszkowski asintió con la cabeza. Luego Brasse añadió:

—Fumaos los míos también. Sabéis que yo no los quiero.

Y los cinco fumadores del Servicio de Identificación se repartieron los paquetes entre ellos, les tocaron exactamente cuatro cigarrillos por persona. Suficientes para disfrutarlos, como solían hacer mucho tiempo antes, cuando podían entrar a cualquier tienda y comprar todo el tabaco y los cigarrillos que querían. El paquete destinado al contrabando quedó en el banco fotográfico.

Brasse lo cogió y lo sopesó con atención, como si temiera echarlo a perder.

Luego lo depositó allí de nuevo, con delicadeza.

—¡Amigos, hemos encontrado una mina de oro!

4

—Por favor, herr *Unterscharführer*, no se mueva.

Brasse se inclinó en el visor y observó una vez más al fornido cabo de las SS. Se llamaba Franz Schobeck y parecía realmente el tipo de hombre apto para las funciones que le habían encargado. Cuando entró en el estudio, Władysław le dio a Brasse un codazo, susurrando:

—Aquí viene el jefe del *Kanadienkommando*.

Nadie sabía por qué ese equipo se llamaba así ni qué tenía que ver con Canadá, pero todos en Auschwitz sabían a qué se dedicaba. Se encargaba de almacenar y distribuir la comida incautada entre los deportados en la rampa de Birkenau. Y Schobeck, el jefe del *Kommando*, ejercía un poder enorme, porque se apropiaba de delicias que nadie en Auschwitz podía permitirse, ni siquiera las SS. Se fantaseaba con que en las mesas del cabo y de sus amigos había de todo, desde las botellas del más preciado vino francés hasta los quesos más deliciosos de los prados de los países bálticos. Schobeck era un hombre de gran apetito, pero él solo no podía comérselo todo y utilizaba los manjares que le sobraban como mercancía de trueque. Nadie podía afirmarlo con certeza, pero al parecer le gustaban las piedras preciosas, sobre todo los diamantes, que acumulaba a escondidas y con los que estaba amasando una gran fortuna.

Cuando tuvo delante al nuevo huésped del Servicio de Identificación, Władysław miró a Brasse de manera elocuente, invitándolo a que aprovechara la situación. Y él sopesó si debía hacerlo mientras tomaba las fotos.

—Una más, señor.

Se acercó al suboficial y le movió ligeramente la cabeza a la izquierda. Schobeck tenía unos treinta y cinco años, y bajo su mentón ya se apreciaba una gran papada que el fotógrafo estaba tratando de ocultar. Brasse se preguntó por qué ese hombre nunca había ido más allá del grado de cabo, a su edad podría haber tenido galones de oficial. Sobre todo en tiempos de guerra, cuando escalar las jerarquías era más fácil. Buscó el modo más discreto de sondear el terreno y le sonrió.

—Parece contento, herr *Unterscharführer*. ¿Lo van a ascender?

El SS negó con la cabeza, frunciendo el ceño.

—¡Tal vez! Pero al parecer mis superiores prefieren dejarme donde estoy.

—Sin embargo, usted goza de gran reputación aquí en el campo.

El alemán lo miró, y por un momento dudó de si el

polaco le estaría tomando el pelo. Sin embargo, le pareció que el prisionero hablaba totalmente en serio.

—Sí, lo sé. Me respetan porque hago bien mi trabajo. Y por suerte no estoy obsesionado con mi carrera. A mí me basta vestir el uniforme de las SS, estoy muy orgulloso de él. Lástima que a menudo necesite hacerle arreglos. Solo tengo un verdadero problema: la comida.

Brasse le dirigió otra sonrisa de complicidad.

—Ya hemos acabado. Puede levantarse.

Con cierto esfuerzo, Schobeck bajó de la silla rotatoria.

—¿Cuándo puedo volver para recoger las fotografías?

—Dentro de un par de días, herr *Unterscharführer*.

El cabo asintió y se fue.

Dos días después, por la tarde, Schobeck apareció de nuevo y Brasse le dio enseguida sus retratos. Él los observó con atención, evaluándolos y comprobando cada detalle, aunque el formato era pequeño —seis por nueve centímetros—, y los detalles, poco visibles. Cuando levantó la mirada, sus ojos brillaban. Señaló la foto de tres cuartos golpeteándola con la yema de un dedo.

—¡Muy bien, muy bien! Ha logrado hacer que me vea más delgado.

Se puso una mano en el cuello, tocándose molesto la papada.

—No se me nota tanto. Y parezco decididamente más joven.

El fotógrafo hizo una leve reverencia, contento de que su cliente estuviese satisfecho. Schobeck no podía saberlo, pero el mérito era del nuevo objetivo Zeiss, que había llegado justo unas horas antes de que él se sentara en la silla. Cuando vio sus efectos, Brasse no cabía en sí de su satisfacción: las lentes restituían líneas muy suaves en la copia y las fotografías ya no parecían burdas imágenes de archivo policial, sino verdaderos retratos de estudio. Aquel cabo obeso había sido el primero en beneficiarse del equipo y el polaco quería sacar una ventaja de ello a toda costa.

—Estoy a su completa disposición, para cualquier tipo de trabajo.

Schobeck no se lo hizo repetir dos veces. Miró a sus espaldas, para comprobar que Walter no estuviera por ahí. El mariscal de las SS lo había acompañado al Servicio de Identificación, había intercambiado con él unas cuantas palabras y se había quedado hasta un momento antes. Ahora que su superior ya se había ido, el cabo se desabrochó la chaqueta del uniforme, sacó un sobre oscuro y se lo dio al fotógrafo.

—Mire estas imágenes.

Brasse abrió el sobre y sacó dos fotografías en blanco y negro con marco blanco dentellado, pequeñas y bastante deterioradas. Se mordió los labios presagiando dificultades, pero no podía dejar escapar la ocasión.

—Déjeme adivinar, ¿son familiares suyos, señor?

El hombre se abrochó de nuevo la casaca y asintió,

señalando la fotografía que el polaco tenía en la mano izquierda.

—Sí. En esta aparecen mis padres. En la otra mis abuelos, los padres de mi padre.

—¿Qué desea exactamente?

—Quisiera que las ampliara. ¿Puede hacerlas el doble de grandes?

El fotógrafo, rascándose la barbilla con aire pensativo, no contestó enseguida.

—No están en buenas condiciones. Están llenas de dobleces, hay alguna mancha. Y ¿ve estos rayones? No será fácil eliminarlos. Además, los tonos están muy descoloridos. El blanco y negro se ha convertido en un gris muy feo y hay que corregirlo. Un problema complejo.

El cabo lo tomó de manera amistosa del brazo.

—¿Es un problema que podamos resolver de alguna manera?

Brasse sintió la excitación crecer. Debía decidirse. Si se había equivocado al juzgar al hombre que estaba frente a él, lo llevarían al paredón detrás del bloque 11 y le meterían un balazo en la cabeza por haber intentado corromper a un SS. En realidad, esperaba ardientemente que la experiencia que había adquirido en Auschwitz en materia de vicios humanos le sirviera de algo. Decidió arriesgarse.

—Se puede hacer, pero...

—¿Pero?

Brasse lo miró a los ojos y le dijo en tono de broma:

—Para el revelado y el fijado necesito una barra de

pan. Y para mi trabajo quiero un bloque de margarina. Un bloque completo de margarina.

El fotógrafo sonrió y el SS le correspondió con una sonrisa idéntica. Sin embargo, lo había entendido muy bien y su respuesta no podía ser más seria.

—Tendrá lo que quiere, herr Brasse. Venga mañana a la panadería y le daré todo. Pero, mientras tanto, piense en cómo realizar un buen trabajo para mí.

El alemán se fue y el fotógrafo se sentó, con la respiración entrecortada.

Estaba asustado por su propia inconsciencia y se preguntó cien veces cómo había podido mostrarse tan imprudente. Creía que no era capaz de un atrevimiento de ese tipo. Luego levantó la mirada y vio que todo el *Kommando* estaba a su alrededor; no hablaban, pero sabían a la perfección lo que había ocurrido. Alfred Wojcicki le puso una mano en el hombro, con una pregunta muda en la mirada.

—Pan y margarina —contestó—, mañana por la mañana.

Y los demás se abrazaron, felices.

A la mañana siguiente, justo después de pasar lista, Brasse se dirigió a la panadería, que se encontraba cerca del bloque de las cocinas; él había trabajado allí mucho tiempo como pinche, tras su llegada a Auschwitz. Y fue el propio Schobeck, sin pronunciar una palabra, quien le puso en el regazo una barra larga de pan negro y un enorme bloque de margarina. Luego, cuando el miembro de las SS le dio la espalda, uno de los prisioneros le hizo un gesto y le dio un balde. Brasse miró dentro y vio más pan y margarina. Con eso tendrían para comer durante días y días. Se llevó ese tesoro casi a la carrera, recorriendo a toda prisa el terreno que lo separaba del bloque 26 y estremeciéndose cada vez que se topaba con alguien. En el *Erkennungsdienst*, los hombres del *Kommando* se lo repartieron todo, salvo una pequeña parte, una vez más, destinada al trueque con otros bienes.

—Pero ahora debemos complacer al *Unterscharführer*.

Brasse se puso manos a la obra esa misma noche.

Fotografió las imágenes que le había dejado Schobeck con el nuevo objetivo, que mitigaría las imperfecciones de los originales. De los negativos obtuvo nuevos retratos de los padres y los abuelos del cabo, que imprimió en las dimensiones solicitadas. Es más, como quería conquistar la benevolencia del SS, aumentó un poco el formato, así Schobeck enmarcaría las fotografías con el resaltado justo. Al mismo tiempo, corrigió los contrastes y devolvió el blanco y el negro a su esplendor original. Luego fue una mera cuestión de retoque. Requirió la ayuda de Wawrzyniak, quien no solo era un buen calígrafo, sino también un hábil dibujante. Le pidió que reforzase los contornos de las figuras y los rasgos de las caras con los lápices, para obtener un buen efecto pictórico. Brasse solo intervino más tarde para llenar las luces demasiado altas con algo de hollín que fijó con laca. Finalmente, admiraron el trabajo realizado. Los padres y los abuelos de Schobeck parecían vivos, era como si les hubiesen sacado las fotografías ese mismo día, en el Servicio de Identificación. Ningún profesional habría podido obtener un resultado mejor.

Cuando llegó, el cabo de las SS tomó las dos grandes fotografías y las puso en una mesa. Las observó con atención y estiró las manos hacia ellas, como para tocar los rostros de sus seres queridos. Luego las retiró, temía ensuciar las copias. Suspiró, se sentó y se volvió hacia Brasse. Su voz temblaba.

—¡Son preciosas! ¡Gracias, gracias!

El fotógrafo sonrió.

—Nuestros padres y nuestras madres, herr *Unterscharführer*, son lo más querido que tenemos. Quise honrar el recuerdo de sus familiares justo como habría honrado el recuerdo de los míos.

Schobeck no lograba apartar la mirada de las imágenes. Antes de irse, entre mil agradecimientos, dijo con énfasis:

—Venga a verme cuando quiera, Brasse. ¡Siempre le daré comida!

El polaco agachó la cabeza y no contestó.

A partir de entonces acudió a la panadería dos o tres tardes a la semana y siempre recibía de Schobeck pan y margarina. Además, cuando él se distraía, los hombres del *Kommando* añadían siempre algo a la carga.

Brasse estaba feliz. Podía darles de comer a sus compañeros de trabajo, y no solo a ellos. Una noche, cuando regresó de las cocinas, lo esperaban fuera del bloque 25 dos conocidos de Katowice, dos jóvenes que frecuentaba en la época del instituto; tendieron la mano y les dio algo de pan también a ellos. Después, los que vinieron a pedir fueron tres y luego cuatro. Y cinco, y al final una docena. A todos ellos, un par de veces por semana, Brasse les daba pan y margarina.

En el Servicio de Identificación nadie protestó por tanta generosidad. Si dividir era un deber, había que hacerlo de igual manera con los mendigos. Ellos también tenían derecho a comer. Esa prosperidad duró tres meses. Luego, un día, Brasse se topó con Schobeck lejos de la panadería y de las cocinas. El SS le ordenó que se detuviera, lo miró fijamente a la cara y le habló con tono socarrón.

—Brasse, amigo mío, yo sé que me robas. Pero, mientras no te pille, no puedo hacerte nada.

El fotógrafo sintió cómo un escalofrío le recorría la espalda. La advertencia era muy clara.

Apretó el gorro entre las manos y, mientras el cabo pasaba a su lado, murmuró unas palabras de disculpa.

Desde ese día dejó de ir a la panadería y de importunar al jefe del *Kanadienkommando*, pero no por ello dejaron de recibir comida y muchas otras cosas.

En efecto, cada vez más miembros de las SS llamaban a la puerta del bloque 26. Ya no pedían solo las fotografías para la credencial del campo, sino retratos normales, que luego querían impresos en formato postal para enviarlos a sus esposas, a sus madres, a sus hermanos. Y llevaban toda suerte de imágenes de familia: ellos mismos con sus padres, de niños jugando en los prados, de jóvenes remando con los amigos. Pedían ampliaciones, copias, la impresión de particulares y detalles. Iban con la autorización de Walter, quien les ahorraba tener que ir a buscar un fotógrafo a la ciudad y así acumulaba con sus colegas el crédito que le había mencionado a Brasse. Y eran muy generosos, sobre todo cuando era un asunto relacionado con una mujer. Quien se hacía un retrato para mandarlo a la novia en Alemania o pedía la ampliación de un primer plano de su prometida nunca escatimaba recursos.

Aunque no estaban de ninguna manera obligados, querían compensar a Brasse y a su *Kommando*; así, junto con el pan, la margarina y los cigarrillos, llegaron el queso, el chorizo y las galletas. La despensa del cuarto oscuro nunca estaba vacía. Y el propio Brasse aprendió a pedir. Era suficiente un ademán, un guiño, para darle a entender al SS que el Servicio de Identificación deseaba un agradecimiento tangible. Era una valentía fácil de adquirir: solo bastaba una mirada, nada de palabras. La primera vez fue difícil, luego se convirtió en algo natural. Los cabos, los sargentos, los capitanes y los tenientes aflojaban la bolsa. Únicamente con los más desagradables, con los más malvados, Brasse conservaba la mirada gacha, comportándose como un siervo obsequioso. El instinto le ordenaba evitar problemas y él obedecía. De este modo, el nivel de vida en el *Erkennungsdienst* creció de manera realmente satisfactoria. Los hombres ya no podían quejarse de cómo iban las cosas.

5

El trámite fue llevado a cabo de manera brutal y sencilla, pero no sin solemnidad.

La plaza donde se pasaba lista estaba llena. Después de contar, las SS ordenaron a los hombres que permanecieran en su lugar. El motivo fue de inmediato evidente para todos.

En el pequeño escenario montado para las ocasiones especiales apareció Karl Fritzsch, el vicecomandante del campo. Brasse, que se encontraba en segunda fila, pudo observarlo de cerca. Lo había visto una sola vez, el 31 de agosto de 1940, el día en que el fotógrafo bajó a Auschwitz de un vagón de ganado, pero no había olvidado sus rasgos ni su voz. Fritzsch tenía un rostro escueto, de labios delgados y mejillas hundidas, y una frente tan alta que se veía desproporcionada en comparación con el resto de la cara. El cabello era rubio, y sus ojos azules se movían llenos de desprecio. Su voz coincidía con su mirada, no dejaba entrever interés ni piedad hacia los prisioneros. Solo el deseo de concluir su tarea deprisa. Esa noche de finales de agosto había hablado un minuto nada más, al recibir la carga que venía de Tarnów.

—Señores, esto no es un sanatorio. Es un campo de concentración. Aquí un judío vive dos semanas. Un sacerdote vive tres semanas. Un prisionero normal llega a tres meses. Pero todos deben morir. ¡Recuérdenlo! ¡Si lo tienen presente, sufrirán menos!

Esas palabras ahora regresaban con violencia a la mente del fotógrafo. Habían pasado más de dos años y las amenazas de Fritzsch se habían hecho realidad. De los miles de judíos que habían pasado frente a la Zeiss del *Erkennungsdienst* no quedaba ni rastro. Incluso había olvidado a los sacerdotes. De los prisioneros que llegaron con él de Tarnów no veía a nadie desde hacía mucho, probablemente muy pocos seguían vivos.

Respiró hondo, otra vez presa del miedo.

En esos últimos meses se había sentido bien, había dejado de temer al mundo exterior. Era el fotógrafo del campo y su papel lo volvía intocable. Se sentía un engranaje del mecanismo de Auschwitz, pero no el menos importante ni el más indefenso. Ya no sentía el terror de ser golpeado o de que lo asesinaran en cualquier momento. La larga estancia en el bloque 26 lo había vuelto cada vez más seguro de sí mismo. A lo sumo, a veces, lo atenazaba una emoción nueva, aunque no quería admitirla: se sentía culpable. Y el remordimiento venía justo de ese bienestar. Estaba vivo. Era un «prisionero normal», pero había superado por mucho los tres meses de supervivencia pronosticados por Fritzsch. Lo había logrado por sus propios méritos, pero esto no disminuía su incomodidad. Sabía que había hecho pactos con los alemanes, y que estos eran asesinos, alimañas criminales que un hombre que se considerara como tal no habría tocado ni siquiera con un bastón. Estaba vivo porque los servía día y noche. Y aceptaba sus regalos. No se había entregado al Reich, como quería Walter, pero sabía que había tomado un camino peligroso.

Esos pensamientos desagradables lo asaltaban en ocasiones, mientras se encontraba en el cuarto oscuro o de noche, cuando estaba acostado en su camastro mirando el techo, pero siempre lograba ahuyentarlos. Ahora, inmóvil en la explanada mientras pasaban lista, tomaron posesión de su conciencia y no logró alejarlos. Tratando de calmarse, observó al vicecomandante de Auschwitz. El SS miró durante unos segundos la masa de prisioneros. Se quitó la gorra, se la pasó a un subalterno y se arregló el cabello. Luego acercó los labios al micrófono. También esta vez su discurso fue muy breve. Al parecer Fritzsch no acostumbraba a hablar de más.

—Ustedes los deportados solo tienen una regla: no violar las normas del campo. Quien viola las normas del campo debe ser castigado, y quien las viola del modo más grave debe sufrir pena de muerte. Por eso están aquí escuchándome, porque yo, su superior, quiero reafirmar la ley de Auschwitz. Y quiero que se la aprendan de memoria. Que nadie de ustedes se equivoque. Solo quien se somete al látigo vive. Quien se rebela al látigo muere. ¿Está claro?

Los hombres en la plaza gritaron un potente «sí», fuerte y al unísono. Ahora lo habían entendido, los habían convocado para presenciar una ejecución. Y volvieron la mirada hacia la horca. Dos sogas colgaban de una pesada viga horizontal, montada sobre otras vigas clavadas verticalmente en el suelo: el último escenario de los condenados era el más pobre y desnudo de los patíbulos. Un hombre y una mujer aparecieron en una esquina de la explanada y fueron empujados por los *Kapos* hacia las sogas. Forcejearon y trataron de resistirse, resoplando y haciendo rechinar los dientes, pero sin emitir ni un sonido. A la fuerza, sujetándolos entre tres, los obligaron a subir a una silla y les metieron el cuello en el nudo corredizo. Cuando se pusieron de pie, Brasse reconoció al condenado.

Apretó con fuerza el brazo de Stanisław Trałka, que estaba a su lado.

—¡Sé quién es!

Su compañero lo miró asombrado.

—¿Es de tu ciudad?

—No, pero antes de que me trasladaran al Servicio de Identificación, dormíamos en la misma barraca. Se llama Galiński, Edward Galiński, y es solo un chico. ¿Qué habrá hecho?

Stanisław abrió los brazos.

—Se fugó con su mujer, pero los atraparon. Ella entró en una tienda cerca de la frontera con Eslovaquia para comprar algo de comer y la descubrieron. Cuando él la vio aparecer con un policía, salió de su escondite para no abandonarla. Eso dicen por ahí. Es todo lo que sé.

Brasse observó el rostro de Galiński. Estaba amoratado por los golpes recibidos durante el interrogatorio, pero incluso ahora, en medio de ese tormento, sus labios esbozaban una sonrisa. El joven miraba a la izquierda, le sonreía a la mujer. A ella también la habían golpeado. El cabello desarreglado, el uniforme rasgado, los moratones en brazos y piernas la hacían parecer fea y vieja, pero su enamorado veía otra cosa. Y con esa imagen en los ojos murió.

Los SS dieron una patada a las sillas y los dos cuerpos colgaron en el vacío, a medio metro del suelo.

Se agitaron durante menos de un minuto. La primera en morir fue ella. Él la siguió justo después.

Durante la ejecución, los *Kapos* vigilaron a los prisioneros en la plaza y golpearon sin piedad a todos los que bajaban la mirada.

La muerte, para ejercer su papel pedagógico, debía ser pública.

Todos debían mirar y aprender, en silencio.

Hacía mucho tiempo que Brasse lo había entendido y esa lección no la necesitaba. Al reconocer a Galiński, el miedo aumentó y deseó con todas sus fuerzas que los dejaran retirarse a las barracas. No quería quedarse al aire libre ni un segundo más de lo necesario. El estudio fotográfico y el cuarto oscuro eran la única realidad soportable. Fuera del Servicio de Identificación reinaba la locura, la verdadera, no la que mencionaba Walter en sus amenazas. Brasse experimentó la misma sensación de insuficiencia que lo había asaltado en el horno crematorio el día en que Morawa le enseñó la piel tatuada del fogonero de Gdansk, lista para ser curtida. No estaba preparado para aceptar todo aquello. Le rogó a Dios que le dejaran regresar de inmediato a su refugio y cuando por fin estuvo a salvo, encerrado en el bloque 26, pidió perdón a su amigo ahorcado por seguir él vivo. Se durmió preguntándose en qué había más valentía, si en correr el riesgo de ir a la horca por huir o en codearse con las SS como hacía él con el fin de conseguir cada día, para sí mismo y para sus compañeros, un trozo de pan extra.

Se durmió sin dar con una respuesta.

6

Brasse se agachó y recogió la postal del suelo.

Acababa de observar cómo el último deportado de la tarde salía del *Erkennungsdienst* y su mirada se había posado en esa imagen en blanco y negro extraviada en el suelo del pasillo.

Era un paisaje marino. Una costa baja, el agua limpia, una playa muy blanca y al fondo una densa vegetación, con algunas casas también blancas. Las letras pequeñas escritas en el anverso decían: «Alrededores de Calvi, Córcega»; pero lo que llamó su atención fue una breve frase escrita a mano, con furia, y casi ilegible: «De Jean a su hermano: díganle que...».

Gracias al poco francés que había aprendido en el campo, Brasse descifró el significado de aquellas palabras y entendió que el mensaje estaba incompleto. La frase se cerraba con un garabato, como si le hubieran arrancado el lápiz de las manos al hombre que intentó dejar un apresurado último testimonio a su familia. Había ocurrido mientras él fotografiaba a los prisioneros, a pocos metros de distancia, en el estudio, el dueño de la postal también debió de pasar frente a la Zeiss y quién sabía cómo pensaba sacar del *lager* ese pequeño rectángulo de papel impreso.

Volvió a mirar la imagen y le vino una gran nostalgia de todo lo que habría podido hacer si no hubiera terminado en Auschwitz. Nunca había visto el mar, salvo en algún noticiero en el cine, no sabía qué perfume tenía ni conocía el azul de las olas, jamás había sentido la brisa del mar abierto soplar en su cara. Alguien se lo había contado. Por ejemplo, el tío Lech, que había visitado Europa occidental y el Mediterráneo, que había descrito como un lugar encantado en el cual la gente siempre estaba alegre y la comida era exquisita. Pero nada más, y no sabía si algún día lo vería. De todos modos, ni siquiera la magia del sol mediterráneo había salvado a los corsos de la deportación. La noche anterior había llegado un convoy repleto de ellos, y él se pasó la jornada retratándolos para el Servicio de Identificación.

En ese momento, la puerta del bloque 26 se abrió y Brasse vio que Walter entraba con un oficial de mayor graduación. Aunque no hubiera reparado en los galones, lo habría entendido por la actitud del mariscal, a quien solo le faltaba arrodillarse ante su superior. Luego observó mejor al recién llegado y se estremeció al reconocer a Maximilian Grabner, el jefe de la Oficina Política; muchas veces lo había visto andando por el campo, rodeado por una corte de esclavos y aduladores, pero nunca había hablado con él. Los dos se acercaron y Walter dijo, con actitud comedida:

—Herr Brasse, le presento al *Untersturmführer* Grabner, nuestro director.

El fotógrafo dejó caer la postal y se cuadró, quitándose el gorro de la cabeza.

—¡Prisionero 3444, presente!

Miró con desasosiego la insignia con tres rombos plateados en el cuello del militar. Grabner era el SS de más alta graduación que jamás había tenido cerca. Como jefe de la Oficina Política, lo era también de Walter y de todo el Servicio de Identificación y, por lo tanto, de su *Kommando*. Y era un hombre al que acompañaba una macabra fama, sobre todo entre los polacos, porque su tarea principal desde que Polonia había sido sometida en 1939 consistía en eliminar a sus intelectuales, como repetía siempre a sus subordinados, quienes se encargaban de difundir su consigna por el campo, suscitando el terror de los deportados. Circulaban mil rumores sobre la crueldad, el cinismo y la indiferencia con la que trataba a quienes lo rodeaban, incluyendo a sus propios amigos. Brasse debía admitir que nunca había oído que matara personalmente a los prisioneros. Tareas tan ínfimas las dejaba a sus subalternos. Pero toparse de frente con él lo hizo sentir desnudo e indefenso.

—El *Oberscharführer* Walter me ha hablado de usted, herr Brasse, y he aprovechado la ocasión para visitar el *Erkennungsdienst*. Forma parte de las oficinas de las que me encargo y habría tenido que venir mucho antes, pero tengo tantos compromisos...

—Claro, señor. ¿Quiere que lo acompañe?

El hombre asintió.

—Sería oportuno.

Mientras entraban al estudio, Brasse vio que Walter le dirigía unas miradas desesperadas. «Hazme quedar bien —querían decir esos gestos—, o te juegas el pellejo.» El fotógrafo lo tranquilizó con un gesto y acompañó a Grabner en el estudio y luego en el cuarto oscuro, ilustrando con abundancia de detalles su trabajo y el del equipo que dirigía. Todos los hombres estaban presentes y en cuanto vieron al SS se pusieron frenéticamente en fila, pero él los eximió de ponerse firmes.

—Dedíquense a sus tareas. Y no se fijen en mí.

Sin embargo, era imposible no pensar en él y en el poder que ejercía. Tal vez poco antes de presentarse en el bloque 26 había decretado la muerte de uno de ellos, o quizá de todos, y se encontraba allí para divertirse, para echar un vistazo a su reino antes de exterminar a la plebe. A cada segundo Brasse sentía crecer la tensión en el *Kommando* y percibía las miradas de todos apuntando a su espalda y a la del SS. Incluso sintió los ojos de Walter, quien de pronto ya no aguantó más.

—Herr *Untersturmführer*, como le dije, nuestro jefe fotógrafo es un verdadero artista. ¿No quiere aprovechar la ocasión para hacerse un buen retrato?

Grabner se volvió y advirtió que los hombres lo estaban mirando. Una leve sonrisa de burla se le dibujó en los labios. Se encogió de hombros, indiferente.

—¿Por qué no? Desde mi último día en París no me paro frente a la lente. ¿Qué tengo que hacer?

Ante esa pregunta Brasse vio a Walter empalidecer y empezar a temblar. Su superior daba órdenes, no las recibía. Y ahora había preguntado qué tenía que hacer. De modo que, inevitablemente, iba a recibirlas. El mariscal abrió la boca para contestar, pero ni una sola palabra salió de sus labios. Miró suplicante al fotógrafo, rogándole que se hiciese cargo.

Brasse suspiró.

Después de todo, este era solo un nuevo «cliente» de su estudio. Y había que tratarlo como a cualquier otro «cliente». Igual que en los viejos tiempos, en el taller de Katowice, con su tío Lech. Sonrió amigablemente.

—Venga, señor.

Y le indicó la silla rotatoria.

Todos vieron a Grabner sentarse en la silla donde se habían colocado judíos, gitanos, criminales, asociales y parias de media Europa, y contuvieron el aliento. Esperando por un instante que, como en los cuentos infantiles, un hechizo transformara a su verdugo en un cerdo. Sin embargo, no ocurrió nada por el estilo. Grabner siguió siendo Grabner: bajito, delgado, enjuto, blanco y ario.

Con la mirada satisfecha, el SS se dirigió a Brasse:

—Qué cómoda es esta silla. ¡Estoy listo!

El fotógrafo reaccionó y miró por el visor.

El subteniente de las SS miraba al objetivo con aire relajado y no tenía en los ojos la luz malvada de siempre. Ahora sus ojos eran pacíficos, casi risueños. Parecía un ser humano y de pronto Brasse se sorprendió pensando que deseaba hacerle un buen retrato. Sí, reflexionó en un impulso de orgullo profesional, era su jefe y le gustaría complacerlo. Se levantó del banco, se acercó al oficial y le preguntó:

—¿Tiene un peine, señor?

El otro, después de un instante de sorpresa, se palpó el bolsillo del pantalón.

—Sí, aquí está.

—¿Puede peinarse el cabello, por favor?

Y el oficial se arregló, peinando para atrás con gestos veloces su escaso cabello y ajustándose el uniforme y el cuello de la camisa. Mientras tanto, Brasse dispuso las luces a cierta distancia de la silla. Había decidido que para su rostro quería unas sombras delicadas, sus rasgos debían verse suaves. Ese hombre tenía unos cuarenta años y él esperaba que el objetivo de la Zeiss lo rejuveneciera, regalándole un poco de frescura.

—Ahora sonría levemente, herr *Untersturmführer*.

Grabner esbozó una sonrisa, que sin embargo enseguida se esfumó.

Sus ojos volvieron a ser fríos y los rasgos se endurecieron, como si de pronto hubiera recordado todo el trabajo que le esperaba en la Oficina Política. Él mismo se dio cuenta.

—Lo siento. Ahora lo vuelvo a intentar.

Brasse tendió las manos hacia él.

—No hay problema, señor. Dígame, ¿de dónde viene?

El hombre frunció el ceño.

—¿Qué dice?

—¿De qué parte de Alemania viene, señor?

Nadie se dirigía a Grabner con ese tono coloquial, y Brasse percibió la respiración jadeante de Walter, apoyado en una pared a dos metros de él.

—De un pueblecito de la Selva Negra.

—Bien, señor, piense en su pueblo natal. Piense en los bosques y la belleza de los lugares donde vivió de niño.

Grabner bajó los párpados y poco después su rostro se relajó.

—Ahora mire hacia la cámara, por favor.

El SS se volvió con docilidad hacia el objetivo, abrió los ojos y Brasse presionó el disparador.

—¡Listo! ¡Tendremos un retrato perfecto!

Lo exclamó con ansia, convicción, temor. Todo junto.

Y solo en ese momento los hombres del *Kommando* dejaron de aguantar la respiración. La vida, que en el bloque 26 se había detenido por un largo minuto, volvió a correr.

—Ahora, *Untersturmführer*, si quiere podemos irnos.

Pero Grabner no hizo caso a su subalterno. Se levantó de la silla giratoria y comenzó otra vez a inspeccionar el estudio con calma; luego pasó al cuarto oscuro, observando en silencio y con detenimiento todo el equipo, y mirando de reojo el trabajo de los prisioneros por encima del hombro. Esta vez nadie lo acompañó. En silencio, todos observaban ese extraño comportamiento y esperaban que el oficial manifestara su voluntad.

Por fin, el SS se dirigió a Brasse.

—Dígame, herr Brasse, ¿qué dicen sus hombres de mí?

—¿Cómo, señor?

Grabner lo miró con frialdad.

—Me ha entendido perfectamente. ¿Qué dice el *Kommando* de mí?

El fotógrafo carraspeó, pensando a toda prisa.

—Que usted es un óptimo jefe, señor. Que no podríamos tener uno mejor. Y que el *Oberscharführer* Walter es un óptimo dirigente para el Servicio de Identificación.

—Es suficiente. No exagere con la adulación. Usted tiene miedo, ¿verdad?

Brasse no contestó y Grabner negó con la cabeza, sonriendo.

—¿Sabe que nunca he matado a nadie?

El fotógrafo se estremeció, preguntándose adónde quería llegar ese demonio.

—Lo sé, señor.

El SS abrió los brazos.

—Puedo hacerlo, estamos en guerra. No hay nada más normal, en una guerra, que matar a los enemigos. Y ¿quiénes son los enemigos de Alemania, Brasse?

El polaco guardó silencio de nuevo. No sabía qué decir. Cualquier cosa que hubiera dicho, habría estado mal.

—Los enemigos de Alemania son las alimañas encerradas en el búnker.

Brasse empalideció y se cuadró todo lo que pudo.

Apenas un par de minutos antes le daba instrucciones al alemán como si estuvieran en tiempos de paz en el estudio de cualquier fotógrafo. Ahora el SS exhibía su poder y los tenía a todos en su puño. El instinto del cazador se había despertado. Brasse no sabía qué final tenían los prisioneros del búnker —a quienes castigaban metiéndolos allí— y por nada en el mundo quería averiguarlo. Sin embargo, el otro estaba decidido a explicárselo, a ponerlo al corriente de ese secreto personal suyo. El fotógrafo tuvo la tentación de taparse las orejas, pero no podía. Y, mientras tanto, Walter temblaba como una hoja. Grabner empezó a hablar otra vez. Se acercó a Brasse, mirándolo a la cara, y levantó la voz para que todo el *Kommando* escuchara.

—Quiero compartir esto con usted. Una vez a la semana mando traer la lista de los prisioneros encerrados en el búnker, normalmente los sábados, y los llamo uno por uno. Lachmann, mi ayudante, es un buen SS y estudió en sus escuelas, sabe polaco y hace de traductor. Le pregunto a cada uno quién es, cómo llegó al campo, en qué trabaja; para mí, esos prisioneros no son números, sino criaturas de Dios, de las cuales tengo que encargarme, y por eso me intereso por ellos y hago tantas preguntas. Luego le pregunto a cada uno por qué lo han castigado. Y sus «pecados», por desgracia, son siempre los mismos. Es un aburrimiento terrible. Uno contesta que lo castigaron porque no terminó el trabajo, otro que robó un trozo de pan, otro más que no se levantó por la mañana. Yo los miro a la cara, buscando en sus rostros un atisbo de luz divina; después de todo, el mismo Todopoderoso que me dio la vida se la dio a ellos también. Pero siempre me decepcionan. Lo que tengo delante son alimañas, animales encadenados y atemorizados. Y dígame, Brasse, ¿qué grandeza hay en un hombre si se dobla a la primera dificultad?

El fotógrafo no contestó y la pregunta de Grabner cayó en un silencio sepulcral. Nadie se movía o decía nada. Walter estaba escondido detrás de la silla giratoria.

—Ninguna grandeza. Si en sus ojos viera un poco de dignidad, los salvaría. Incluso los mandaría a sus casas. Pero cuando llegan a mi escritorio ya han perdido la batalla, le han dado la espalda a Dios y él los ha abandonado. Créame, a esas alturas es indiferente si viven o mueren. Yo elijo. Al terminar el interrogatorio, pongo una «O» o una «X» al lado de cada nombre. Quien tiene la «O» es afortunado, termina en la compañía de disciplina. Ahí lo espera un trabajo duro y, si tiene tela de donde cortar, una posibilidad de redención. Quien tiene la «X» es igualmente afortunado, a su manera. Mis hombres lo llevan al paredón del bloque 11. Usted sabe qué ocurre en el paredón del bloque 11, ¿verdad?

Esta vez Brasse contestó.

—Sí, señor. Todos lo sabemos.

El alemán acercó aún más el rostro al del fotógrafo y le puso una mano en el hombro.

—¿Es justo lo que hacemos, Brasse?

El fotógrafo miró a Grabner con lágrimas en los ojos.

Extendió los brazos, vencido, y agachó la cabeza.

El mayor suspiró, apartándose, y quitó de su chaqueta una invisible mota de polvo.

—Mis superiores siempre dicen que será la historia la que nos juzgue. Se trata de una tontería y yo no soy un niño que repite de memoria la lección de la maestra. Yo no espero a la historia. Sé que usted y sus hombres ya me han juzgado, Brasse. Y bien, ¿cuál es la sentencia?

El polaco no tuvo el valor de levantar el rostro hacia el SS y todos los hombres del *Kommando* desviaron la mirada.

Grabner esperó en vano una respuesta.

Golpeó la mesa con el puño, decepcionado, y le hizo un gesto a Walter.

—Vámonos, *Oberscharführer*. Tenía curiosidad por conocerlos, pero ni siquiera estos son hombres. Solo tienen miedo, también ellos son animales. No me interesan. Vámonos de aquí.

Luego, antes de llegar a la puerta, se volvió una vez más:

—El mariscal Walter los defiende y dice que son indispensables. Pero en el búnker hay mucho espacio y yo tengo ganas de hacer una buena limpieza en este *Kommando*. Tengan cuidado.

Y salió, seguido por su subordinado.

Los prisioneros del Servicio de Identificación se sentaron, sin aliento.

Alfred Wojcicki era estudiante y sabía que estaba predestinado a ser una víctima de Grabner: la palabra *estudiante* significaba «intelectualidad» y tarde o temprano el jefe de la Oficina Política lo mandaría eliminar. El muchacho estalló en llanto.

Los otros no soltaron ni una palabra hasta el final de la jornada.

Después de pasar lista, Brasse volvió al estudio para revelar y positivar la fotografía del subteniente. Cuando la tuvo entre las manos, la observó con atención. Había hecho un gran trabajo, encontrando sobre todo el justo equilibrio entre luces y sombras. Pero lo que le llamó más la atención fueron sus ojos. La mirada del oficial era abierta y serena, como la había visto a través del visor. No se había equivocado. Había descubierto en él un atisbo de humanidad. Luego pensó en sus palabras. Y sintió vergüenza por la simpatía que le había inspirado. Por un momento, había empatizado con el verdugo.

Dejó caer la fotografía, como si ardiera.

Esa noche el subteniente Grabner durmió sonriente en el suelo del bloque 26.

7

—Hoy es un día de fiesta para todos. Es extraño, aquí en el campo, pero es así. Hoy estamos felices y olvidamos incluso nuestros sufrimientos. Hoy no caben el dolor ni los malos presentimientos. En esta hermosa velada solo cuenta la alegría. Vosotros me conocéis y ya os imagináis por qué he querido tomar la palabra. No podría desear mejor ocasión para agradecer a mi queridísimo amigo Rudolf...

La voz del orador se quebró, sofocada por la emoción, pero todos aplaudieron, animándolo a continuar. Quien hablaba era un hombre maduro, de rasgos inconfundiblemente eslavos, que se expresaba en un polaco chapurreado. Se llamaba Yuri Sebianski. Sus ojos inteligentes resaltaban en la cara, marcada por abundantes arrugas. Gracias a su expresión franca, parecía el tipo de persona en la que se podía confiar. Y, en efecto, todos sus compañeros de reclusión confiaban en él. Tras una breve pausa, se armó de valor y prosiguió.

—Como ya saben, soy un profesor de enseñanza

secundaria. Enseñé historia y geografía en Minsk durante muchísimo tiempo, y ante mí pasaron tantos estudiantes que ni siquiera podría calcular el número. Por desgracia, y también esto lo saben, en Auschwitz no hay lugar para un profesor. Nuestros jefes ya lo saben todo y no necesitan clases, odian a los profesores. En cuanto a los prisioneros como nosotros, yo no podría enseñar a mis compañeros de catre nada de lo que necesitan para sobrevivir. No son cosas que se enseñen. Se aprenden y ya está. Yo debería haber terminado paleando grava en la cantera o en las obras, cargando ladrillos todo el día. Para mí hubiera significado la muerte. En cambio, sigo vivo.

La voz del hombre se transformó en un susurro y de las comisuras de los ojos le brotaron dos lágrimas. Esta vez no hubo ningún aplauso y todos esperaron en silencio a que retomara su discurso. Tras contener los sollozos, Sebianski levantó la mirada, buscando la de Rudolf Friemel, y se le acercó. Puso una mano en su hombro y lo apretó con fuerza.

—Si estoy vivo, te lo debo a ti, mi querido Rudolf. Tú me acogiste y me transformaste en un artesano. Jamás, en toda mi vida, hubiera imaginado que acabaría convirtiéndome en un experto fabricante de estufas. Sin embargo, sucedió, hoy mis manos crean hermosos azulejos de cerámica para estufas. Es la demostración de dos cosas. La primera es que los recursos del ser humano son infinitos, que podemos vencer cualquier dificultad, si queremos. La segunda es que no todos los *Kapos* son malos. Tú eres un *Kapo* bueno. Es más, el mejor de los *Kapos*. Por eso, ¡viva Rudolf, viva Margarita y vivan los novios!

Las últimas frases de Sebianski fueron recibidas con un nuevo aplauso estruendoso y gritos de aprobación. Era cierto, no todos los *Kapos* eran alimañas, su destino de deportados no estaba escrito *a priori*, existía algo más allá de Auschwitz. En una ocasión como esta se podía incluso pensar que el *lager* sería solo un paréntesis en sus vidas. Un día, tal vez, lo relegarían a los recovecos más ocultos de la memoria, tratando de olvidar y renunciando incluso a preguntarse por qué había ocurrido. Como si se leyeran la mente, Brasse, Stanisław y Franek se miraron, rieron socarronamente y se dieron de codazos.

—Sería bueno lograrlo, ¿no?

El fotógrafo negó con la cabeza.

—Esperar lograrlo es el mejor modo para quedar decepcionados.

—Pero nosotros resistimos. Comemos y dormimos juntos, trabajamos juntos. Ni siquiera las SS y los *Kapos* han conseguido arrasarnos. ¿Por qué no debería tener esperanza?

Brasse se encogió de hombros.

—No te lo tengo que decir yo, Stanisław. Has visto suficiente como para entender que nuestras vidas están en sus manos. Solo con que Walter chasquee los dedos nosotros podemos acabar convertidos en humo. Yo vivo al día. Es más, a la hora. Y ahora callaos. Quiero escuchar lo que dice Rudolf.

Rudolf Friemel se levantó y todos guardaron silencio.

El hombre golpeó la copa con un tenedor, para crear ambiente, y sonrió. Tenía buen aspecto vestido de civil, estaba muy elegante. Llevaba un traje negro de rayas finas, una camisa inmaculada y una brillante corbata roja y azul que sus padres le habían traído de Viena. A su lado, igual de elegante, estaba sentada Margarita Ferrer, la española con la que Friemel se había casado una hora antes, en la oficina del registro civil, en el campo.

Wilhelm Brasse había sido testigo, obteniendo el permiso de vestir él también ropa de civil por primera vez desde que se encontraba en Auschwitz. No se había puesto nada especial, solo una chaqueta, un pantalón, una camisa y un sombrero que había encontrado entre los bienes de los deportados que habían llegado a la rampa el día anterior. Sin embargo, quitarse el uniforme de rayas había hecho que se alterase. Y aún más palparse el pecho, casi inconscientemente, y no sentir el triángulo que revelaba al mundo su condición de prisionero. Vestido con esa ropa habría podido huir, pensó por un instante. Sin embargo, se la quitaron en cuanto terminó la ceremonia y lo obligaron a ponerse de nuevo el uniforme del campo. Y el resultado de ese pasaje rapidísimo era que había sentido un vuelco en el corazón, como si hubiera saboreado la libertad, pero por un tiempo demasiado breve.

El vicecomandante Karl Fritzsch fue quien celebró las nupcias y Brasse no pudo evitar notar que el SS parecía muy a gusto. En las ocasiones anteriores lo había visto seguro de sí mismo como verdugo, y ahora le resultaba perfecto el papel de oficial civil, empeñado en celebrar el matrimonio de la pareja. Bernhard Walter asistió en representación de la Oficina Política y todo se desarrolló bajo el control de los rifles de tropa.

Rudolf y Margarita sellaron sus promesas de amor y fidelidad intercambiándose los anillos.

—Te deseo y te amaré para siempre —dijo él, conmovido.

—Te deseo y te amaré para siempre —contestó con sencillez la muchacha.

Todos los asistentes sabían que Rudolf y Margarita mantendrían el compromiso, porque nada podía poner en dificultad un amor coronado en Auschwitz. Y los familiares de Rudolf, los prisioneros y los miembros de las SS aplaudieron, animando a los dos jóvenes a besarse.

Se dieron un solo beso, largo y apasionado.

Ahora se encontraban en el bloque 26, donde, con el permiso de los patrones alemanes, el *Kommando* del *Erkennungsdienst* había organizado una pequeña fiesta. Rudolf era conocido en todo el *lager* porque había ayudado a muchos deportados a salir adelante, y fue fácil preparar un rico bufé. No había bloque que se hubiera echado para atrás. Manteles bordados, platos de porcelana, copas de vidrio, servilletas de lino, tarjetas con nombre y las delicias auténticas de la cocina austriaca, en honor a los orígenes de Friemel: todo había salido milagrosamente del vientre de Auschwitz. Y ellos se estaban divirtiendo. El discurso del novio fue interrumpido en varias ocasiones por las risas. Podía hablar con cierta libertad, los SS habían sido tan amables de esfumarse, y él aprovechó para soltar algunas ocurrencias.

—Os doy las gracias a todos y os advierto que será inútil pedirle a Margarita que hable, ella es una mujer fuerte pero tímida y no está acostumbrada a un público como este. De hecho, no hay mucho que decir. Hoy nos casamos, pero nos conocemos y amamos desde hace seis años, desde la época de la guerra de España. No teman, el malo soy yo. Soy yo el comunista, el ario rojo, el culpable de haberse vendido, como diría nuestro querido *Führer*, a la causa demo-pluto-judaica internacional. A ella no le interesa la política, y hace bien, es libre, mientras que yo soy prisionero en Auschwitz. Pero ahora no quiero recordar estas cosas. Quiero decir algo mucho más importante. Margarita y yo nos queremos y siempre será así. Pero si algo me llegara a pasar —Friemel adoptó de repente un tono serio— os pido a cada uno de vosotros que cuidéis de ella y de nuestro hijo. El pequeño Edi es nuestro tesoro más preciado, lo que legaremos al mundo cuando todo esto acabe. Es importante que él viva. Quiero que al menos él pueda disfrutar de un mundo de paz y libertad y, si no puedo hacerme cargo yo de él, quiero que lo hagáis vosotros por mí. ¡Jurádmelo! ¡Jurádmelo de corazón!

Se sentó, emocionado, estrechando la mano de su esposa, mientras el niño, un osito de año y medio con el cabello negro y rizado como el del padre, gateaba entre los invitados. Todos levantaron las copas, y Brasse sonrió a los padres de Rudolf, aprovechando la ocasión para observarlos: eran un hombre y una mujer ancianos, burgueses decentes que le habían pedido a Himmler en persona el permiso para que su hijo, ciudadano alemán, se casara en el *lager*. Habían esperado el permiso durante muchos meses, con paciencia y tenacidad. Finalmente llegaron a Auschwitz para asistir a la boda y allí se encontraron sumergidos en un mundo inconcebible para cualquier persona normal. Habían visto las barracas, a los *Kapos*, a los prisioneros, a las SS. Habían oído los gritos y entendieron que allí se sufría un dolor imposible de describir con palabras. Tenían el miedo y la desorientación pintados en la cara. Se veía que estaban felices por la boda del hijo, pero también aterrorizados por lo que pudiera pasarle en aquel lugar.

La realidad simple y llana era demasiado para ellos.

El fotógrafo, que hasta un minuto antes se sentía eufórico, se sumió en la tristeza. Entre el pequeño Edi y un futuro de paz y libertad se perfilaban obstáculos insuperables, comenzando por el alambre de espino que aislaba a Rudolf y a los demás prisioneros de Auschwitz del mundo exterior.

Todos conocían la historia de Friemel. Vienés, comunista, voluntario en la guerra de España. Cuando Franco conquistó Madrid, se halló sin patria porque, mientras tanto, Hitler se había anexionado Austria. Se refugió en Francia con Margarita, la joven española de la que se había enamorado, y con su hijo recién nacido, Edi. Sin embargo, la historia no dejaba de atormentar a Rudolf. Los alemanes, tras ocupar París, lo mandaron de regreso a Viena y de allí a Auschwitz, donde querían que expiara por completo sus culpas políticas. Sin embargo, Friemel resultaba demasiado útil para los nazis, era un especialista en motores diésel y, gracias a su destreza técnica, escaló toda la jerarquía del campo, convirtiéndose en *Oberkapo* y uno de los más importantes funcionarios de Auschwitz. Lo cual le permitía tomarse muchas libertades: tenía el permiso de dejarse crecer el cabello, comía los alimentos de las SS y una vez al mes, escoltado por un soldado, podía ir al cine, en la ciudad, en Oświęcim.

Enseguida Rudolf empezó a usar los privilegios de los que gozaba para ayudar a sus compañeros y pronto se convirtió en leyenda. Siempre se encargaba de los que lo necesitaban, bastaba con pedírselo y se tenía la seguridad de que el *Kommando* haría lo posible por auxiliar al débil, al enfermo y al anciano. Brasse lo conocía desde que, por un breve periodo, habían dormido en la misma barraca, y sentía por él una mezcla espontánea de admiración y envidia. Lo admiraba y envidiaba por la misma razón: por su coraje, que parecía invencible.

También Wilhelm, ahora que se había vuelto amigo de las SS, hubiera querido aprovechar su posición y ayudar a sus compañeros de reclusión. Pero prefería estar a salvo, encerrado en el bloque 26, sin mirar demasiado hacia fuera. No le negaba un favor a nadie y siempre compartía los bienes con todos —sobre todo la comida— que conseguía gracias a sus habilidades como retratista. Pero no iba más allá de eso. Hubiera podido esforzarse, traficar, pactar, intercambiar favores con quien estaba debajo y encima de él; sin embargo, no lo hacía. Esa noche miró a Rudolf y se imaginó imitándolo. Luego volvió a la realidad, se rio de sí mismo y de sus fantasías, y se levantó. Se acercó a los novios y les puso los brazos sobre los hombros.

—Es hora de tomar la fotografía de costumbre. ¿Qué os parece?

Friemel y Ferrer se levantaron, disculpándose con los invitados, tomaron de la mano a su hijo y dejaron la mesa, colocada en el pasillo, allí donde normalmente se hacinaban los recién llegados mientras esperaban para registrarse.

Brasse los dejó entrar en el estudio y cerró la puerta.

Allí se sintió bien de nuevo. Allí era quien mandaba.

—Ahora haced lo que os pido. Y tardaremos un minuto.

Ya había pensado en cómo resolver la dificultad principal: debía retratar a tres sujetos juntos, en vez de uno, como de costumbre, cosa que con un banco fotográfico fijo era un problema. Entonces cargó al pequeño Edi y lo sentó en la silla giratoria. Puso a Rudolf a la izquierda del niño y a la madre a la derecha. Le pidió al *Oberkapo* que sonriera al objetivo, mientras que a Margarita le pidió que mirara hacia el niño. Los dos novios se dejaron guiar dócilmente por el fotógrafo, pero el mejor de todos fue justo el niño, quien —para nada cohibido— no despegó la mirada de la Zeiss casi hasta el último momento, sin hacer mohínes ni agitarse. Luego movió apenas los ojos, pero sin estropear la toma.

—¿Estáis listos?

—Estamos listos.

Brasse disparó.

—¡Hecho! La revelaré mañana mismo.

Poco después, al terminar los festejos, los novios se despidieron de los invitados y el banquete nupcial se disolvió. Las SS habían concedido a Margarita y Rudolf pasar la noche en el bloque 24, el burdel del campo, desalojando para la ocasión a las muchachas que vivían en él. Y allí pasaron los dos las primeras horas de su matrimonio. A la mañana siguiente, en un alba lívida y fría de principios de noviembre, los padres de Friemel, Margarita y el niño partieron rumbo a Viena. Rudolf se despidió sin derramar una lágrima, tratando de infundirles valor, pero Brasse, que estaba junto a él, sabía que la pena le azotaba el corazón.

—Y ¿ahora? —preguntó el hombre a Wilhelm con la mirada extraviada en cuanto vio a sus familiares superar la reja del campo. El fotógrafo abrió los brazos, impotente, mientras a él también se le hacía un nudo en la garganta por la emoción; no estaba para nada seguro de que su amigo volvería a ver a su esposa y a su hijo.

Esa tarde Brasse se puso a trabajar en la fotografía de los novios. Ya sabía que las luces no serían perfectas. El rostro del hombre, lo había notado mirándolo en el visor, estaba parcialmente en la sombra. Pero eso era todo lo que podía obtener con el número limitado de lámparas que tenía a su disposición. Aun así, de todos modos, sería una hermosa fotografía. Es más: esa foto constituía todo el álbum de boda de Rudolf Friemel y Margarita Ferrer, quienes se habían casado en Auschwitz. Ningún error técnico disminuiría su valor. Se convertiría en un testimonio valioso y algún día, cuando hubiera crecido y se hubiera transformado en un muchacho y luego en un hombre, el pequeño Edi estudiaría esa imagen, buscando en ella los rastros de una historia extraordinaria, la historia de sus padres.

8

No le dijo su nombre y era el único, entre los miembros de las SS que se habían parado frente a su objetivo, que no vestía el uniforme. Se presentó con camisa blanca, corbata y chaqueta de corte deportivo. El rostro juvenil, la sonrisa amplia y una gran melena de cabello negro difícil de domar le conferían un aire de estudiante. No podía tener más de treinta años. Mirándolo a través del visor, Brasse pensó que debía de ser un hombre afortunado: entre los dos incisivos se abría un amplio espacio y sus abuelos siempre decían que ese era signo de buena suerte. Le había dado las gracias muy amablemente por la fotografía y había desaparecido, siempre sonriendo. Ahora se lo encontraba de frente, en la Oficina Política. Una vez más, lo habían convocado de repente, pocos minutos antes. Lleno de ansia, Brasse interrumpió el trabajo para correr con Walter. Luego el desasosiego se apagó, tan rápido como había surgido. No había peligros a la vista y el mariscal solo quería presentarle a una persona, al alemán con aire de universitario, que ahora vestía el uniforme de *Hauptsturmführer* de las SS.

—Brasse, le presento al capitán Mengele. Si no me equivoco, ya se conocen.

—Es cierto, señor. Tuve el placer de retratar al capitán hace unos días.

Mengele, quien se había sentado en un sillón a un lado del escritorio de Walter, se levantó, se acercó al fotógrafo y le tendió la mano. Brasse venció la incertidumbre y tendió la suya. El oficial se la estrechó con firmeza y lo soltó solo después de unos segundos.

—Herr Brasse, aprecio a quien trabaja y sobre todo a quien lo hace de manera profesional. Estoy muy satisfecho con su retrato, le aseguro que no tiene nada que envidar a sus colegas de Berlín. Y, por favor, tome asiento.

—Gracias, señor.

El fotógrafo se sentó, incómodo, mientras Walter le explicaba qué querían de él.

—El *Hauptsturmführer* Mengele es uno de los mejores médicos de Auschwitz. Es más, a decir verdad, es uno de los científicos más prometedores del Reich y nos sentimos honrados de que trabaje con nosotros. Ha preguntado por usted, Brasse, porque necesita su ayuda. Y ahora el doctor le explicará personalmente qué es lo que precisa.

El joven polaco giró la cabeza hacia Mengele, quien empezó a hablar.

—Es muy sencillo. Deseo documentar con precisión mi trabajo, pero no soy un fotógrafo. Por eso quiero mandarle a algunos de mis sujetos, para que los retrate, necesito unas imágenes muy concretas. ¿Cree que sería posible?

Brasse tragó saliva. No sabía de qué se ocupaba Mengele y no le entendía cuando hablaba de «sujetos» o «imágenes muy concretas», pero no podía ponerse a discutir con un SS. Asintió con convicción.

—Haré todo lo posible para complacerlo.

El capitán sonrió y se levantó para estrechar otra vez su mano.

—Sabía que podía contar con usted. Pronto tendrá noticias mías.

Walter aplaudió, radiante.

—Herr *Hauptsturmführer*, siempre me siento feliz cuando nosotros, los de las SS, nos ayudamos. Hoy el Servicio de Identificación sirve a todos los camaradas de Auschwitz y este encuentro es la prueba fehaciente. En cuanto a usted, Brasse, recuerde lo que le dije, tengo grandes planes para su estudio. Gracias al doctor Mengele, empezará a entender a qué me refería. Ahora váyase y déjenos solos.

El fotógrafo hizo una leve reverencia, con el gorro entre las manos, y retrocedió hasta la puerta. Luego salió a respirar el aire frío de finales de otoño. Mientras regresaba al bloque 26 se topó con la compañía de disciplina. Con una pala al hombro, los hombres regresaban después de haber estado excavando algún canal. Parecían agotados y bastó esa visión para aligerarle el corazón. Cualquier sorpresa que pudiera reservarle Mengele, incluso la más desagradable, no era nada en comparación con los tormentos que sufrían esos prisioneros. Respecto de los grandes planes de Walter, que en la boca del mariscal siempre sonaban amenazantes, apretó los labios; sobrevivía en Auschwitz desde hacía años y no estaba dispuesto a ceder justo ahora. Estaba listo para unirse incluso a los planes de Walter si le ayudaban a salir adelante. Sin embargo, no quería pensar demasiado en eso. Tras volver al Servicio de Identificación, se sumergió en el trabajo y apartó a los dos SS de su mente.

Pocos días después, una noche, mientras estaba inclinado en la ampliadora positivando las fotos de identificación de los supervivientes de un nuevo convoy de gitanos, oyó que alguien llamaba a la puerta. Sabía que no lo molestarían por una tontería, así que gritó que entraran. Era Stanisław, cuya palidez resaltaba incluso bajo la débil luz roja del cuarto oscuro. El joven carraspeó.

—En el otro cuarto hay una *Kapo* con unas muchachas.

Brasse esperó a que acabara la frase, pero el otro no habló.

—Y ¿bien?

Trałka, turbado, agitó el brazo hacia el estudio.

—Dicen que las manda un tal doctor Mengele. Y te quieren a ti.

El fotógrafo dejó la ampliadora y se frotó en el pantalón del uniforme las palmas de las manos, repentinamente sudorosas.

—Está bien. Continúa tú.

Pasó al estudio, decidido a no mostrar ninguna emoción, independientemente de lo que viera. Y se topó con una corpulenta *Kapo* alemana, con el cabello color paja y el triángulo negro de los asociales en el pecho. A su lado había una polaca, presa política, su ayudante. Y cerca de las dos mujeres se retorcían, tambaleándose sobre sus piernas, cuatro niñas judías. La mayor no podía tener más de quince años, la menor unos doce. Estaban tan delgadas que el uniforme les colgaba por todas partes. Sus ojos eran los de un pajarito que pide piedad. Brasse trasladó un par de veces la mirada de ellas a las guardianas. No sabía qué decir, no sabía qué hacer.

—¿Eres tú el fotógrafo?

—Sí.

La *Kapo* señaló a las muchachas.

—El doctor Mengele quiere que las retrates.

Brasse respiró hondo, intentando sofocar la angustia.

—¿Te dio alguna instrucción particular?

La alemana asintió.

—Quiere tres imágenes de cuerpo entero. Usó estas palabras exactas e hizo que se las repitiera: «Cuerpo entero». Las quiere de frente, de espalda y de perfil. Y deben estar desnudas. ¿Está claro?

—¿Desnudas? ¿Por qué?

La mujer se rio socarronamente.

—Yo no soy el médico. Tú limítate a obedecer.

El fotógrafo observó a las muchachas, muy apenado. Ellas se abrazaron como pollitos de una nidada llamando a su madre. Él abrió la boca para tranquilizarlas, pero no logró decir nada. Entonces se dirigió a la presa política.

—Ayúdalas a desvestirse.

Las muchachas lo entendieron, también ellas eran polacas. Y comenzaron a temblar y a llorar, despacio, en silencio, como si no tuvieran más que unas cuantas lágrimas para gastar.

—¿Qué pasa?

—Les da vergüenza desvestirse frente a un hombre.

Brasse reflexionó un instante.

—Esperen. Se me ha ocurrido una idea.

Y movió hacia ellas una mampara que le había conseguido Walter, la había mandado traer desde Varsovia y la usaba para los retratos de los oficiales de las SS.

—Desvestíos aquí atrás. Nadie os mirará.

Luego reflexionó con rapidez sobre qué hacer, maldiciendo en silencio al mariscal. El estudio estaba equipado para los retratos, no para las fotografías de grupo, y ahora Mengele le mandaba, gracias a la simpleza de Walter, a unos sujetos para retratar de cuerpo entero. Tenía una sola posibilidad.

—¡Tadek!

Brodka, que estaba forcejeando con los casetes para los negativos, se acercó al grupo.

—Dame la cámara portátil. Es la que vamos a usar. Por una vez prescindiremos de la Zeiss.

Entonces, empuñando la pequeña Contax que utilizaban solo para tomas en exteriores, Brasse se preparó para fotografiar a los «sujetos» de Mengele. Y mientras esperaba a que se presentaran ante sus ojos, su ansia crecía. Oía a las niñas piar detrás de la mampara, auxiliadas por la presa política polaca, quien las alentaba con tono materno. No quería verlas. Ya le habían quebrado el aliento vestidas con el uniforme. No quería verlas desnudas. Tuvo la tentación de pedirles a Tadek o Stanisław que hicieron el trabajo, pero no podía. No temía por sí mismo; nadie, y mucho menos Walter, se enteraría. Pero no podía descargar en su equipo una tarea tan ingrata. Él era el fotógrafo jefe y a él le tocaba llevar a cabo el cometido. Apretó con fuerza la empuñadura de la cámara y se quedó en su lugar.

Por fin las muchachas salieron al descubierto, dando pequeños pasos, de la mano, y se pusieron en fila frente a la mampara, una al lado de la otra. Sus ojos expresaban una infinita vergüenza, pero no hicieron ni un ligero gesto para cubrirse. Evidentemente, estaban acostumbradas. La polaca vio que la *Kapo* se había largado, con toda probabilidad para fumarse un cigarrillo, y se dirigió con calma a las muchachas.

—Ahora haced lo que os diga herr Brasse. No os preocupéis. Todo saldrá bien.

El fotógrafo se inclinó en el visor y las observó una por una.

Las pequeñas padecían hambre. Y la padecían desde hacía mucho tiempo. Vio sus costillas sobresalir del pecho, vio sus vientres y sus caderas, tan ahuecados que él mismo hubiera podido rodearlos con las

El joven fotógrafo Wilhelm Brasse.

Brasse en un autorretrato de 1938, antes de ser capturado por los nazis.

Wilhelm Brasse, fotografiado en 2009 en su casa de Żywiec, Polonia. Muestra algunas de las fotos que él tomó y salvó, arriesgando su vida, durante sus últimos días en el campo de Auschwitz. [Getty Images.]

Josef Mengele (1911-1979), fotografiado en Auschwitz en la época en que prestó servicio en el campo como médico. Quiso que parte de sus experimentos sobre los prisioneros fuera documentada por el Servicio de Identificación. [Museo de Auschwitz.]

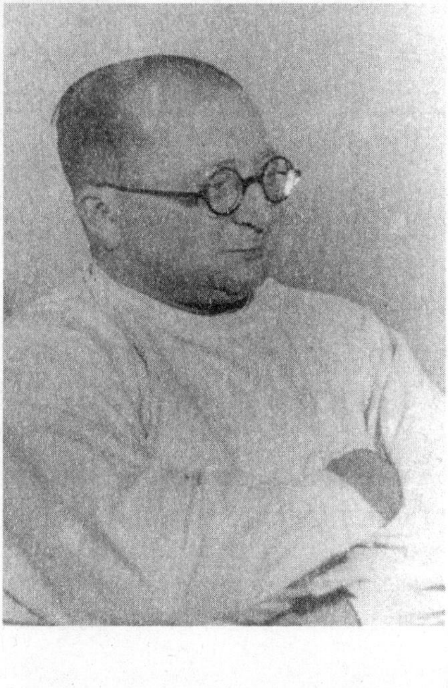

Carl Clauberg (1898-1957), miembro de las SS y médico. Sus experimentos ginecológicos, realizados en Auschwitz en víctimas indefensas, buscaban desarrollar nuevos métodos para la esterilización de poblaciones enteras en el menor tiempo posible. También él se sirvió de Brasse para documentar sus torturas. [Museo de Auschwitz.]

Maximilian Grabner (1905-1947) en el refinado retrato realizado por Wilhelm Brasse. Dirigió la Oficina Política del campo y fue uno de los hombres más poderosos de esta estructura. Era el superior directo de Bernhard Walter, quien dirigía el Servicio de Identificación. [Museo de Auschwitz.]

El austriaco Rudolf Friemel (1907-1944) fue deportado a Auschwitz por sus convicciones políticas. Aquí lo vemos en la foto tomada por Brasse el día de su boda con Margarita Ferrer en el interior del campo. [Museo de Auschwitz.]

Mayo de 1944. Prisioneros judíos esperando, recién bajados del tren en el que llegaron a Auschwitz. Se trata de una de las tomas en exteriores que los oficiales de las SS encargaban revelar al Servicio de Identificación, para luego insertar estas fotos en expedientes que servían para documentar la eficiencia del campo de exterminio. [Museo Yad Vashem, Jerusalén.]

Mayo de 1944, Birkenau. Selección de los efectos personales incautados a los prisioneros recién llegados. [Museo Yad Vashem, Jerusalén.]

Mayo de 1944, Birkenau. Prisioneras dirigiéndose a sus bloques en el interior del campo. [Museo Yad Vashem, Jerusalén.]

Mayo de 1944. Hombres declarados aptos para el trabajo en el campo, vestidos con uniformes de rayas. [Museo Yad Vashem, Jerusalén.]

Mayo de 1944, Birkenau. Prisioneras marchando al interior del campo con su uniforme. [Museo Yad Vashem, Jerusalén.]

Krystyna Trzesniewska (1929-1943), internada en diciembre de 1942 junto a su padre. Le asignaron el número 27129 y la sigla «PPole» (presa política polaca). [Museo de Auschwitz, foto de W. Brasse.]

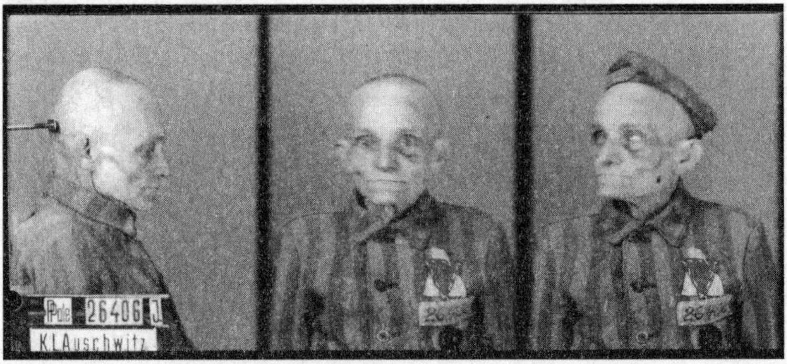

Aron Loewi (1879-1942), internado en marzo de 1942. Le asignaron el número 26406 y la sigla «PPole», añadiendo la letra «J» (preso político judío polaco). [Museo de Auschwitz, foto de W. Brasse.]

La joven polaca Rozalia Kowalczyk, prisionera en Auschwitz con el número 39845 y sigla «PPole». [Museo de Auschwitz, foto de W. Brasse.]

Czeslawa Kwoka (1928-1943), internada en diciembre de 1942. Le asignaron el número 26947 y la sigla «PPole» (presa política polaca). [Museo de Auschwitz, foto de W. Brasse.]

Una prisionera internada en mayo de 1942. Número 7425 y sigla «Jude» (judía). [Museo de Auschwitz, foto de W. Brasse.]

Stefania Stiebler. Internada en junio de 1942. Número 7602 y sigla «Pol:J» (presa política yugoslava). Trabajó en las oficinas del campo y desempeñó un papel activo en el movimiento de resistencia. [Museo de Auschwitz, foto de W. Brasse.]

Una prisionera en noviembre de 1942. Número 25562 y sigla «Pol:H» (presa política holandesa). [Museo de Auschwitz, foto de W. Brasse.]

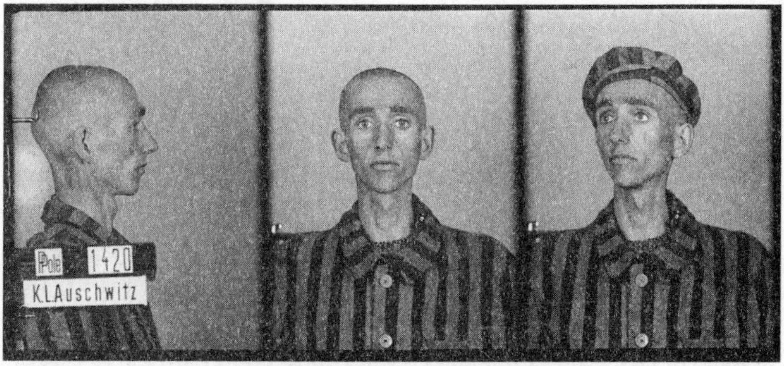

Jòzef Pysz, internado en julio de 1940. Número 1420 y sigla «PPole». [Museo de Auschwitz, foto de W. Brasse.]

Gottlieb Wagner, prisionero con el número 17850 y la sigla «Aso» (asocial). [Museo de Auschwitz, foto de W. Brasse.]

Stanisław Watycha (1906-1941). Internado en agosto de 1941, con número 20107 y sigla «PPole». Era profesor. Fue asesinado el 11 de noviembre de 1941, día de la independencia de Polonia, junto a otros ciento cincuenta prisioneros fusilados en la primera de las ejecuciones en el Muro de la Muerte del bloque 11. [Museo de Auschwitz, foto de W. Brasse.]

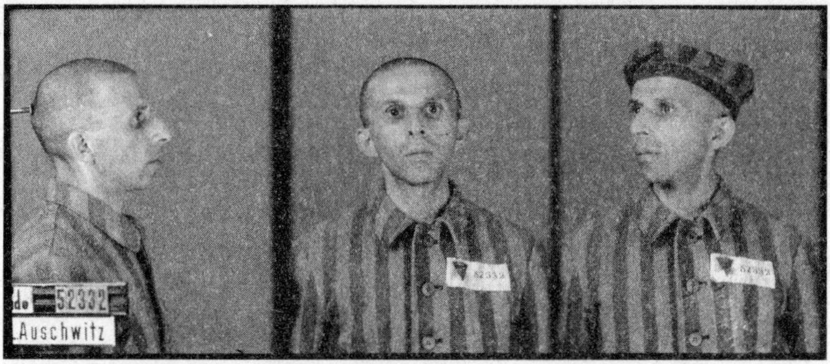

Leo Israel Vogelbaum (1904-1942). Internado en julio de 1942. Número 52332 y sigla «Jude» (judío). [Museo de Auschwitz, foto de W. Brasse.]

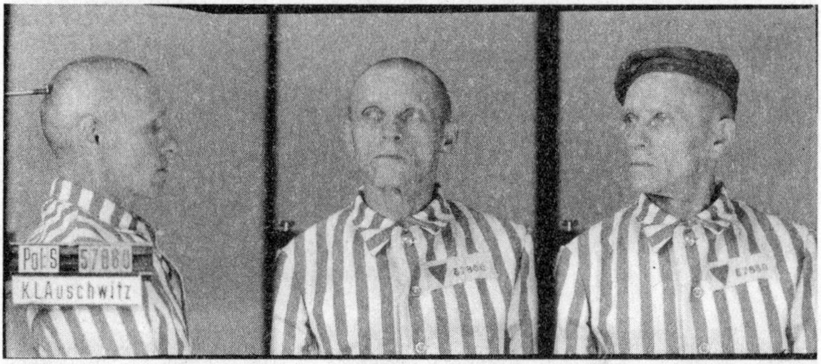

Franz Slokau. Internado en agosto de 1942. Número 57860 y sigla «Pol:S» (preso político esloveno). [Museo de Auschwitz, foto de W. Brasse.]

August Wittek (1874-1942). Internado en julio de 1942. Número 54098 y sigla «Aso» (asocial). [Museo de Auschwitz, foto de W. Brasse.]

Mayo de 1944, Birkenau. Judíos esperando en un bosquecito cerca de la cámara de gas número 4, fotografiados poco antes de ser eliminados. [Museo Yad Vashem, Jerusalén.]

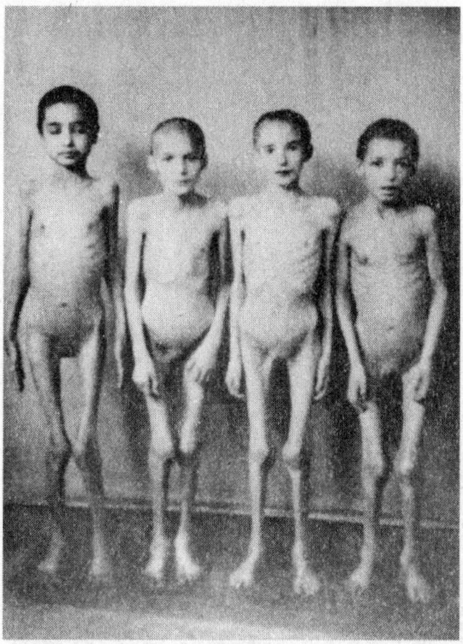

Las cuatro niñas judías fotografiadas por Brasse a petición del doctor Mengele. Esta toma, cuyas circunstancias fueron narradas por el fotógrafo polaco, marcó el inicio del terrible periodo de explotación de sus habilidades por parte del criminal nazi. [Museo de Auschwitz.]

Mayo de 1944. Una multitud de deportados durante la selección. [Museo Yad Vashem, Jerusalén.]

Mayo de 1944, Birkenau. Mujeres y niños, separados de los hombres, se encaminan hacia la cámara de gas número 4. [Museo Yad Vashem, Jerusalén.]

manos, vio sus piernecitas encorvadas y sus rodillas dobladas la una hacia la otra. Tuvo que pasarse una mano por los ojos para ahuyentar las lágrimas. Les habían afeitado todas las partes del cuerpo, pero de manera burda, y parecía como si les hubieran arrancado a tirones el cabello y el vello.

Luego notó algo que hasta entonces se le había escapado: eran dos parejas de gemelas. La primera y la cuarta eran más altas y morenas. La segunda y la tercera eran más bajas y de piel más clara. Se preguntó fugazmente qué interés podía tener Mengele en las gemelas, pero renunció a obtener una respuesta. Y tampoco quiso tocarlas, como solía hacer con sus «clientes», con actitud profesional, para ponerlas en la pose adecuada. Dio instrucciones a la prisionera polaca y ella se encargó de enderezar a las muchachas, levantarles los mentones y estirar sus brazos al lado de las caderas. Cuando todo estuvo listo, disparó.

Tres veces.

Una toma de frente. Una toma de espaldas. Una toma de perfil.

—Ya está. Pueden cubrirse.

En los ojos de las muchachas captó la satisfacción por haber acatado sin errores las órdenes del fotógrafo. Mientras regresaban detrás de la mampara para volver a vestirse, se dirigió a la mujer.

—¿Qué hace él con ellas?

La mujer no contestó, fingiendo no haber oído, y Brasse la tomó del brazo.

—¿Cómo te llamas?

La polaca se apartó con rapidez.

—Déjame en paz... Stefańska, pero todos me llaman Baśka.

—¿De dónde vienes?

—De Cracovia.

—Yo de Żywiec, no muy lejos de aquí.

La mujer lo observó con desconfianza y él sintió cómo la rabia le subía de golpe por el pecho. La tomó de nuevo del brazo, sacudiéndola.

—Vamos, soy un prisionero como tú. ¿Por qué tienes miedo? ¡Dime qué les hace a las muchachas!

La polaca agachó la cara y, cuando la alzó otra vez, la desconfianza había dejado el lugar a la misma desesperación que Brasse había visto en la mirada de las pequeñas judías. La mujer abrió los brazos.

—No lo sé.

—No te creo. ¿Es un secreto?

—Es un secreto. Pero en realidad no sé nada.

—¿No has visto nada?

—He visto que las mide, las pesa y anota todo lo que concierne a su salud. Es lo único que puedo contarte. La *Kapo* sabe más.

Sin embargo, Brasse no tenía ninguna intención de hablar con la asocial alemana.

Se sentó, exhausto.

Luego se levantó y fue al cuarto oscuro a buscar algo de pan. Regresó y se lo dio a la polaca.

—Escóndelo. Y dáselo a ellas. ¿Me has entendido?

La mujer asintió en silencio y puso el pan debajo de la casaca de su uniforme.

Las muchachas reaparecieron, tambaleantes como cuando habían llegado, cogiéndose aún de la mano, con los uniformes colgando por delante y por detrás. Baśka les hizo una caricia y les ordenó que la siguieran. Salieron del estudio sin volverse hacia atrás, sin tan siquiera lanzarle una mirada a Brasse. Eran como muñecos inanimados, pensó el fotógrafo, como las muñecas mecánicas que de niño veía en las tiendas de juguetes de Żywiec. Esas muñecas estaban destinadas a los caprichos de las niñas ricas, que jugarían con ellas hasta romper sus mecanismos, para luego olvidarlas en algún baúl, en el desván. A las muñecas se les podía hacer de todo. Nadie se quejaría.

Brasse se frotó de nuevo las manos en el pantalón. Otra vez estaban sudadas.

Se sentía angustiado y sucio.

Las pequeñas judías lo habían puesto en contacto con Mengele. No las tocó, pero algo de él había pasado a través de ellas y lo había agarrado por la garganta.

Decidió no revelar las fotos de las muchachas. Encargaría la tarea a Władysław y no controlaría el resultado. Estaba seguro de que el *Hauptsturmführer* estaría igualmente satisfecho de su trabajo.

9

Seguir olvidando. No dejar de olvidar. Borrar cada día lo visto el día anterior. Dejar atrás cada hora, sepultarla en la oscuridad. Era la regla para poder salir adelante. Y lo mismo con el futuro. Brasse se esforzaba por tener los ojos bien cerrados, nada de sueños, nada de ilusiones. Vivir en el instante, y así sobrevivir.

En los días sucesivos se impuso el olvido, como siempre. Las fotos de las cuatro niñas judías llegaron a su «cliente», quien no dejó de felicitarlo por el excelente trabajo que había realizado. Walter estaba muy contento, y todos en el bloque 26 comprendieron que por algún motivo sus superiores consideraban de importancia estratégica la colaboración entre el *Erkennungsdienst* y el trabajo del doctor Mengele.

Una mañana hablaron del tema.

—Para nosotros es mejor que surjan nuevos trabajos —dijo Władysław—. Tarde o temprano los retratos de las SS, las copias y las ampliaciones de sus fotos se acabarán.

Y aquí se interrumpió la conversación. Era inútil añadir otra cosa. Todos entendían a la perfección que, si el trabajo flaqueaba, de inmediato serían diezmados.

Brasse escrutó a su ayudante. Tenía razón, era obvio. Pero en ese momento no pudo evitar pensar que justo él era quien había positivado las fotos de las pequeñas gemelas judías. Las había visto, había fijado en papel su mirada aterrorizada, esa mezcla de miedo y de esperanza en que alguien las ayudara, en que una mano piadosa las cubriera. Y ahora estaba mencionando que ese trabajo era una buena noticia. Sin ningún sentimiento de culpa, por supuesto.

Intentó sacudirse esos pensamientos de encima. Observó a su alrededor. Tadek mantenía la mirada baja y asentía con la cabeza a las sabias palabras de Władysław. Sin embargo, tal vez él pensaba también en ello, rememoraba el momento en que había visto a las pequeñas y la desesperación que había sentido al no poder hacer nada por ellas.

—¡Bien, a trabajar!

Brasse nunca necesitaba alentar a sus colegas. Lo hizo instintivamente, para impedirse a sí mismo seguir teniendo esos penosos pensamientos.

Enseguida se dispersaron todos, cada uno a hacer su trabajo.

Él se puso a retocar la imagen de un soldado alemán retratado con ropa de civil con su novia, una rubia sonriente que lucía un traje tradicional bávaro. Se concentró, empezó a mejorar con minúsculos toques la definición del rostro ovalado de ella.

Y de repente volvió a ver a Baśka, la joven presa política que le había ayudado a consolar a las cuatro niñas. Fue un relámpago que surgió de una región oculta de su corazón. Deseó que ella estuviera ahí, que pudieran hablar de lo ocurrido. Le había parecido tan humana... Sus defensas apenas habían resistido su insistencia cuando él quiso saber qué hacía Mengele con esas pequeñas. Y luego las había acariciado.

Cerró los ojos. ¡Esa caricia!

«Wilhelm...» Se esforzó en imaginar la voz de ella pronunciando su nombre.

Imaginó también que ella le sonreía, que lo miraba con amor. Que lo tocaba. Recordó que era hermosa, se dio cuenta de que incluso en ese momento tan dramático él la había mirado, la había descubierto como un hombre descubre a una mujer. Sin embargo, entonces no había podido detenerse en esa emoción. Lo hacía ahora, con insistencia. Quizá para olvidar el penoso recuerdo de las cuatro niñas.

La mano perdió su firmeza mientras retocaba la fotografía. Se maldijo, se había equivocado: la muchacha alemana, radiante bajo el sol, ahora mostraba la marca de su distracción. Ay de él si el soldado viera ese daño. Se concentró en busca de la frialdad necesaria para remediarlo enseguida. Pero no fue fácil. La inevitable combinación entre la belleza y la humanidad de Baśka, la desesperada necesidad de amor de las pequeñas de las que se había hecho cargo y su propia necesidad de paz tenían en él un efecto desconcertante. Eran pensamientos a los que ya no estaba acostumbrado, sugestiones peligrosas que había que rechazar de inmediato.

Franek regresó de una misión que debía llevar a cabo en el bloque 20 y lo liberó de su aflicción.

—¡Problemas a la vista! —anunció al equipo.

Todos lo miraron preocupados.

—Ha estallado una epidemia. Una nueva.

Puso la Contax en la mesa de trabajo, se sentó y se pasó una mano por la cara. Se le veía cansado, como cuando volvía con imágenes terribles que revelar y positivar.

—Hice una serie de tomas de los enfermos, para los médicos.

Brasse tomó la cámara y pareció examinarla.

—¿Qué enfermedad es?

—Fiebre exantemática, dicen. Quien la contrae tiene fiebre alta y le salen unas ronchas en la piel. Se pueden apreciar perfectamente en las fotos que he tomado.

Władysław expresó en voz alta lo que todos estaban pensando.

—¿Es grave? ¿Es contagiosa?

—Para quien está débil es mortal. Y sobre el contagio, como es obvio, me he informado. Los médicos dicen que la transmiten los piojos.

Dos datos alentadores. Las mentes de cada uno los procesaron con un suspiro de alivio, todos ellos comían lo suficiente, también dormían y trabajaban en ambientes bastante limpios y aireados.

Brasse pensó que, desde que habían dejado de fotografiar cada día a decenas de prisioneros, el riesgo de que uno de ellos les transmitiera los piojos había disminuido mucho. Sin embargo, no dijo nada, los demás se estaban tranquilizando por su cuenta.

—¿Estas fotos son urgentes?

Ya conocía la respuesta, los médicos del bloque 20 habían recibido la orden de documentar esa emergencia. Un informe para las autoridades debía estar listo esa misma noche y partir lo antes posible rumbo a Berlín. Al escuchar a Franek hablar de los médicos que le habían transmitido las órdenes, apenas pudo contenerse de preguntarle si entre ellos había visto a Mengele. Quería olvidarse de él, pero al mismo tiempo esperaba que la emergencia sanitaria lo involucrara y lo obligara a descuidar sus investigaciones.

—Bien —dijo—. Tadek, deja lo que estás haciendo y revélalas ahora mismo.

Por la tarde llegó Walter. Estaba tenso. Preguntó por las fotos de los enfermos.

—Tendrá todo a las cinco de la tarde, a más tardar —aseguró Brasse.

Las imágenes estaban colgadas para que se secaran. Cuerpos desnudos, con frío, expuestos a los rigores de finales de octubre, flacos y quebrantados aún más por la enfermedad. Y las manchas que ensuciaban la piel. Algunas las había fotografiado de cerca y se veían purulentas.

—¡Qué asco!

Walter estaba asqueado y al mismo tiempo enfadado. Era evidente que tenía miedo.

Brasse no hizo comentarios. El suboficial desahogó sus pensamientos.

—No podremos curar a muchos. Pero ese no es el problema. Si nos acercamos a los prisioneros, corremos el riesgo de contagiarnos. Mis colegas se están manteniendo a la debida distancia, pero la prudencia nunca es suficiente.

El joven fotógrafo no dejó traslucir ninguna emoción, pero reflexionó en silencio sobre aquella extraña circunstancia por la cual los prisioneros de repente se habían transformado, sin quererlo y sin mover un dedo, en un peligro mortal para sus vejadores.

Luego pensó en Baśka. La rememoró acariciando a las cuatro niñas y recordó sus ojos, llenos de su misma desesperación. Comprendió que ella estaba en peligro.

—¿Qué le pasa?

Walter lo miraba, molesto por el hecho de que él no lo estuviera escuchando.

Brasse se puso tenso.

—Nada, herr *Oberscharführer*.

—¿Siente piedad por esa gente o está preocupado por la suerte de nuestros colaboradores?

Podía mentir, pero el otro se habría dado cuenta. Estaba allí, a pocos centímetros de su rostro, mirándolo con odio e impaciencia.

—Tengo miedo por mí mismo, como todos —contestó agachando la mirada, como si estuviera confesando una culpa.

El alemán quedó satisfecho con esa respuesta.

—Sí, es cierto. Para esos prisioneros la muerte es una liberación. Pero nosotros, querido Brasse, nosotros —subrayó— no debemos morir como ellos. Estamos hechos para una suerte muy diferente, y usted también lo cree. Por eso limitaremos, mientras sea necesario, las visitas de prisioneros en malas condiciones higiénicas...

Brasse pensó de inmediato en las mujeres, que en Birkenau no podían lavarse. En todas las mujeres.

—... y, mientras tanto, confiaremos en nuestros médicos. Continúe con su trabajo, herr Brasse, y no tema. ¡En caso de enfermedad, usted recibirá los mejores cuidados!

Lo dijo apoyando una mano amigable en el hombro del fotógrafo. Él no se apartó, solo bajó la mirada, de nuevo.

A las cinco llegó el *Kapo* Maltz, que en todo el día no había aparecido por allí. Tomó las fotos y las metió en una carpeta en la que estaba escrito el nombre de la enfermedad. Las tocó con prudencia, como si el contagio pudiera darse incluso con el contacto con esas imágenes. Brasse y Franek lo observaban respetuosos e inexpresivos. Él los miró y de repente una amplia sonrisa llena de maligna satisfacción se le dibujó en los labios.

—¿Queréis oír una buena noticia?

Los dos se quedaron pasmados. El *Kapo* anticipaba la sorpresa.

—¿Sabéis quién ha contraído la fiebre?

Esperaron, atentos. No podían imaginar quién era la persona que el *Kapo* odiaba hasta el punto de alegrarse por su desgracia.

—Pero si os lo digo, no lo celebréis demasiado cuando salga de aquí. ¡En estos momentos, los *Kapos* son los que corren más riesgos, por eso exijo un poco de respeto, incluso de vosotros, malditos privilegiados!

De repente estaba furioso. Brasse y Franek se quedaron impasibles, temerosos ante los cambios de humor de Maltz.

—Pues, en fin, uno de los que están peor es Ruski, el *Kapo* de la compañía de disciplina. Ese diablo está en el bloque 20, todo lleno de llagas. ¡Eso es lo que uno consigue al tirarse a las judías!

Y, tras decirlo, se rio. Una risa malvada, llena de envidia.

Desde hacía tiempo se decía que Ruski, el brutal asesino, violaba a las mujeres y las muchachas que tenía a su alcance en el búnker del bloque 11. Pensando en ello, Franek logró sonreír, incluso con una pizca de complicidad con su *Kapo*, resentido con su colega porque este sí que se atrevía a desahogar sus instintos.

Brasse no rio. Pensó en las niñas judías. Pensó en Baśka.

—¿Qué pasa? ¿Sientes lástima por ese demonio?

Maltz lo miraba con una mezcla de odio y suspicacia. El fotógrafo intuyó lo que estaba pensando, el

Kapo temía que algún día, si se recuperaba, Ruski se enterara de que él se había alegrado por la noticia de su enfermedad.

—Entonces, Brasse, ¿no querrías ver muerto a nuestro querido Ruski? Dilo, adelante, te doy permiso.

Hubo un largo momento de tensión. El cálculo de las consecuencias de una y otra respuesta. Y una vez más la verdad, inevitable.

—Sí. Lo querría ver muerto. Pero lo curarán bien. De esta enfermedad se sale si no estás demasiado débil. Y Ruski es uno de los más fuertes que hay aquí dentro.

Maltz entornó los ojos. Pensó en algo, con intensidad.

Luego, sorprendiéndolos, volvió a sonreír.

—Ya veremos —concluyó sereno. Y salió sin añadir más.

En los días siguientes las actividades del campo prosiguieron, pero a un ritmo más lento. Hubo un momento como de suspensión, los mismos pases de lista, los equipos de trabajo que desfilaban con la cabeza gacha. Sin embargo, todos hablaban aún menos que de costumbre y se mantenían lo más distanciados posible los unos de los otros. Los *Kapos* gritaban como siempre, pero cuando golpeaban con sus bastones se alejaban enseguida del prisionero dolorido, doblado en dos en el suelo con la respiración entrecortada, o bien arrodillado con la cabeza entre las manos y las últimas fuerzas que se le iban en sollozos.

La emergencia duró pocos días, luego la epidemia dejó de difundirse al ritmo de las primeras horas y se corrió el rumor de que los médicos del bloque 20 se habían organizado bien: condenaban de inmediato a muerte, sin tan siquiera hospitalizarlos, a los enfermos demasiado débiles, y ofrecían cuidados rápidos a los que verdaderamente se podían salvar.

En esos días, los prisioneros del bloque 26 vieron desfilar en varias ocasiones a los condenados de la compañía de disciplina, pero Ruski no aparecía.

Y una mañana fue Maltz quien les dio la noticia, triunfante como si lo hubieran ascendido.

—¡Se fue! —anunció—. Sabía que ese polaco de mierda le había pisado los talones a alguien.

Wacek Ruski, el asesino, el hombre a quien Brasse había implorado que cuando matase a sus conocidos de Żywiec lo hiciera sin ensañarse con ellos, estaba entre las víctimas de la fiebre.

—Lo dejaron morir —contó Maltz—. Deberíais haberlo visto, acostado como un trapo en el jergón empapado. Apenas respiraba. Y lo bueno fue que debió de entender que habían decidido abandonarlo, tenía los ojos entornados y miraba desesperado a su alrededor, con la esperanza de que alguien se ocupara de él. ¡Pensaba que era omnipotente y no movieron un dedo para curarlo!

Brasse recibió la noticia sin ninguna emoción en particular. Pensó que la muerte de uno de los peores torturadores no mejoraba la situación de los desgraciados del bloque 11 y les ofrecía solo un breve y amargo consuelo. Después de Ruski, seguro que allí no mandarían a un *Kapo* tierno.

Tal vez Maltz esperaba ocupar su lugar. Sin embargo, no sucedió; el *Kapo* del bloque 26 dejó muy pronto de celebrar la muerte de Ruski y desahogó su rabia dándole una patada a Tadek durante una pausa.

10

—¿Qué hace esa?

Stanisław Trałka levantó la vista del trabajo y miró fuera de la ventana.

—¿Quién? —preguntó Brasse distraídamente.

—Esa mujer. Ya la he visto, pero no logro recordar cuándo. Está ahí contemplando nuestro bloque. ¡Ya se va!

El fotógrafo se acercó al vidrio y vio a una prisionera que se alejaba a paso rápido y alcanzaba a un grupo de mujeres, una docena de muchachas muy jóvenes, delgadas, paradas a unas decenas de metros del estudio. Quién sabe por qué, había proseguido sola y luego una *Kapo* le había gritado que volviera. Cuando hubo alcanzado a las demás, la mujer recibió una reprimenda, pero no reaccionó. Había roto las reglas del grupo, avanzando por su cuenta, con paso más rápido, y deteniéndose luego a observar las ventanas del estudio.

Era Baśka.

«¿Adónde ibas? —pensó Brasse—. ¿Qué esperabas ver?»

Después, las jóvenes fueron alcanzadas por otras dos prisioneras, dos gemelas, que se agarraban de la mano. Entonces retomaron todas juntas la marcha hacia el bloque 26.

—Es el nuevo grupo de chicas que Mengele quiere que fotografiemos —anunció el fotógrafo a los demás.

Enseguida un par de ellos fueron a poner la mampara para que les sirviera de vestidor a las jóvenes.

Cuando el médico de los experimentos le hizo saber que el envío de nuevos sujetos era inminente, Brasse de inmediato temió encontrarse de nuevo ante esas pequeñas inocentes, pero, al mismo tiempo, deseó volver a ver a Baśka.

Las prisioneras entraron y se pusieron en fila. Ahora todos sabían qué hacer, en Auschwitz cualquier cosa se convertía en un procedimiento por ejecutar. Mientras las muchachas posaban, también esta vez un par de gemelas, Baśka mantenía la mirada baja, pero en varias ocasiones Brasse tuvo la sensación de que observaba de reojo sus movimientos. ¿O era más bien una esperanza?

Él siguió pensando en cómo dirigirle la palabra sin levantar sospechas, ya que la *Kapo* nunca dejaba la habitación y vigilaba todo lo que sucedía.

Luego, al terminar el trabajo, fue ella quien, para su gran sorpresa, le dirigió abiertamente la palabra.

—Herr Brasse, el doctor Mengele me ha ordenado avisarle de que mañana enviará a nuevos sujetos como estos, prisioneras gemelas también. Luego...

Titubeó por un breve instante. Él la miraba en silencio, con el respeto que merecían las órdenes de un oficial de las SS. Sin embargo, sus ojos escrutaron los de ella. Baśka se dio cuenta de que el joven polaco aprovechaba esa circunstancia para fijar sus rasgos en la mente.

—... Luego vendrán otros tipos de prisioneros, siempre de Birkenau, que habrá que fotografiar desnudos, de cuerpo entero y en tres poses diferentes, como estos.

—Estamos al servicio del doctor Mengele —dijo él, tratando de sonreír y de usar un poco de ironía. Ella también le contestó con una breve sonrisa.

Cuando todo el equipo se alejó, Tadek contestó a la muda pregunta de su compañero de reclusión.

—Sabe alemán muy bien y hace de secretaria de Mengele.

Brasse no preguntó al colega de quién estaba hablando. Era inútil esconder su interés.

—Es... guapa —constató Tadek.

Él se encogió de hombros y se puso a trabajar otra vez.

Dos días después, una mañana, llegaron los nuevos prisioneros que Mengele querían que fotografiaran. Bajo las miradas curiosas de todo el equipo, en el pasillo, se pusieron en fila diez enanos, tanto hombres como mujeres. También Brasse observó con sorpresa el desfile. Eran diferentes de como se solía imaginar a ese tipo de personas, el médico alemán los había escogido con un tronco normal, y solo sus piernas y brazos eran muy cortos.

Nadie hizo comentarios.

Los fotografiaron a todos, uno por uno, después de esperar en silencio a que se desvistieran detrás de la mampara de colores. Habitaban sus cuerpos con dignidad, a pesar del jadeo en los movimientos. Brasse los trató en todo momento como si fueran huéspedes destacados.

En el grupo había dos hermanas y un hermano. En su caso, la orden era que debían retratarlos juntos y que se notara la semejanza de sus rasgos.

La *Kapo* estaba fuera con los demás. Ante la amabilidad del fotógrafo y de sus colaboradores, los tres sonrieron, se relajaron e intercambiaron unas palabras. El hombre aceptó un cigarrillo.

—Somos judíos, de Budapest. Nos arrestaron y siempre hemos estado juntos. Esperemos que dure.

—¿Vivían juntos?

—Vivíamos y trabajábamos juntos. Antes de la guerra no nos iba tan mal. Ella toca el violín, ella la guitarra —dijo, indicando a sus hermanas— y yo canto. Nos ganábamos la vida yendo por las noches a los cabarets. La gente nos veía llegar al escenario, se reía, repetía los mismos chistes sobre enanos de siempre. Nosotros los hacíamos callar con nuestra música. Nunca nos amaron ni nos respetaron. Pero a nadie jamás se le ocurrió pasar de la burla a la reclusión. En cambio, los nazis no tienen demasiado sentido del humor, ya se sabe...

—¡Cállate!

Una de las hermanas temía que los muros tuvieran oídos.

Él terminó su cigarrillo.

—Toma unos cuantos más —dijo Brasse.

—Gracias, sois muy amables. También el doctor lo es. Solo quiere estudiarnos. Nos pesa, nos mide, nos pregunta sobre nuestra infancia, sobre nuestros padres. Quizá los alemanes tengan miedo de que seamos contagiosos. Es la única explicación. Pero de verdad no lo entiendo. Son los dueños del mundo, ¿qué daño podemos ocasionarles?

Fueron interrumpidos por la llamada de la *Kapo*.

Una de las hermanas instintivamente se cuadró.

El hombre la miró con triste ironía.

—Es inútil que te esmeres, que te muestres obediente. Para nosotros no hay esperanza.

Lo dijo con calma, con dignidad. Luego aspiró intensamente el humo. Brasse se sorprendió pensando que en realidad parecía un condenado a muerte fumando su último cigarrillo, y se sintió arrasado por la desesperación.

—¡Hasta luego! —dijo la hermana más joven.

Al atardecer, observando las fotografías de los tres hermanos, Brasse trató de imaginarlos tocando y cantando. Imaginó un local lleno de humo, la penumbra que descansaba la vista y permitía a todos los asistentes relajarse sin temer ser reconocidos. Vio a los miembros del público riendo, aliviados al constatar la diversidad entre ellos y los tres desdichados que aparecían en el escenario, avanzaban con paso torpe y hacían una desgarbada reverencia a la oscuridad.

Antes de la guerra le tocó asistir a algún espectáculo. Jamás había visto actuar a unos enanos. Se preguntó si también él, en ese caso, hubiera reído, dándose de codazos con sus compañeros de juerga. Ahora no podía ni imaginarlo.

Sonó la sirena, era la hora de pasar lista. Salió y se puso en fila, como un prisionero obediente. El aire estaba frío, el invierno se anunciaba inclemente. Los prisioneros más débiles, entumecidos por el miedo, movían los pies en los zapatos rotos para calentarlos. Pensó que ninguno de ellos, que comenzaban tan pronto a necesitar calentarse, vería la plena estación. De repente se dio cuenta de que se estaba convirtiendo en un experto de la vida en el campo, de lo conocidos que le resultaban incluso los menores detalles del comportamiento de los condenados. De lo hábil que se había vuelto en prever su destino.

Contestó a su nombre. Esperó la orden de romper filas, se giró y se dirigió hacia el bloque 26 para terminar su trabajo.

—¡Wilhelm!

Tadek lo tomó del brazo y se apartó con él. Tenía un aire alarmado y en sus ojos se notaba la urgencia de un problema por resolver.

—¿Qué sucede?

—¿Ves a ese prisionero? —le contestó el amigo señalando con el mentón a un joven que titubeaba, observándolos, mientras los prisioneros se dirigían a sus barracas.

Brasse asintió.

—Es un amigo mío de Lwów. Llegó hace poco. Su padre tiene un estudio fotográfico. ¿Podemos hacer algo para que se una a nuestro grupo?

El fotógrafo escrutó al joven, que seguía mirándolos fijamente, lleno de esperanza. Intentó reflexionar, pero Tadek ya había pensado en todo.

—Podrías decirle a Walter que tenemos muchos retoques por hacer. Él es un fotógrafo joven, pero ya es muy hábil en el retoque.

Se miraron a los ojos. Callaron lo que no podía decirse. ¿Quién iba a creerse que un fotógrafo tan joven era ya tan hábil en el retoque?

—Está bien —dijo Brasse—, mañana hablaré con Walter.

Al día siguiente dos SS, que habían obtenido el permiso de sus superiores para ir al Servicio de Identificación y hacerse un retrato, tuvieron que esperar, incrédulos, a que Brasse terminara las fotos de un nuevo grupo de enanos. Cuando estos se fueron, desfilando delante de ellos con la cabeza gacha y conteniendo el aliento, los SS pretendieron que limpiaran bien la silla antes de sentarse.

El fotógrafo los atendió con deferencia. Seguía pensando en cómo afrontar el tema del amigo de Tadek con Walter.

Como si lo hubiera evocado, su jefe entró y contestó con aire complacido al saludo respetuoso de los dos subordinados. Se quedó observando cómo les hacía el retrato, luego se despidió satisfecho y se dirigió hacia la salida.

—Herr *Oberscharführer*.

—¿Sí?

Hizo un leve movimiento de impaciencia. Pero Brasse no se amedrentó.

—Debo hacerle una solicitud, para el funcionamiento del estudio.

El suboficial dio un rápido vistazo a los dos SS. No quería parecer demasiado disponible ante ellos.

—¿Es urgente?

—Sí, no me atrevería a molestarlo si no lo fuera.

Los dos alemanes habían terminado. Hicieron el saludo militar y salieron.

—¿Qué sucede?

—Herr Walter, como sabe, nuestro trabajo ha aumentado, y en particular se está incrementando el número de retratos y fotos que los oficiales y los soldados nos piden retocar.

—¿Entonces?

Walter lo miró con suspicacia. Su buen humor había desaparecido por completo.

—He sabido que acaba de llegar al campo un prisionero, un polaco... —Y aquí Brasse hizo una imperceptible pausa, como para remarcar que el hombre del que estaba hablando era solo un polaco—. Su padre tiene un estudio fotográfico en Lwów y él aprendió bien, sobre todo las técnicas del retoque. Nos sería útil, si usted está de acuerdo.

El alemán escrutó al prisionero. Él sostuvo su mirada.

—Los rumores corren, por lo que veo. Yo no sabía

nada de este recién llegado. ¿Cómo se llama su candidato?

—Se llama Edward Josefsberg.

—¿Usted responde por él?

—Sí, señor. Podemos ponerlo a prueba, evaluaré su capacidad. Lo corregiré y le enseñaré algo, si es necesario.

El alemán lo interrumpió con un gesto de fastidio.

—Está bien, está bien, herr Brasse. Confío en usted. Y entiendo también sus prisas. Por lo que sabemos, su colega podría estar ya en una lista de sujetos por eliminar. Tráigamelo lo antes posible, preséntemelo y, si todo está bien, lo añadiremos al equipo.

—Se lo agradezco, herr Walter. Con su permiso lo citaré aquí esta misma tarde.

En cuanto Walter los dejó solos, Tadek se apresuró a llamar a su amigo. Media hora después estaba junto a ellos.

—Todos me llaman Edek —explicó.

—Edek para nosotros está bien —dijo Brasse, estrechándole la mano.

El joven estaba frente a él, rígido, prácticamente en posición de firmes. Tadek debía de haberle dicho que su salvación dependía de él.

—¿De verdad sabes hacer buenos retoques?

—Sí... —Edek miró de reojo a su amigo. Tadek lo alentó con una sonrisa.

—Está bien —lo interrumpió Brasse—. Con un poco de paciencia aprenderás.

Una hora después llegó Walter, que escudriñó al recién llegado con aire circunspecto.

—Usted está realmente desaliñado.

El uniforme de Edek daba pena. Tenía rasgaduras y manchas en varios puntos.

—Además, huele mal. ¿Desde cuándo no se baña?

—Pues, yo..., nosotros...

—No tendrá piojos, ¿verdad?

El joven se desconcertó. Entendió que el alemán temía aún por la reciente epidemia.

—Yo... creo que no.

—Brasse, consígale un uniforme nuevo a este muchacho y acompáñelo a tomar una ducha.

Alguien corrió a buscar a toda prisa un nuevo uniforme. Edek esperó paciente, merodeando por el estudio y observando a los demás mientras trabajaban. Cuando estuvieron listos, él y Brasse salieron y dieron la vuelta al bloque 26. En la parte trasera había unas duchas. El fotógrafo sostenía la ropa nueva y el joven lo seguía confiado. El sol brillaba muy tenue, pero la luz era placentera. Brasse se sentía bien en el papel de protector.

—Desvístete.

Edek no titubeó. Con unos pocos y rápidos gestos se desnudó ante él. Y en ese momento el mundo se derrumbó alrededor de su salvador.

—¡Por Dios, Edek, estás circunciso!

El otro se sonrojó.

—Wilhelm...

—¿Eres judío? ¿Ellos lo saben? ¡Contéstame!

—¡No! No soy judío. ¡Me operaron por una fimosis, no es una circuncisión!

Brasse observaba el pene de Edek. Walter odiaba a

los judíos, si sospechara tan solo que él lo había estafado, que le había mentido para salvar a un judío...

—Debes creerme... ¡Te lo ruego!

El fotógrafo abrió la puerta y miró hacia fuera. No había nadie en los alrededores que pudiera haber escuchado su conversación. Bajó la mirada, trató de pensar con rapidez y volvió a entrar.

—Escúchame. Yo no debo creer nada. Tú estás circunciso, punto. Y eso es suficiente para que a ti y a mí nos corten la cabeza antes de que puedas contar ese cuento de la fimosis. Por lo tanto, escúchame bien, todas las veces que vengamos aquí a bañarnos, te esconderás detrás de nosotros. Nadie debe ver tu pene, ¿me has entendido?

—Sí.

—Sería nuestro fin.

—Sí, sí.

Ahora el muchacho temblaba, de frío y de miedo.

—Lávate y vuelve a vestirte de inmediato.

Esperó fuera, mientras el otro se arreglaba. Pasó un grupo de SS, que él saludó con respeto. Pero le pareció que uno de ellos lo observaba con curiosidad y temió que empezara a hacerle preguntas.

No, no era cierto. Para el soldado, él era transparente. Un cero a la izquierda.

El cielo era azul, terso, apenas oscurecido por las primeras sombras de la noche. Limpio como la verdad. Mientras los SS se alejaban, se imaginó gritando: «¡Eh, tengo a un judío aquí! Pero ¡fingiré que es un polaco como yo y os engañaré a todos!».

Eran pensamientos absurdos, peligrosos. Debía concentrarse, ahora más que nunca. Y de inmediato esa sensación de exaltación desapareció por completo.

«Maldición —pensó—, el primer prisionero por el que me arriesgo, al que he querido salvar incluso a costa de cubrir su incompetencia como fotógrafo, parece judío. Un indefendible judío.»

¿Cuánto tardarían en descubrirlo?

11

—Herr Brasse es un verdadero experto, hizo unas fotos perfectas de mis experimentos. No podría prescindir de él.

Wilhelm escuchaba estos cumplidos sin chistar. Walter, en cambio, lo miraba con la satisfacción de quien escucha a alguien elogiar sus éxitos como dirigente de una empresa. Mengele era sincero, se veía. Sincero y, como de costumbre, amable, incluso atento.

—No es mérito mío nada más —intervino el fotógrafo—. Debo mucho al trabajo de todo el *Kommando*.

El médico pareció incluso complacido por esas palabras.

—Usted es demasiado humilde. No se subestime. A mí me parece que sus colegas lo ayudan con sus competencias técnicas, pero el artista es usted. Para documentar tan bien los detalles físicos y hasta el carácter de los sujetos que le envío se necesita una sensibilidad extraordinaria.

—No por nada este joven tiene sangre alemana en sus venas. Pura sangre alemana.

Con esas palabras Walter buscaba la aprobación del experto, del investigador. Brasse no dijo nada. Reflexionaba sobre el hecho de que Mengele gozaba cada vez más de una autoridad del todo especial en el campo. Y la actitud de Walter era la demostración más evidente.

—Sí, me doy cuenta —dijo el médico. Y empezó a observar al polaco con mucha atención. Dio también un paso hacia él—. Estos rasgos regulares, abiertos. El mentón bien definido, la frente amplia, la expresión siempre enérgica, los ojos limpios... Sonría, por favor.

Brasse obedeció.

—¿Ve esos pequeños hoyuelos que se le marcan en las comisuras de la boca cuando sonríe?

Walter asintió mientras el colega explicaba con actitud didáctica. Él también estaba muy serio.

—Son el rastro visible de una predisposición vital que ninguna fuerza puede reprimir. Y toda la morfología de este hombre, todo su cuerpo, muestra las proporciones y el vigor de una naturaleza sana porque es la realización de un proyecto genético positivo.

Un paso más hacia delante. Ahora Mengele observaba al polaco muy de cerca.

—Habría que medir la circunferencia del cráneo y evaluar la conformación de las placas óseas.

—Herr Brasse es ario, no cabe duda. Usted, doctor, no hace más que confirmar la oportunidad de mis esfuerzos hacia él.

Ahora los dos hablaban como si Brasse no estuviera presente. Como si estuvieran calculando el valor de un objeto.

—¿Esfuerzos? —Se asombró el médico—. ¿En qué sentido?

—Es evidente que debe unirse a nosotros, compartir nuestra misión. Quizá usted logre convencerlo, mostrarle que su destino está escrito en su cuerpo, en el fondo de sus ojos. Así dejará de considerarse polaco, de jactarse de sus vínculos con la raza eslava solo por un apego sentimental a su madre.

—¿Eso es lo que dice?

La curiosidad del investigador resonó en la voz de Mengele. Luego se dirigió a Brasse.

—¿Usted dice que es polaco por afecto hacia su madre? Explíqueme.

Él se sintió desconcertado. Por un instante pensó en guardar silencio. Que decidieran ellos cuál era la respuesta correcta. Que hicieran de él lo que quisieran, hasta el final. Como ya estaban haciendo.

—¿Entonces?

—Herr Mengele... Yo me siento polaco. Crecí aquí. También mi padre, que, como usted dice, tenía sangre alemana...

—No es una suposición mía, herr Brasse. Es un hecho objetivo, científico. ¡Aprenda a tener más en cuenta la ciencia de lo que tiene en cuenta sus sentimientos!

La amabilidad de Mengele pareció desvanecerse de golpe. Luego, con la misma rapidez, reapareció.

—Continúe.

Brasse echó un vistazo a Walter, pero su jefe lo miraba en silencio, impasible.

—Decía, herr Mengele, que mi padre sirvió a Polonia como si fuera su patria. Por eso combatió contra los bolcheviques en 1921.

—Pero ¡eso no demuestra nada! A veces las circunstancias históricas parecen interferir con el desarrollo de una personalidad genéticamente determinada, pero en realidad es esta la que plasma el destino de cada uno de nosotros. Y su padre lo demuestra. Al ser atacado por un poder perverso, sostenido por una raza inferior, actuó siguiendo el instinto de su raza y le dio el nombre de defensa de la patria. ¿Acaso no se da cuenta?

—No sabría...

—¿Usted es comunista?

—No, no soy comunista.

—Claro, lo suponía. Usted no puede ser comunista, usted es un patriota y un hombre valiente, exactamente como su sangre le impone.

Mengele estaba satisfecho por su conclusión. Walter infló el pecho, lleno de orgullo.

—Es como digo yo. Pronto herr Brasse se rendirá a la evidencia. Y es por eso por lo que lo dejamos sobrevivir.

Mengele estaba de acuerdo.

—Bien. Ahondaré en el estudio de este hombre en una fase sucesiva de mis investigaciones. Ahora solo puedo decir que su obra nos es útil y que él lleva a cabo su tarea mucho mejor de como lo haría una persona que actúa por mera obligación.

—Sí, es así. Y esta es la mejor confirmación de mis expectativas.

Los dos hombres de uniforme le dieron la espalda. Brasse bajó la mirada. Hubiera querido sentarse, cerrar los ojos, dejar de tener miedo. Sin embargo, se quedó allí, pasmado, como un estudiante que no sabe si el profesor y el director han terminado de reñirlo.

Mientras tanto, los SS decidían cuáles serían los siguientes pasos del fotógrafo.

—Con su permiso, herr *Oberscharführer*, considero que a estas alturas herr Brasse podría documentar verdaderos experimentos médicos, y no solo dedicarse a retratar sujetos.

—Disponga según las necesidades de la ciencia, herr *Hauptsturmführer*.

El médico, satisfecho, tomó el sombrero y se encaminó hacia la salida. Pero antes se volvió. En su rostro brillaba una sonrisa amable.

—Hasta la próxima, herr Brasse. Quiero agradecerle de nuevo su preciada contribución.

Él seguía allí, de pie. En espera.

—No se deje vencer por las dudas —lo alentó el alemán—. Nosotros trabajamos para el futuro. El determinismo biológico es la verdad que sostiene el universo. Perfeccionaremos nuestra raza y construiremos una humanidad que ya no conocerá la debilidad ni la enfermedad. Nuestros hijos nos lo agradecerán, nos honrarán como dioses. Porque esto es lo que somos, en el fondo. Dios no existe, herr Brasse, perdone mi franqueza. Y ¿sabe por qué estoy convencido de ello? Porque cada día puedo comprobar que nosotros somos Dios. Somos nosotros los artífices de nuestro destino, nosotros los constructores del mundo, nosotros los dueños del tiempo. Hoy solo somos poderosos, pronto seremos al mismo tiempo poderosos y sabios. Estamos en vísperas de grandes descubrimientos, ya verá.

Brasse titubeaba. No sabía si debía decir algo, si declararse de acuerdo o al menos mostrar que había entendido.

—No se rompa la cabeza. Poco a poco entenderá. Y, por último, verá con sus mismos ojos. Porque usted ahí estará, en ese mundo nuevo, ¿entiende?

Le estaba prometiendo que sobreviviría, aunque sonaba como si fuese una amenaza.

Walter confirmó.

—Sí, herr Brasse, usted estará ahí. Claro, siempre y cuando resolvamos su pequeño problema...

Finalmente los dos se fueron.

«Viviré», se dijo Brasse, por fin sentado, con las piernas temblorosas, las manos inseguras hurgando sin objetivo entre los papeles y las copias dispuestas en desorden delante de él. Sin embargo, no estaba contento.

12

Ahora, colgando de la pared, había un pequeño y colorido cuadro. Era la foto de un ramillete de flores. Brasse lo fotografió durante el verano, luego retocó la película, añadió los colores y consiguió un sencillo marco.

Fuera helaba, el aire era estático y frío incluso en los raros días de sol, y sacudía un viento ya lleno de hielo aun antes de la caída de los copos de nieve. Sin embargo, él había querido cumplir ese homenaje a la luz, a la vida, aunque fuera en otra estación del año. No le pidió permiso a nadie.

Mientras colgaba el cuadrito, pegándole al clavo con una piedra, los colegas lo miraban asombrados, como si estuviera llevando a cabo los preparativos para escapar. Luego todos dijeron «¡qué bonito!», pero nadie añadió nada.

El fotógrafo sabía que esperaban a ver la reacción de Maltz y sobre todo la de Walter.

Habría tenido que pedir permiso, era cierto. Pero solo había obedecido a su corazón. Mientras colgaba el pequeño cuadro, pensaba en Baśka, su novia. Pensaba justo eso, que Baśka era su novia. Y, mientras tanto, pegaba con fuerza.

La foto de las flores la había coloreado para ella, se la había regalado e incluso había logrado llevársela, un día.

Sonreía a escondidas al recordarlo.

Al terminar la serie de los enanos, Mengele siguió mandándole nuevos sujetos para que los retratase con la mayor definición posible. Ahora eran hombres y mujeres enfermos. Y, cuando llegaban las mujeres, Baśka siempre se las apañaba para acompañarlas. Ella llevaba la lista de los prisioneros que había que fotografiar y le transmitía a Brasse las órdenes de Mengele acerca de los sujetos interesantes.

Después de que él los retratara, Władysław preparaba los letreros. Todos padecían una forma de cáncer bucal. El calígrafo escribía con mano firme: «Noma faciei, cancrum oris». Todos presentaban un terrible absceso que se desarrollaba en las mucosas de la boca y devastaba las mejillas, para luego lacerar los tejidos y hacer que explotasen, dejando a la vista los músculos y los huesos de la mandíbula. Con el viejo objetivo, que resaltaba mejor los detalles, Brasse documentaba las llagas, la ruina y el dolor. Y mientras tanto trataba a esos prisioneros, que miraban a su alrededor con ojos alucinados, con una gentileza nueva. Todos ellos estaban condenados a muerte, en la lógica del campo, y Brasse sabía bien que, tras ser fotografiados, de inmediato se volvían inútiles. Mengele practicaba en ellos absurdas terapias, sin ninguna precaución y sin mostrar ninguna piedad, antes de mandarlos a morir con una rápida firma. En una ocasión le mandó fotografiar incluso ocho cadáveres con los signos de la enfermedad aún frescos.

—Mengele piensa, como de costumbre, que detrás de esta enfermedad hay quién sabe qué predisposición —dijo Baśka en un breve momento en que pudieron hablar—, pero creo que le bastaría considerar lo desnutridas que están estas personas para entender por qué enferman.

¡Su pequeña Baśka, la agraciada y combativa prisionera que siempre le sonreía con tanta calidez!

Nunca tenían tiempo para hablar. Un día él le dijo que era guapa. Así, sin premisas, como confiándole un secreto peligroso. Y ella le había contestado, sin reflexionarlo ni un instante, que también él le parecía guapo.

Y pocos días después lograron encontrarse.

Él le dijo a Walter que debía ir a Birkenau. Había hecho varios retoques en las últimas fotos para Mengele, y quería comprobar que coincidían con el verdadero aspecto de los sujetos retratados. El jefe no objetó nada, todo lo que tenía que ver con Mengele estaba bien. Ni siquiera le hizo sospechar el hecho de que Brasse tuviera tanta prisa en ir, él, que casi nunca salía del bloque 26.

Entonces él, en un alarde de temeridad, fue a ver a Baśka. Entró al bloque en el que ella trabajaba, sentada a un pequeño escritorio en el que tenía enfrente las listas para Mengele. Se presentó ante la *Kapo*, que vigilaba el trabajo de Baśka con la expresión de quien tiene que cumplir una misión importante, y le pidió que la joven, que estaba muy seria, le indicara los nombres de algunos prisioneros que había fotografiado. Descubrieron que la mayoría de ellos ya estaban muertos. No fue exactamente la mejor ocasión para declararse a una muchacha, pero al menos hablaron. Y por un instante, aprovechando que la *Kapo* había salido, le preguntó cómo estaba, si lograba dormir de noche, si tenía seres queridos en quienes pensar. Luego le preguntó si tenía miedo, a lo que ella no contestó.

En un par de encuentros del mismo tipo, robados a los procedimientos normales del campo, descubrió otros detalles de ella y le contó algunas cosas de sí mismo. Luego decidieron interrumpir esos contactos, ya demasiado frecuentes, para no llamar la atención. Sin embargo, la última vez que se reunieron, en la oficina donde ella trabajaba, se despidieron prometiéndose que inventarían algo para volver a verse pronto. Al finalizar la conversación, él le estrechó la mano. Quería hacerle una caricia en la mejilla blanca y suave, pero se contuvo, alguien hubiera podido verlos. Entonces la acarició con los ojos y ella se sonrojó.

Días después acordaron verse detrás del bloque 20. Ella le mandó decir que tendría que pasar por allí a una hora determinada y él, cubierto por Tadek, tenía listo un pretexto para salir unos minutos.

Fue entonces cuando pensó en las flores. Entre una

foto y otra de esas bocas devastadas por el cáncer, se acordó de esa toma, de ese homenaje a la primavera con el cual luego no había sabido qué hacer. En su tiempo libre, en absoluto secreto, la retomó, la retocó con cuidado y la coloreó. Mientras trabajaba, le parecía acariciarla a ella, hacerle sentir su calor, aunque de lejos. Experimentaba con ello un absurdo consuelo, como un dolor, pero dulce, bellísimo.

Detrás del bloque 20, a la hora establecida, la vio llegar hacia él con paso firme, sin correr, pero con la mirada ansiosa, llena de expectativas y alegría.

—No puedo quedarme mucho.

Jadeaba.

Ambos miraron a su alrededor. Se dieron un beso veloz. Los labios de ella estaban resquebrajados, áridos. Se tomaron un momento de la mano. Estaban cerca, en silencio, y sus alientos, condensados en nubes blancas por el terrible frío, se mezclaban.

—Es para ti —dijo él.

Y le mostró la imagen de las flores, el ramillete de violetas que habían nacido meses atrás en la pequeña jardinera frente al bloque 26. Algún SS había propuesto destruirlas de inmediato, como si el verdugo se avergonzara de esa belleza que se atrevía a brotar sin permiso en medio del infierno que él mismo había construido. En cambio, otros SS, hombres aún más corrompidos, quisieron salvar el milagro, alegrándose por esa confirmación del cielo de que también en Auschwitz existía la belleza y que estaba allí justo para ellos, para los dueños del mundo.

Ella contempló la foto, luego levantó la mirada, con los ojos húmedos de emoción.

—No puedo llevármela —dijo—. Temo que la encuentren y descubran que la imprimiste para mí, descuidando tu trabajo.

Él casi se ofendió por tanta prudencia. Ella lo amaba, pensó, ¿por qué lo único que siempre le preocupaba era el peligro que corrían? Sin embargo, era un pensamiento egoísta. Lo ahuyentó de inmediato y se metió la foto en el bolsillo del uniforme.

—La guardaré yo —dijo—. La voy a colgar en el laboratorio. Cuando vayas, levantarás la mirada y verás algo que te hará pensar en la vida. Entonces recuerda que es para ti. Será nuestro secreto, ¿te parece bien?

Y ahora el cuadrito estaba ahí, como había prometido. Les gustaba a todos, pero nadie sabía todavía si esa excepción a las reglas estaba permitida.

Entró Walter, no parecía de buen humor.

—Y ¿esto qué es?

Brasse asumió el tono humilde y práctico que mejor funcionaba con su jefe.

—Yo la imprimí, herr *Oberscharführer*. Quería ponerme a prueba, dar un toque de color convincente a una simple toma en blanco y negro. Si no es de su agrado, la destruiré enseguida.

—¿Qué usó para colorearla?

—Lo que tenemos, lápices de colores.

—El resultado es bueno. ¿Tardó mucho tiempo?

—No, es un trabajo bastante rápido.

El suboficial agarró el cuadro y lo examinó con

atención a la luz fría que entraba por la ventana. Brasse temió que se lo quisiera llevar.

—Haga otras copias y coloréelas.

El fotógrafo no se lo esperaba, pero logró dominar su sorpresa.

—¿Cuántas quiere?

—Una decena. ¿Puedo tenerlas para mañana por la mañana?

—Estamos aquí para servirlo.

Imprimieron las copias y luego el fotógrafo, muy a su pesar, puso a sus compañeros a colorearlas siguiendo el modelo que había preparado.

Walter estaba complacido.

—En la Oficina Política les gustarán —comentó. Y se las llevó con una ligera sonrisa en los labios.

Un día después el SS dio una nueva orden.

—Brasse, imprima trescientas copias y mande colorearlas todas.

Tadek, Franek, Alfred, Władysław y Edek, quien no era tan bueno en los retoques como Brasse le había dicho a Walter, pero sí muy hábil con los revelados en el cuarto oscuro, se pusieron manos a la obra para cumplir con el nuevo encargo.

Una mañana llegó Baśka con dos mujeres enfermas de cáncer bucal. Miró a su alrededor, vio la imagen con sus flores colgando de la pared y se sonrojó de placer. Sin embargo, vio también las otras decenas de postales idénticas y bajó la mirada, desconcertada.

Él no le pudo explicar nada, cosa que casi lo hizo enloquecer.

Al terminar el trabajo, se despidieron con la habitual formalidad, pero por una vez a él le pareció que ella estaba realmente distante con él. Brasse pasó aquella tarde y luego toda la noche sufriendo como un adolescente a quien su novia no ha mirado como de costumbre.

Las postales coloreadas a mano con lápices eran bonitas, pero no perfectas. Y los colores se desteñían con el tacto. Cuando Walter ordenó otras trescientas, Brasse estaba listo para responder a sus críticas.

—¿No podemos hacer nada para que el color sea más estable? Dígame, usted es el experto.

—Ya he estado pensando en ello, herr Walter. La emulsión en las películas absorbe muy bien los tintes de anilina, se mezcla con ellos y los vuelve indelebles. Si fuera posible incautarlos en cantidad suficiente...

—Entiendo, déjeme intentarlo.

Pocos días después, con gran sorpresa para todos, recibieron los tintes que Brasse había solicitado y se pusieron a trabajar con ellos.

En los siguientes días, Walter apareció radiante como nunca lo habían visto antes. Los oficiales y las tropas de las SS compraban aquellas imágenes como pan caliente, y el comandante del Servicio de Identificación estaba logrando venderlas por cientos a todos los que deseaban enviar un saludo romántico, desde Auschwitz, a las familias o a sus novias.

Un día su superior se presentó de muy buen humor. Se acercó a Brasse, que estaba sentado a la mesa de trabajo, sacó unos billetes del bolsillo del uniforme y se los dio al prisionero.

—Tenga, Brasse. Es para usted, cómprese algo en la tienda.

Eran cinco marcos del campo. El polaco miró un instante ese pequeño tesoro y murmuró un agradecimiento.

—Pronto habrá también para ustedes —anunció el alemán a Tadek y Franek—. Sé que son ustedes quienes se encargan de colorear las postales, y también tienen derecho a una recompensa.

El negocio entonces iba bien. Incluso Maltz pretendió que le regalaran unas decenas y amenazó con hacerles la vida imposible si se negaban a hacer unas copias para él. Era evidente que quería vendérselas a algún colega.

El invierno avanzaba y la muerte no se detenía. Las cámaras de gas estaban en plena actividad. Los trenes repletos de deportados llegaban casi cada día. El campo funcionaba como una perfecta máquina asesina. Se había acabado también la epidemia de fiebre.

—Todo resuelto —anunció Walter un día encogiéndose ligeramente de hombros—. Tras localizar y aislar a todos los enfermos, fue suficiente con eliminarlos para evitar todo peligro de contagio.

El olor a carne quemada flotaba en el campo a todas horas del día y en especial por la tarde. Morían millares; los nuevos prisioneros llegaban de toda Europa, pero el campo no tenía problemas de sobrepoblación. Y mientras tanto la primavera artificial de aquellas flores inocentes se expandía de forma imparable y despertaba en aquellos asesinos todo tipo de sentimientos y recuerdos que los llevaban a pensar en sus seres queridos. Brasse imaginaba las postales que salían de Auschwitz llenas de afectuosas palabras: «Querida Greta...», «Mi dulce Paulina...», «Honrados padres, pienso en vosotros y os mando un abrazo...». Postales desde el infierno con los colores del paraíso. Ningún problema para la censura.

Los bolsillos de Walter se llenaron con rapidez y sus superiores cada vez estaban más contentos con él.

—Estaba seguro de que usted era un recurso todavía por aprovechar, Brasse. ¡De una persona tan llena de inventiva podemos esperar lo mejor!

Fueron días de intenso trabajo, pasaban casi todo su tiempo dedicados a las flores. Brasse no lograba encontrar ocasiones para verse con Baśka y ella ya no aparecía por el bloque porque justo en ese periodo los enfermos de cáncer bucal dejaron de interesarle a Mengele. Probablemente ya había catalogado suficientes.

Mientras decidía a qué nuevos experimentos dedicarse, también el doctor adquirió un par de postales de flores.

Una la envió, la otra la colgó en su laboratorio. Cuando Baśka la vio, una noche, se quedó mirándola, petrificada, durante un largo momento rebosante de tristeza.

—¿Algo va mal, señorita?

—No, nada.

—¿No le gustan las flores?

—Sí, mucho.

—¿Quiere que le regale una?

—No, gracias, herr Mengele. Miraré la suya.

—Bien. Siéntese, tengo algo que decirle.

Ella obedeció, de nuevo impasible.

—Dentro de unos días me iré. Me trasladaré a otro campo por unas semanas. Sin embargo, no tardaré en volver, mis investigaciones aquí son demasiado importantes. Usted debe custodiar la lista de prisioneros que estoy utilizando para mis experimentos. Ya he dado instrucciones precisas y usted también debe atenerse a esta consigna: hará que a mi regreso los sujetos que me interesan todavía estén a mi disposición. ¿Está claro?

—Está claro.

Silencio.

—Si esas flores no le gustan. ¿Por qué sigue mirándolas de esa manera?

—Discúlpeme.

—No, no se preocupe. Las mandaré quitar. Hasta luego, señorita. Y gracias por su ayuda.

13

—Elena Morawa.

—Aquí estoy.

La voz de una mujer espantada y angustiada, pero que se esforzaba en mostrarse lista y llena de energía, llegó hasta ellos desde las oscuras sombras que dominaban la atestada barraca. Brasse y Tadek estaban de pie en la entrada, de espaldas al sol, que apenas calentaba. No habían querido entrar, para no ofender con sus miradas curiosas a las mujeres hacinadas allí dentro. Y para no sofocarse por el hedor, que quitaba el aliento. La *Kapo* decidió dejar salir a las prisioneras de la lista que le habían entregado porque aquellos dos tipos del Servicio de Identificación habían dicho que las fotografiarían de inmediato, fuera del barracón, con la Contax.

—¡Date prisa! —gritó hacia la oscuridad.

Elena avanzó en la penumbra y se expuso a la luz del sol, intentando proteger sus ojos.

Brasse calculó que debía de tener cincuenta años, pero tal vez tenía treinta y lo que la hacía parecer mayor era aquellos meses de hambre y miedo. Intentó animarla con una sonrisa, esperó que encontrarse con dos prisioneros como ella la tranquilizara. No la estaban llamando para ir al patíbulo. Al menos no en esa ocasión.

La mujer avanzó cubriéndose con los brazos el pecho ahuecado, tembloroso, y el sol la iluminó revelando todos los signos del sufrimiento. Observándola bien, Brasse se dio cuenta de que estaba demasiado débil, y no pudo evitar pensar que si hasta entonces había evitado las cámaras de gas solo había sido por sus especiales características físicas. Sin embargo, ahora la fotografiaría y luego para ella ya no habría ninguna esperanza.

—Buenos días, Elena. Sal, no tengas miedo.

La mujer obedeció, dio otro paso hacia delante e instintivamente se llevó las manos al cabello, como para arreglárselo frente a dos jóvenes desconocidos.

—Bien, ahora levanta la mirada, hacia la luz. Así, perfecto.

Iluminados por la claridad del día, los ojos de Elena eran la parte más viva de ella. Como el *Sturmbannführer* Wirths, uno de los oficiales médicos del campo, les había mencionado, tenía uno azul y otro marrón.

Tomaron tres fotos desde diversos ángulos, con las pupilas en el centro del encuadre, luego la retrataron con rapidez.

—Ya está.

El rostro de Elena era una pregunta. Y ¿ahora?

Quién sabe por qué, Brasse no se contuvo y le dijo:

—Quizá volvamos a vernos, tus ojos son especiales y el doctor Wirths los quiere estudiar con atención.

Ella se aferró a ese hilo de esperanza, asintió sin sonreír, ya sumergida en sus pensamientos sobre el futuro: sobrevivir hasta mañana, hasta la próxima semana, hasta la libertad. Luego se volvió y, adentrándose en esa sombra oscura, fría y maloliente, regresó con las demás. Brasse y Tadek entrevieron miradas estupefactas de compañeras que ya se habían despedido de ella para siempre. Y alguna mirada de envidia.

—No hay otras aquí —espetó la *Kapo*, terminando de revisar los nombres de la lista—. Vayan al bloque 17.

Tomaron la lista y se encaminaron hacia allí.

Esperaban terminar pronto, ese día a las prisioneras se les había prohibido salir de las barracas. Por una verificación, habían dicho las autoridades del campo, sin más explicaciones.

Las mujeres con ojos bicolores señaladas a Wirths eran ocho. Notaron que casi todas eran polacas.

El sol era aún demasiado débil y había un ligero viento a medias entre el de invierno y el de primavera. Haber fotografiado tan deprisa a la primera prisionera señalada los animaba. Pronto regresarían al bloque 26. Era una misión menos pesada que fotografiar a hombres y mujeres con cáncer bucal, pero las experiencias de los últimos meses les habían quitado toda ilusión acerca del resultado de esas investigaciones, sonreír y tranquilizar a las personas involucradas siempre equivalía a mentir.

Aunque ahora Mengele no estaba en Auschwitz,

los experimentos seguían porque había otros médicos capaces de inventarse cualquier cosa.

Prosiguieron. Las otras mujeres con ojos bicolores no se encontraban en mejores condiciones que Elena y todas estaban muertas de miedo por haber sido llamadas. Sin embargo, sus ojos eran mágicos, inquietantes, un verdadero misterio.

Al cuarto retrato, Brasse pensó en Baśka. Se veían menos ahora que ella había vuelto a ser una prisionera como las demás.

«Si tuvieras los ojos de dos colores distintos, estarías perdida», pensó. En Auschwitz, ser especial podía representar la salvación o procurarte una muerte peor que las demás. Mientras tanto, las mujeres con ojos diferentes se quedarían para siempre en esas fotos, únicas, especiales. «Como somos todos —se dijo—. El retrato, sobre todo si está hecho con cuidado, siempre revela justo eso: la preciada singularidad de cada uno.»

Y en ese momento decidió que retrataría a Baśka y que debería ser el mejor retrato que hubiera hecho jamás.

Poco después, corriendo el riesgo de que lo descubrieran, sobornó con un marco del campo a una *Kapo* que le parecía menos fría que las demás.

—¿Qué quieres? —preguntó ella mirando ese inesperado regalo del cielo.

—Quiero que lleves un mensaje a una prisionera. Es una familiar mía, se llama Baśka Stefańska.

—Baśka, sí, la conozco. ¿Qué es?

—Dile que Brasse, el fotógrafo, la necesita para una cuestión urgente. Fue secretaria del doctor Mengele y acompañó a nuestro bloque a unas prisioneras que fotografiamos para él. Sabrá cómo arreglárselas para venir. Dile que se presente hoy por la tarde en el Servicio de Identificación a más tardar a las dos.

Aprovecharía también la luz del sol.

—¿Me has entendido?

La mujer sonrió de manera vulgar.

—¿A las dos estaréis solos? ¿Es eso lo que quieres?

—No te incumbe.

—Al contrario, me incumbe. ¿Tienes más de estos?

Él no objetó y le soltó otro billete. Todavía había mucha demanda de postales con flores y pronto le llegaría más dinero.

Más tarde, en el bloque 26, hizo como si no pasara nada. Estaban todos muy ocupados coloreando flores. Walter había aplazado cualquier otra actividad y solo pasaba para recoger la mercancía.

El corazón de Brasse latía a mil. Ese día tendría una ocasión única para fotografiar a su amada. Aunque lo descubrieran usando el estudio por motivos personales, sus jefes se lo tolerarían. Sin embargo, no era el miedo lo que lo agitaba tanto, se sentía como un enamorado en la primera cita. Se habían visto en varias ocasiones, habían hablado, se habían incluso besado. Pero ese día era como si temiera ser rechazado, como si hubiera osado demasiado.

Baśka llegó a la una y media. Sola. Lo miró como si se esperara una noticia terrible.

—Bienvenida —la saludó él.

Los demás la miraron con afecto. No había secretos.

—¿Qué ocurre? ¿Por qué me has hecho venir?

—Toma asiento —le contestó, señalando la silla giratoria del estudio—. Quiero hacerte un retrato.

Sin embargo, ella se espantó más que antes. Por poco no empezó a gritar.

—¿Por qué? ¿Qué pasa?

Él se acercó, trató de abrazarla.

Fue peor.

—¿Tienes que decirme algo? ¿Voy a morir?

—No, no...

—¡No me digas mentiras! ¡Tú no!

—Baśka...

—Es demasiado arriesgado.

—No, no, no tengas miedo. Lo haremos rápido. Quiero tener un retrato tuyo, lo guardaré en secreto, solo para mí.

La abrazó. Sus compañeros de bloque los miraban un poco desorientados.

—Apresuraos —dijo Władysław.

—Sí, daos prisa —los apremió Tadek, y empezó a mover las luces.

La cordialidad de los amigos calmó a la muchacha.

Sin embargo, Brasse quiso hacerlo todo por su cuenta y les pidió que los dejaran solos.

Hizo que se sentara, giró a su alrededor, colocó las luces, entornó la ventana hasta que consiguió la luz adecuada. Ajustó la pose con pequeños toques gentiles pero firmes.

Ella lo dejó hacer, pero seguía estando un poco inquieta. Cuando él miró por el objetivo, vio toda su resistencia. Se acercó a ella y la tomó de la mano.

—Mi amor, quiero esta foto. Y la quiero para ti y para mí. Quiero mostrarte qué hermosa eres, quiero que te veas como yo te veo. Así jamás dudarás de mi amor... Y luego quiero tenerte siempre conmigo. ¿No te parece bien?

Ella lo contemplaba con ternura y con algo indefinible en la mirada. Algo a lo que él no supo dar un nombre. Disparó. Una, dos, tres fotografías. Todas de frente. No pretendió que ella sonriera. Estaba bien así, incluso con esa mirada a medio camino entre la rendición y la esperanza.

—Ya está.

Era lo que les había dicho a las mujeres con los ojos de dos colores diferentes.

—No se la enseñes a nadie —ordenó ella—. ¡A nadie! Ni siquiera a tus amigos.

Él se sintió desconcertado.

—¿De qué tienes miedo? Aunque se enterara, Walter tolera esto y más...

—No es por Walter. Es por mí. No quiero que le enseñes mi foto a nadie. Como lo hiciste con...

Titubeaba.

—¿Como lo hice con qué?

—Con mis flores.

Él se sentó y se agarró la cabeza con las manos. Esas hermosas flores, esas malditas flores que viajaban por todo el Reich alemán con mensajes de amor.

Ahora ella lloraba. Él también quería llorar.

—No la verá nadie —prometió—. La revelaré y la positivaré yo mismo. Solo haré una copia. Y la tendré escondida. Pero ahora no llores, por favor.

Ella se secó las lágrimas frotándose las mejillas y los ojos con las manos. Parecía una niña. Brasse tenía el corazón en un puño. Luego por fin Baśka sonrió. Ahora estaba contenta, o al menos él esperaba que así fuera.

Al salir, ella lo acarició. Incluso le dio las gracias. Pero era él quien sentía haber recibido un gran regalo.

14

Brasse nunca olvidaría el momento en que la parte del campo sedienta no solo de muerte, sino también de sangre, humillación y desesperación, trató de atraparlo y, aunque por un breve tiempo, lo logró. Fue el momento en que el fotógrafo rozó esa locura que Walter le había augurado más de un año antes.

—También el *Sturmbannführer*, el doctor Wirths, está muy contento con usted —le dijo su superior—. Hoy vendrá aquí para solicitar otra vez sus servicios. Me inquieta que alguien se lo lleve del *Erkennungsdienst* y lo obligue a trabajar a tiempo completo en algún proyecto especial.

—Espero que no, herr Walter. Aquí estoy bien y...

—No se apresure a tranquilizarme. Sé que usted se siente seguro aquí, pero las necesidades del Reich son más importantes que su seguridad. Hemos contraído obligaciones y las respetaremos. Los experimentos científicos de nuestro cuerpo médico están en pleno desarrollo y usted debe contribuir a su éxito. De todos modos, en la medida de mis posibilidades, intentaré evitar que lo transfieran definitivamente a ese equipo.

Brasse asintió, agradecido, aunque se sentía perplejo.

—No piense en ello —lo animó el SS—. Siga trabajando. En cuanto llegue el doctor Wirths, lo acompañaré en persona con usted, así será evidente que lo que usted haga aún para ellos es posible solo gracias a mi aprobación.

Sin embargo, cuando una hora después los dos oficiales de las SS entraron al laboratorio, fue Wirths quien dio las órdenes.

—En las próximas semanas usted documentará los experimentos médicos ginecológicos del bloque 10 bajo la dirección del doctor Clauberg.

—¿Qué... tengo que hacer?

—Le mandaré un grupo de prisioneras judías que he seleccionado. Primero deberá retratarlas para la catalogación. Luego recibirá instrucciones sobre cómo fotografiar los experimentos en sí. Con ellas vendrá un experto, el doctor Maximilian Samuel; siga sus indicaciones.

Al doctor Clauberg lo habían visto en varias ocasiones. Rondaba por el campo vestido de civil, con el aire amable y atento de un médico de familia. De Samuel solo sabían que era un prisionero como ellos. O tal vez no.

—Estudian métodos para la esterilización —explicó Walter—. No sé nada más. Son investigaciones que servirán para resolver definitivamente el problema de la propagación de las razas inferiores.

Se lo dijo así, como si Brasse ya supiera de lo que hablaban. Como si se esperara que estuviera de acuerdo con ellos.

¿Acaso los había servido con demasiada eficiencia? ¿Habían podido pensar que no solo estaba a su servicio, sino que además se sentía involucrado en sus proyectos? No dejó de preguntárselo mientras las horas pasaban en espera de la llegada del grupo de judías. Sin embargo, en vez de encontrar respuestas, sintió crecer dentro de sí una profunda angustia, la sensación de estar encerrado en una trampa oscura que le impedía respirar. Sintió el deseo de huir, pero resistió, repitiéndose que no podía ser peor que las otras veces, el enésimo grupo de prisioneros al que había que fotografiar antes de que los enviaran a morir.

Y ahora estaba ahí. Y sus ojos veían.

El doctor Samuel manejaba con cuidado un fórceps que terminaba en forma de cuchara y que acercaba a la vagina de una muchacha de diecisiete o dieciocho años, profundamente dormida bajo el efecto de un narcótico que le habían inyectado por vía subcutánea. Las dos mujeres que acompañaban al grupo y que colocaron a la muchacha sedada en la silla ginecológica, abriéndole las piernas, observaban impasibles. El médico entró en ella, lenta y suavemente, pero actuó sin titubear. Dos minutos después sacó con delicadeza la matriz de la joven a través de la vagina y la depositó en una bandeja.

—Acérquese, herr Brasse. Le enseñaré los detalles que queremos que salgan bien definidos en sus fotos.

Él avanzó como aturdido. No lograba apartar la mirada de ese órgano sangrante, pero era la presencia del vientre violado de la mujer adormecida lo que lo atormentaba. Quería decir algo, pero no lo logró. Sintió un ligero vértigo que le subía por dentro, una sensación de náusea que crecía más y más y que no lograba dominar.

—Mire, observe las venas con este color un poco blancuzco. Es el efecto de los fármacos que le suministramos a la paciente. Nos interesan de un modo particular. ¿Entiende?

Las venas, las estriaciones blancas, la piel blanca de la muchacha que resultaba aún más blanca, de una palidez insoportable, en contraste con las manchas de sangre entre las piernas. Y el olor de esa sangre...

—¿Entiende? ¿Me está escuchando?

—Sí...

—Bien, ahora dispare.

Se concentró. No debía hacer otra cosa. Tomó las fotos. Luego cubrieron a la muchacha y la arrastraron fuera. Hicieron otra operación y otra más. Todas se sometieron a la inyección del narcótico sin oponer resistencia. Él no entendía por qué. ¿Creían que la alternativa era peor? ¿Les habían prometido que no sufrirían ningún daño?

Él asistía a aquella escena y luego tomaba fotos. La luz de los reflectores, dispuesta como siempre con gran cuidado, nunca le había parecido tan violenta. Empezó a desear la oscuridad, la noche, el silencio. Empezó a sentirse sucio, con una mancha que jamás lograría lavar.

Las muchachas eran cinco. Todo terminó al cabo de una hora. Sin embargo, apenas había empezado.

Por la noche, una vez reveladas y positivadas, las imágenes de las matrices extraídas de las cinco jóvenes parecían todas iguales. Y el motivo era obvio. Al día siguiente, el doctor Clauberg, responsable de la investigación, se quejó de ello a Walter.

—Son fotos en blanco y negro. A nuestros médicos no les sirven de casi nada.

—Se necesitarían fotos en color —le dijo Walter, después de haber encontrado al doctor.

Brasse no contestó nada. Se limitó a abrir los brazos en un gesto de impotencia.

—Trataré de conseguir películas de color en Katowice —concluyó el alemán—. No tome otras fotos de este tipo hasta que haya obtenido el material adecuado.

Se dispuso a salir, pero el joven polaco lo detuvo.

—Herr Walter.

—Sí.

—No podremos revelar las fotos en color aquí. No tenemos el equipo adecuado, usted lo sabe. Deberíamos mandarlas fuera...

—¡Es obvio, herr Brasse, no me recuerde cosas que sé a la perfección!

Así que Brasse repitió esas tomas, pero no volvió a ver los negativos en color. Ya era un alivio.

En los días siguientes creyó evitar la locura pensando en Baśka, pero justo pensar en ella, en lo que también a ella le podía pasar, empeoraba su creciente ansia. Por la noche no lograba conciliar el sueño. Era como si de repente las paredes de su guarida se derrumbaran y él se encontrara amenazado de muerte, a merced de una jauría de perros feroces. Volvía a ver a las muchachas, mudas, resignadas. Supo que el primer grupo que había fotografiado estaba formado por judías griegas. Imaginaba su viaje de Grecia a Auschwitz, del sol y el arte de aquellas tierras míticas a la oscuridad de ese lugar olvidado de la mano de Dios. Trataba de consolarse aferrándose a la menor ilusión. El doctor Samuel le había asegurado que normalmente la operación no tenía consecuencias, pero él sabía bien que, después de la intervención y de las fotos, a aquellas jóvenes les esperaba la muerte.

—Estas mujeres podrían sobrevivir al trauma —había dicho el médico con aire profesional—. Por eso el doctor Clauberg considera que es posible empezar una verdadera campaña de esterilizaciones radicales.

De noche, las miradas de las muchachas, los gestos mecánicos del proceso de investigación, el color de la sangre, la vida que aún pulsaba en los órganos por fotografiar, la indiferencia de las mujeres que ayudaban al médico, todo se confundía en una única visión que se convertía en una pesadilla. Para huir de esas imágenes, de esas emociones que lo devoraban por dentro, Brasse hubiera tenido que cerrar los ojos y luego, detrás de los párpados cerrados, cerrarlos otra vez. Pero se dio cuenta de que no tenía ese poder.

«Sucedió en el bloque 26, en mi estudio —se repetía—. Estoy aquí desde hace más de tres años y hasta ahora había logrado ver lo menos posible. Pero ahora ellos se han presentado aquí y hacen estas cosas delante de mí. Y yo no puedo hacer nada al respecto.»

Y ¿Baśka? Últimamente habían perdido el contacto. Ni siquiera sabía a qué empleo la habían destinado, ahora que Mengele no estaba. Aún no le había podido enseñar su retrato. Entonces intentaba imaginar de mil maneras la felicidad que le procuraría con ese acto de amor. Solo así lograba adormilarse, para luego abrir los ojos al son del gong y de pronto ver delante de él otra vez el horror y la sangre.

—La ciencia no conoce pausas —le anunció Walter una mañana en su oficina—. Pronto fotografiaremos incluso los experimentos del *Obersturmführer* doctor Paul Kremer.

El joven polaco no logró contener un impulso de disgusto.

—¿Qué sucede, herr Brasse? ¿Le molesta tener que ver sangre?

—No, herr *Untersturmführer*, yo...

—¿No quería ir a la guerra? Si no me equivoco, lo capturaron mientras intentaba cruzar la frontera con Eslovaquia para unirse al ejército polaco en Francia, ¿no es así?

¿Por qué aquel alemán no lo dejaba en paz?

—Conteste. ¿Es así?

—Sí.

—En la guerra habría visto cosas peores, ¿sabe? ¿Nunca ha visto amputaciones, heridas abiertas, cabezas quebradas por una esquirla de granada?

—No.

—Esa es la muerte que no pide permiso, herr Brasse. Aquí solo se hace medicina, con todas las precauciones necesarias. Investigamos por el bien de la humanidad. ¿Se da cuenta?

Él permaneció inmóvil, con la mirada fija frente a sí. Sentía que no podía contestar sin exponerse.

—¿Acaso me está desafiando, herr Brasse?

—No, señor...

—¿Usted cree que es indispensable y que, por lo tanto, está a salvo de nuestra ira?

—No, no lo creo. Hago mi trabajo, herr *Oberscharführer*. Como siempre he hecho.

Walter lo observó en silencio por un largo rato. Su mirada estaba cargada de sospecha.

—No puedo entrar en su cabeza, mi querido fotógrafo. Tengo que juzgarlo necesariamente por sus acciones. Y estas, lo reconozco, son impecables. Siga así y guárdese para sí mismo sus reflexiones.

Brasse no se atrevió a replicar que no tenía ningún interés en expresarlas. Era el alemán quien quería su alma; él, con gusto, se la quedaba para sí.

—Sea como sea, relájese —concluyó su jefe—. El profesor Kremer no se ocupa de experimentos ginecológicos. Estudia el deterioro de los órganos vitales de sujetos sometidos a largos periodos de inedia. Si he entendido bien, solo verá autopsias de judíos recién ejecutados y deberá fotografiar en particular su hígado. ¿Todo claro?

—¿Estas autopsias se llevarán a cabo... aquí?

—Sí. Los prisioneros, elegidos entre los que estén más débiles, serán arrastrados aquí, usted los fotografiará, y luego serán ejecutados con inyecciones letales. Su hígado debe ser analizado de inmediato, en cuanto cesen las funciones vitales. Si quiere saber más al respecto, pregunte a los médicos que realizarán las autopsias, son polacos. ¿Alguna otra pregunta?

Walter estaba furioso. El modo ni siquiera discreto en que el fotógrafo había censurado que esas prácticas se realizasen en el bloque 26 evidentemente le pareció una crítica personal, una velada acusación de que estaba cediendo a los chantajes de sus colegas de las SS. O, peor aún, una alusión a que él estaba obteniendo alguna ganancia con todo aquello.

—Váyase, Brasse. Salga de aquí antes de que empiece a sospechar que usted ya no tiene suficientes energías para servir a nuestra causa.

El fotógrafo salió de la oficina, pero en vez de volver por el camino más corto al bloque 26 vagó por el campo llenándose los ojos de las escenas que allí se desarrollaban: equipos de trabajo sometidos a gritos y golpes, prisioneros enfermos y muy débiles que no habían logrado ir a trabajar y miraban a su alrededor espantados con la idea de estar en la lista equivocada, un carro lleno de cadáveres recogidos por un grupo de hombres y enviados al horno crematorio. Un oficial de las SS lo escudriñó a lo lejos; luego reconoció al fotógrafo que le había tomado un hermoso retrato con un uniforme nuevo, y del que él había mandado hacer dos copias, que había enviado a casa de su padre, quien con toda seguridad habría colgado una con orgullo en el comedor.

—Buenos días, herr Brasse. ¿Debe fotografiar a alguien? Aquí no hay sujetos interesantes, me parece.

Él sonrió débilmente y no contestó. Parecía un loco, o un hombre que lleva mucho tiempo extraviado en una densa selva y ha perdido el camino, las fuerzas, incluso el recuerdo de adónde quiere volver.

—¿Se encuentra bien?

El SS se dirigía a él con amabilidad, incluso con atención.

—Discúl... peme —balbuceó—. Debo ir a Birkenau a recibir unas disposiciones para unas fotos a... a algunas prisioneras...

—Birkenau está por allá.

Él bajó la mirada, intimidado, como un niño al que han sorprendido robando en la cocina.

—Claro, sí. Por allá. Gracias, herr *Obersturmführer*.

Sin embargo, no tuvo el valor de ir a buscar a Baśka. Quizá, se dijo, en ese momento su amada ya estaba muerta. Y de ella solo le quedaba una foto. La última y hermosa foto que había tomado hacía unas semanas.

15

—Ah, ¿esa? Guapa, muy guapa. Está muerta.

—¿Muerta?

—Sí, se suicidó con veneno. Ya no aguantaba. ¡Era tan guapa!

El prisionero, que trabajaba en los hornos crematorios, estaba feliz de poder fumarse un cigarrillo y de tener otros tres a buen recaudo en el bolsillo. Era uno de los informadores a los que Brasse preguntó a propósito de Baśka. Su novia había desaparecido, pero no estaba en ninguna lista de prisioneros eliminados. Si la habían transferido, debía de haber ocurrido de repente, y él no había podido conseguir, aun con todos sus contactos, la lista de las últimas salidas.

Después de que el colega le confirmara que no sabía nada de ella, para no despertar sospechas, el fotógrafo desvió su atención preguntándole por otras mujeres. Así, ahora el prisionero le hablaba de una muchacha que el fotógrafo tenía muy presente, una que no había pasado inadvertida en el campo.

—¿La conocías?

Brasse se quedó boquiabierto.

El prisionero, que disfrutaba dando detalles escabrosos, se complació al ver la reacción del otro ante la noticia de que la muchacha se había suicidado.

Él se repuso y contestó con cierto pesar.

—Le hice un retrato. Hace un par de semanas.

—¿Un retrato?

—Sí, ella me lo pidió. Era para su madre, me dijo. Y vino con nosotros, al bloque 26. Elegante, con el uniforme limpio y planchado y el cabello recogido y perfectamente arreglado. Tenía una magnífica figura y el cabello recogido resaltaba su cuello, los rasgos de la cara. Un verdadero espectáculo...

Brasse recordaba cada detalle, pero las palabras le salían a duras penas de la boca, como si de repente la imagen de aquella muchacha se hubiera hecho añicos y él tuviera que recomponerla con mucho esfuerzo. No podía creer que la joven asistente de las SS, encargada del servicio de radio en la oficina del comandante, hubiera podido matarse.

—Aunque trabajaba para ellos, además de guapa debía de ser también una persona sensible —comentó el prisionero—. Demasiado sensible. A veces la veía de pie durante varios minutos cerca de la ventana de su oficina. Desde ahí se ve la entrada de los hornos crematorios. Creo que durante sus turnos de trabajo veía pasar carros llenos de cadáveres desnudos. Luego los veía volver vacíos, y de los cadáveres solo quedaba el humo, que sube al cielo sin parar y no se puede ignorar. No aguantó. Tenía un alma, evidentemente.

Brasse sonrió ante ese comentario.

—Sí, tenía un alma —confirmó.

Un alma atormentada. Él podía confirmarlo.

No le contó al prisionero lo que había hecho para la hermosa asistente alemana. Decidió guardárselo para sí mismo.

Se había presentado una mañana soleada. Hermosa, encantadora. Parecía una pequeña diosa. Los compañeros del Servicio de Identificación la recibieron con mucha diligencia, aunque estaban obligados a mostrar el máximo respeto por su uniforme, de los mismos colores que los de las SS.

Por lo general, las asistentes no tenían contacto con los prisioneros. Sin embargo, la muchacha no parecía preocupada por hacer una excepción.

—¿Es usted herr Brasse?

Sabía de él. Su fama de retratista ya se había consolidado entre los oficiales del campo.

—Quiero que sea usted quien me retrate. Solo usted, ¿entiende?

Él asintió, ordenando a Tadek con un ademán que saliese del laboratorio. El otro obedeció, algo ofendido y muy intrigado.

—Venga, tome asiento.

Al indicarle la silla giratoria, percibió una ligera nota de perfume, de verdadero perfume de mujer. Era dulce y delicado, y se le subió a la cabeza como si hubiera recibido una bofetada.

Ella se sentó y se arregló la falda. Tenía unos tobillos perfectos y unos pies pequeños que calzaban zapatos brillantes. Todo en ella sabía a orden, a ciudad, a vida normal. Mientras disponía las lámparas y seguía percibiendo ese perfume, él reparó en que ella lo miraba de reojo y en un santiamén se vio transportado a los recuerdos de un pasado que parecía increíble. Él, muy joven, con veinte años, los hombros anchos, un traje nuevo, unas cuantas monedas que gastar gracias al trabajo en el estudio de su tío. Él, en un local con otros jóvenes y unas muchachas. Él, haciendo reír a esas muchachas, atrayendo su atención, diciendo las palabras justas para adularlas, para verlas sonrojarse, para sugerir una intimidad llena de promesas. No había sido un verdadero donjuán, no había tenido el tiempo y ni siquiera el espíritu para serlo, pero gustaba, y lo sabía. Parecían cosas de otro mundo, de miles de años atrás, y el recuerdo lo arrolló como una explosión de ardiente nostalgia.

—Quiero un buen retrato para mandárselo a mi madre.

La voz de ella era muy dulce. Él le daba la espalda y, antes de volverse a mirarla otra vez, cerró los ojos con fuerza, como para forzarse a permanecer serio e impasible.

—Un buen retrato. Claro que sí. Bien, no mire directamente al objetivo, gírese un poco, así.

La tocó. Ella se quedó impasible, como una reina.

—Quiero que mi madre vea cómo estoy, que vea que soy todavía yo, que sigo siendo hermosa.

Él le habló como si fuera una clienta importante que acababa de entrar a su estudio en la ciudad.

—Ya verá como quedará satisfecha, confíe en mí.

—Porque sigo siendo hermosa, ¿verdad? ¿Usted qué opina?

Lo miró intensamente, casi ansiosa, en espera de su respuesta. Se había movido para hacerle esa pregunta.

Sin embargo, él no la riñó.

—Hermosa, señorita, sí.

—Y ¿me veo hermosa en este uniforme?

Él intentó mantener un aire profesional.

—El uniforme... está arreglado y le queda a la perfección.

—Y ¿si me lo quitara? Sería yo misma aún más, ¿no cree?

—Pues...

Ella tomó una decisión repentina y empezó a desabrocharse la casaca. Brasse se quedó pasmado, atontado, mirándola.

—¿Sabe qué es lo que quiero realmente?

La casaca cayó al suelo. Ella empezó a desabrocharse los botones de la blusa. Pronto entrevió un sostén de encaje, moldeado en sus pechos llenos, suaves.

—Señorita...

—Vamos, no se espante. Quiero una foto con el pecho desnudo, por eso pedí que nadie se quedara aquí con nosotros. ¿Puede hacerlo? ¿Hay alguna prohibición al respecto? Me la mostrará solo a mí, ¿verdad?

—Sí..., claro...

Puso el sostén en la blusa que había extendido sobre la mesa de trabajo. Él se concentró con una intensidad que no tenía precedentes desde que había llegado al campo. Sin embargo, cuando volvió a mirarla se quedó desconcertado.

Tenía el busto erguido, los hombros derechos, las manos sujetando la base de la silla y los brazos pegados a las caderas, para apretar los pechos y exaltar sus dimensiones. Y los pechos eran magníficos, duros, bien modelados, y los pezones estaban suspendidos en el aire, atractivos, llenos de vida y energía. La piel era pálida, casi lunar, y tersa. Él entrevió una vena azul apenas perceptible entre el cuello y el pecho, y eso lo turbó más que cualquier otro detalle. Ahora también el rostro parecía perfectamente blanco; los rasgos relajados, sin arrugas, animados por una determinación desconcertante. Notó también una ligera capa de pintalabios que la muchacha se había puesto antes de ir y que ahora hacía resaltar sus labios entre toda esa blancura.

Intentó librarse del hechizo. Pensó que uno de sus superiores podría entrar justo en ese momento. Habría sido un desastre para él, pero sobre todo para ella. Tomó unas cuantas fotos. Cuando la muchacha se volvió a vestir, evitando su mirada hambrienta, él se sintió al mismo tiempo aliviado y turbado.

—¿Cuándo estarán listas?

—Mañana, señorita.

—Mañana no puedo. Vendré en los próximos días. ¿Puedo confiar en su discreción?

—Sí..., por supuesto...

Cuando acabó de ponerse el uniforme, este le encajaba a la perfección, como una invencible coraza. Salió del bloque con la cabeza alta, entre las miradas extasiadas de los prisioneros. Brasse salió del estudio aún aturdido. Aguantó durante un rato las ocurrencias de los colegas. Por lo general, tenían pocas razones para bromear, pero, cuando era posible hacerlo, constituía una gran liberación.

Tal como había prometido, reveló e imprimió en persona las fotos. Al hacerlo, no pudo evitar sentir cierta excitación.

Ella fue tres días después, siempre arreglada y elegante.

—Muy bien —comentó.

Estaban otra vez solos, nadie debía ver las fotos.

—¿De verdad son para su madre? —se atrevió a preguntar él.

Ella no se inmutó.

—No se preocupe, de verdad lo son.

Se encaminó hacia la salida. Brasse deseaba retenerla, hablar más con ella.

—Llévese los negativos, así lo tendrá todo y nadie jamás podrá hacer copias de ellos —le sugirió.

Ella lo miró, esta vez con una pizca de malicia en los ojos.

—No, quédeselos usted, herr Brasse. Custódielos con cuidado. Soy yo quien teme no hacer un buen uso de ellos.

Él aceptó, sin sospechar nada.

No la había vuelto a ver y ya habían pasado dos semanas.

Y ahora ella estaba muerta. ¿Había decidido ya matarse el día que fue a verlo? Brasse no podía pensar en otra cosa después de haberse despedido del prisionero que le dio la noticia. Se dijo que sí, ella entonces ya quería acabar con su vida.

Y él no lo había entendido.

Trató de atribuir una razón a ese gesto, se esforzó por encontrar una, pero le resultó muy difícil, como le sucedía con todo lo que tuviera que ver con el campo. Quizá ella había enviado realmente a alguien las fotos de esa desbordante belleza. ¿A la madre, como le había dicho? Quién sabe. Por último, vio todo lo que ella hizo como una extrema protesta contra la violencia que había en cada gesto, en cada trámite burocrático y en cada saludo formal que se producía dentro de aquel lugar de locura.

Una protesta expresada no con palabras, sino con su mismo cuerpo, joven y hermoso.

Había acertado el prisionero que hora tras hora metía cuerpos en los hornos crematorios: aquella muchacha de ojos, cabello, labios, hombros y pechos tan bellos no había podido aguantar el espectáculo que veía en todo momento desde su ventana.

Y ella ahora era solo otro recuerdo de Auschwitz, otro loco recuerdo que dejar atrás.

Pensó también en los negativos de las fotos, que había escondido lo mejor que pudo. Aún existían y nunca deberían caer en las manos equivocadas. Se sintió responsable de ellos como si lo fuera de ella en persona, la misteriosa asistente del enemigo del género humano que en medio de aquel infierno había querido sentirse simplemente una mujer.

Le vino a la mente que, gracias a esos negativos, un día él podría homenajearla. Podría entregárselos a una madre, a un padre. A un novio lejano. Y al entregarlos, podría contar la historia de una muchacha sola y desesperada, empujada por la barbarie al borde de un báratro aullante. Así era, pensó: las fotos que tomaba cada día desde hacía años contenían la memoria de las personas que se sentaban en la silla giratoria: prisioneros, carceleros, médicos corruptos y enloquecidos. Y él se estaba convirtiendo en su custodio. En su archivo, todos estaban catalogados y colocados en el orden que a cada uno correspondía: los verdugos con los verdugos, las víctimas con las víctimas; mientras que la muchacha alemana, con su belleza llena de vida inocente, había querido estar por encima de todos, formar una categoría distinta.

Esos pensamientos lo llevaban lejos, hacia el futuro. Y ligaban el futuro al destino de sus fotografías.

Pensó que, gracias a estas, su existencia en el campo tenía un sentido. Que debía seguir vivo para continuar haciéndolas. Y ese objetivo podría ayudarlo a no enloquecer. Pensó en los millares de rostros, ojos, historias. Había fotografiado al menos a cincuenta mil prisioneros y cientos de oficiales nazis. Pensó en la foto de Baśka, de la que no sabía siquiera si estaba viva o muerta y de quien solo conservaba el retrato.

Una noche, mientras pasaban lista, alguien gritó con fuerza su nombre.

—¡Que se presente inmediatamente el fotógrafo Brasse, del Servicio de Identificación!

Avanzó, temiendo algo terrible, como siempre.

Los demás prisioneros se dispersaron y un oficial se le acercó con mirada inquisidora.

—Soy el *Hauptsturmführer* Heinrich Schwarz. ¿Usted es Brasse?

—Sí, señor. ¡Se presenta el prisionero 3444, según lo ordenado!

Contestó en alemán, en general eso apaciguaba a los oficiales. Sin embargo, Schwarz tenía una misión precisa y no se dejó embaucar.

—Estoy llevando a cabo una investigación para el comando y espero de usted la máxima colaboración. En caso contrario, irá de inmediato al patíbulo. ¿Entendido?

—Sí, señor.

—¿Recientemente fotografió usted en el estudio a una de las asistentes del servicio de radio, una joven rubia que se presentó en uniforme, pero quiso unas fotos... en poses no reglamentarias?

Él no titubeó. Era evidente que lo sabían todo y que habían visto las fotos. O al menos una de las copias.

—Sí, señor. Tomé las fotos, como me pidieron.

El oficial lo escudriñó con insistencia. Quizá quería preguntarle por qué se había atrevido a fotografiar semidesnuda a una mujer aria, una asistente de las fuerzas especiales del Reich.

—¿Tiene los negativos?

—Sí, señor, los conservo en la Oficina de Identificación, como es mi deber con todas las fotos que tomamos en servicio.

Schwarz pareció evaluar si ahondar o no en las circunstancias de aquel servicio. Y decidió que no.

—¿Puede entregar de inmediato esos negativos?

—Por supuesto, señor. Con su permiso, iré a por ellos ahora mismo.

—Vaya, aquí lo espero.

El joven polaco echó a correr, avergonzándose de su miedo, tratando de no pensar en aquella joven mujer desesperada. Llegó sin aliento al bloque 26, encontró enseguida los negativos y volvió con el oficial. El hombre examinó las imágenes y pareció satisfecho.

—Bien, herr Brasse. Le ordeno no mencionar a nadie este lamentable episodio. Me han dicho que usted es de fiar, y yo confío en mis colegas. Esta mujer jamás existió, ¿queda claro?

—Sí, señor..., jamás existió.

Estaba allí, en posición de firmes. Se esforzaba en dominar la respiración, el latido de su corazón. Mientras el oficial se alejaba, se dio cuenta de que ni siquiera conocía el nombre de la hermosa joven. Y era demasiado tarde para preguntar por ella. El alemán se estaba llevando su imagen bellísima, su protesta, su grito de dolor. De todo lo que quedaba de ella, el nazi haría lo que quisiera, primero ensuciando su memoria, usando su belleza para su propio placer, y luego, cuando ya no tuviera más ganas, eliminando su recuerdo de la faz de la Tierra.

«Esto no debe repetirse jamás», se dijo. Y se sintió

investido de una responsabilidad mucho más grande que él. Ahora sabía qué hacer y por qué, quizá moriría, pero cualquiera que tuviera un alma debía poder ver. Y conocer. Y juzgar. Y llorar. Y recordar.

¿Acaso un fotógrafo no sirve justo para eso?

Tercera parte

Auschwitz 1944-1945: rebelarse y testimoniar

1

—Adelante, herr Brasse, tome asiento.

El fotógrafo titubeó antes de sentarse. Sin embargo, no se relajó. Estaba tenso y no podía evitar tener la mirada baja.

—Vamos, por más que le hayan podido contar, yo no me como a nadie.

El *Hauptsturmführer* Hans Aumeier lo miraba complacido. Disfrutaba al constatar el efecto que su fama de hombre cruel y sádico producía en aquel joven polaco bien fornido que estaba frente a él, en espera de conocer su destino.

—Cuando lo visité en el *Erkennungsdienst*, lo vi más tranquilo. Esa es su guarida, ¿verdad?

—Es... mi *Kommando*, señor.

—Claro. Y usted trabaja muy bien en él, todos lo dicen. Y luego vi con mis propios ojos cómo le obedecen sus colegas, con cuánta prontitud ejecutan sus disposiciones, con cuánta confianza se dirigen a usted para cualquier problema. Incluso tiene al *Oberscharführer* Walter comiendo de su mano.

Brasse se sintió perdido. Ocurría cada vez más a menudo, en los últimos días, que Aumeier entraba al bloque 26. Durante esas visitas siempre tenía un aire relajado, incluso amigable. Se fumaba un cigarrillo con Walter, charlaban, bromeaban. Aumeier hacía algunas preguntas educadas a quien estuviera realizando un retoque o evaluando una copia a la luz del sol. Sin embargo, el fotógrafo no confiaba en él. Era evidente que esas visitas no eran casuales. El oficial alemán debía de tener algún motivo para presentarse allí. Parecía que simplemente quisiera distraerse un rato, pero en realidad se comportaba como alguien que está buscando confirmaciones a alguna sospecha suya. Y había algo en la tranquilidad con la que trabajaba su grupo que, como era evidente, le molestaba.

—¿No es así? Conteste, usted entiende y habla alemán a la perfección.

—Yo obedezco órdenes, herr *Obersturmführer*, y nuestro oficial superior sabe obtener lo máximo de nosotros.

Aumeier pareció contrariado, pero siguió siendo amable.

—No, herr Brasse, no juegue conmigo. Me da la impresión de que es usted quien obtiene lo máximo de los demás, dondequiera que se encuentre. Pero no se preocupe, no lo he convocado para regañarlo. Al contrario, lo he mandado llamar justo para decirle que a nuestros ojos su autoridad lo convierte en un recurso valioso.

Brasse se quedó impasible, pero su mente se puso

en marcha. ¿Qué estaba pasando? ¿Acaso querían ascenderlo?

El alemán le dirigió una gran sonrisa y lo miró con cordialidad, como anticipando el efecto de las palabras que estaba a punto de pronunciar.

—Dígame, herr Brasse, ¿qué haría si nosotros lo liberásemos? ¿No querría volver a ver a su familia, a su madre, a sus hermanos?

¿Qué sabía ese monstruo de su familia?

—Yo... espero que estén bien.

—Yo también lo espero, herr Brasse. Pero usted podría cerciorarse en persona de ello. ¿No le interesa?

Volver a casa. Su corazón empezó a latir sin control. Sin embargo, entendió de inmediato que no sentía alivio. La mente sabía lo que su alma fingía ignorar. Solo había un modo de salir de allí.

Aumeier le dio un papel, dirigido a la dirección general de las oficinas demográficas del Reich.

—Usted sabe bien que esto puede convertirse en realidad incluso ahora mismo. Firme este documento reconociendo que forma parte del pueblo germánico y yo le garantizo que antes de ser enviado, como es su deber, a la Wehrmacht, le concederemos un permiso de quince días en Żywiec, en su casa. A su madre le gustaría, ¿no cree?

Él callaba, apenado.

El oficial suspiró, pero no perdió la calma.

—Vamos, herr Brasse. Usted es alemán, lo sabemos bien. Su obstinación por declararse polaco ya le ha comportado más de tres años de reclusión. En este periodo usted ha sido muy útil, lo admito, y de hecho ya está sirviendo a nuestra causa. Sin embargo, nosotros no podemos ignorar su verdadera naturaleza; es por eso por lo que estamos combatiendo en nuestra guerra, para que cada raza tenga el papel que Dios mismo le asigna. Al negar que es alemán, cuando su abuelo y su padre lo eran, usted niega esta verdad elemental. Y yo no puedo permitir que los mejores hijos de Alemania mueran cada día en el frente ruso combatiendo a los bolcheviques, contra los que incluso su padre combatió, mientras usted se queda aquí, al calor, tomando fotografías.

Siguió un largo momento de silencio. Brasse estaba totalmente bloqueado, pero debía decir algo.

—Herr...

—¡No me hable en alemán, Brasse! ¡No me hable en alemán si no quiere servir a su pueblo!

Aumeier se levantó, apenas dominando la cólera.

—Su madre es polaca, de acuerdo, pero ¿no cree que ella estaría feliz de volver a verlo?

Esas continuas referencias a su madre, como si el SS la conociera, inquietaban a Brasse. Sin embargo, no debía perder los nervios.

—Estoy aquí, herr *Hauptsturmführer*, justo porque cuando intenté huir de Polonia desobedecí a mi madre. Ella quería que me quedara aquí, a la disposición del Reich. No fui un buen hijo en aquel entonces... y tal vez ella es la primera que no espera que yo cambie de opinión.

Ahora el oficial estaba detrás de él y reflexionaba

sobre qué hacer. Brasse casi tuvo la impresión de que rechinaba los dientes y se sintió aliviado cuando lo escuchó hablar de nuevo.

—Para aprovechar sus cualidades debemos convencerlo para que se una a nosotros, no obligarlo. Eso lo entiendo. Ya estamos cerca de la victoria y el ejército necesita de nuestros mejores hombres. Usted aún podría distinguirse, Brasse, podría hacer carrera. Aquí, lo sabe muy bien, el único éxito consiste en sobrevivir hasta que nosotros decidamos que usted ha llegado demasiado lejos. ¿Quiere seguir viviendo así?

Él asintió con la cabeza.

Aumeier volvió a sentarse y lo contempló de nuevo fijamente, como si se encontrara ante un fenómeno inexplicable.

—Míreme.

Él obedeció.

En la mirada del alemán había una voluntad férrea, una determinación absoluta. Por un momento pensó en lo interesante que hubiera sido capturar esa mirada con toda su energía. Habría salido una foto impresionante.

—¿De qué sirve lo que está haciendo, herr Brasse? Usted, aferrándose a la idea de que es polaco, está arriesgando su vida, y eso lo puedo incluso admirar. Pero ¿a qué lleva esta obstinación suya? Nosotros estamos aprovechando sus habilidades y usted nos está sirviendo muy bien. Nos está ayudando a conservar una memoria ordenada de nuestro trabajo. Sin embargo, ahora puede hacer más. ¡Dele un giro a su destino!

Brasse sostuvo la mirada del oficial. Aunque se creía omnipotente, ese hombre no podía leer su pensamiento. Si en algo había pensado en las últimas semanas era precisamente en darle un giro a su destino.

—Reflexionaré sobre ello, herr *Hauptsturmführer*, pero mientras tanto déjeme volver a mi trabajo que, como usted ha dicho, aún puedo y quiero hacer bien.

Ahora el oficial estaba furioso. El joven polaco estaba aterrorizado, pero se concentró para no delatarse. Era suficiente con una palabra, y moriría antes del anochecer.

—Otros polacos, y en particular silesianos como usted, aceptaron, ¿lo sabe? Ahora son libres y están orgullosos de llevar el uniforme de las SS.

—Sí, lo sé.

—¿Lo lamenta?

—No, los respeto.

Sabía de los polacos alistados incluso en las fuerzas especiales, porque una mañana, pocas semanas atrás, cuatro jóvenes SS entraron en el bloque 26 y él, como de costumbre, se dirigió a ellos en su perfecto alemán.

—¿Qué puedo hacer por ustedes?

La respuesta de uno de ellos, en un alemán pésimo, lo desconcertó.

—No entiendo muy bien...

—¿En qué lengua quieren hablar?

—Eres polaco, ¿no? Hablemos polaco.

Sí, eran polacos. Y eran de las SS.

Él no logró callarse.

—Pero... ¿de qué parte de Polonia vienen?

Así descubrió que los cuatro eran montañeses, de los montes Tatra. Provenían todos de los alrededores de Zakopane. El más instruido le explicó con un deje de orgullo cómo habían llegado hasta allí.

—Nuestra provincia colinda con Eslovaquia, pero los alemanes nos consideran de los suyos porque formamos parte de Galitzia. Ya sabes, el antiguo reino de Galitzia, la provincia septentrional del Imperio austriaco. En fin, nos fue bien, nos tratan como sus semejantes.

—Y ¿se alistaron por su propia voluntad?

—Yo sí.

—Yo no quería, pero ¿qué otra cosa podía hacer?

Estaban tranquilos, es más, se consideraban afortunados, y se notaba. Brasse se hizo mil preguntas: ¿ya habían matado? ¿Habían torturado a alguien? ¿Habían negado un trozo de pan o una palabra de consuelo a un paisano? ¿Ya habían engañado a un niño polaco, o a un judío, o a un gitano, diciéndole que no acabaría en una cámara de gas?

Pero ahora no quería pensar en ellos, en la tristeza que le provocaron sus sonrisas ingenuas, la absurda convicción de que eran afortunados porque estaban del lado de los vencedores. No podía entender cómo esos compatriotas suyos podían ceder así. Sin embargo, sabía que él también era un privilegiado en el campo, por eso no debía juzgarlos.

Aumeier lo presionó.

—¿De verdad los respeta? No, herr Brasse. Con su rechazo usted los juzga y los condena. Y esa actitud nosotros no la podemos tolerar. Usted tuvo contacto con polacos que se alistaron en nuestras filas, les tomó unas fotos para los documentos de identificación, ¿verdad?

—Sí.

—Y habló con ellos.

—Sí.

—Y ¿acaso no intentó disuadirlos? ¿O al menos no les hizo sentir su desaprobación?

—No, herr *Hauptsturmführer*. Pregúnteles, si quiere. No expresé ninguna opinión acerca de sus decisiones. Más bien, fueron ellos quienes me miraron como si la elección equivocada fuera la mía.

El alemán se relajó. Parecía reflexionar sobre su siguiente jugada. Brasse intentó evitar otro ataque. Lo había decidido, no había nada que añadir. Nada había cambiado desde el lejano día de 1940 en que se había negado, cuando todavía era libre, a firmar los documentos que certificaban su pertenencia al pueblo alemán. Como en aquel entonces, se dijo que podían hacer con él lo que quisieran, que no le importaba. Se sintió exhausto, cansado de estar en vilo. Deseaba salir de esa incertidumbre; si tenía que morir, prefería que fuera inmediatamente.

—¿Puedo irme?

Él mismo se sorprendió por el tono urgente, casi molesto, con que había pronunciado la pregunta.

El otro lo miró con rencor.

—Sí, herr Brasse, puede irse, pero desde este momento usted está en peligro, dese cuenta. Algunos de mis colegas aún lo protegen, pero para mí usted es un traidor y tarde o temprano será tratado como tal. ¿Me entiende?

—Sí, señor, le entiendo.

—Vaya, váyase ahora mismo, antes de que cambie de idea.

Él se despidió y dio un paso hacia atrás, en dirección de la puerta.

—Una última cosa, herr Brasse.

—¿Señor?

—El *Oberscharführer* Walter y su ayudante Hofmann han recibido nuevas órdenes de mi parte a propósito del trabajo que usted realiza. Quiero que sepa que soy yo quien ha decidido lo que hará.

—Sí, señor.

Salió al aire libre, con las piernas temblorosas. Se dejó iluminar por la fría luz de la mañana de febrero y se llenó los pulmones de aire fresco. El sol estaba bajo, sus rayos centelleaban en el horizonte, y él giró el rostro hacia ese esplendor. Luego enderezó los hombros y se sintió un hombre. Quizá el sol anunciaba la última primavera de su vida; sin embargo, su cuerpo le repetía con obstinación que era un alivio, por el momento, haber superado su cuarto invierno en Auschwitz permaneciendo firme en su único acto de heroísmo, en su obstinado apego a la patria. Avanzó hacia el bloque 26 recordando a su madre, pero poco a poco logró aislar ese pensamiento en una zona de la mente que siempre tenía cerrada a cal y canto.

En el laboratorio encontró a Hofmann esperándolo.

—Brasse, desde hoy ya no harán fotos de los prisioneros polacos. Es inútil desperdiciar material en semejantes mierdas.

El fotógrafo no replicó, la voluntad de ofenderlo era demasiado evidente. Tenía la «P» cosida en el triángulo del uniforme, en caso de que Hofmann se hubiera olvidado de sus orígenes. Al menos los que él reivindicaba para sí con orgullo y a costa de su vida.

—Igual que dejamos de fotografiar a los judíos, ahora nos desentenderemos de los polacos. En adelante solo fotografiarán a alemanes, eslovacos y eslovenos, porque sus Gobiernos colaboran con el Gobierno del Reich. ¿Está todo claro?

Estaba claro. Como el hecho de que, desde que habían dejado de fotografiarlos, los judíos que llegaban al campo iban en su mayoría directamente a las cámaras de gas de forma mucho más rápida que antes.

—¿Algún problema?

¿Acaso Hofmann quería verlo protestar en defensa de sus compatriotas? ¿O quería verlo dar un suspiro de alivio ante la idea de que de momento estaba escapando a su destino como polaco?

—No, herr Hofmann, entiendo.

Se guardó cualquier comentario para sí mismo. En lo más recóndito de su memoria, que empezaba a parecerle infinita.

2

Desde que era prisionero, había dejado de mirarse al espejo. Lo hizo solo durante una época, mientras se preparaba para encontrarse con Baśka, cuando ella aún estaba en el campo. Ahora ya no, incluso cuando su vista se posaba en el reflejo de una ventana, siempre evitaba mirarse, pues no quería contemplar los efectos del tiempo y del miedo en su rostro.

Sin embargo, a medida que transcurría el tiempo, las fotos que revelaba le devolvían cada vez con más insistencia la imagen de su propio interior. Se sentía interpelado por cada fotografía que pasaba ante sus ojos y que había contribuido a fijar. Y por el horror que había en ellas. Le demostraban que todavía era sensible al sufrimiento humano, le enseñaban el rostro de su alma.

Una noche estaba en el laboratorio, a solas, evaluando los detalles logrados en una foto tomada a un enorme montón de cadáveres desnudos envueltos en llamas. ¿Eran cien? No, estaban tan delgados que debían de ser muchos más. Y, mientras recorría con la mirada los detalles de esa escena horripilante, sentía cómo se agitaban las partes de su corazón que aún estaban vivas y eran capaces de sentir. Y, aunque trataba de mantener la mente bajo control, esta trabajaba sin su permiso y almacenaba en una habitación secreta pensamientos e imágenes que luego lo asaltaban en cuanto bajaba la guardia. Como al amanecer, por ejemplo, cuando a veces cometía el error de despertarse unos minutos antes de que sonara el gong. Al observar la imagen de la hoguera, Brasse sabía que tarde o temprano se preguntaría si también a él le aguardaba un final así. Y, como siempre, más que preguntárselo, se lo imaginaría, se vería desnudo, muerto, frío, calentado por última vez por las llamas que lo borrarían definitivamente de la faz de la Tierra.

Las fotos de las pilas de cadáveres quemados a cielo abierto porque los hornos crematorios ya no daban abasto las habían tomado Walter y Hoffman y entrarían a formar parte de su colección personal. Sin embargo, él ya había visto esas imágenes, porque pocos días antes había revelado y positivado a escondidas otras fotos parecidas, obra de manos inocentes y no de la sanguinaria pasión de sus superiores. Fueron unos prisioneros del bloque 17 quienes las tomaron, con la complicidad de Mieczysław, su amigo, el que trabajaba en el horno crematorio y le había avisado de la muerte de su tío. Ellos querían dejar constancia de ese horror y Mieczysław hizo saber a sus amigos del Servicio de Identificación que necesitaban una cámara portátil con la cual fotografiar las hogueras desde la ventana del bloque.

Fue una operación peligrosa, pero justa. Brasse y los demás compañeros estaban contentos de poder echarles una mano sin tener que correr demasiados riesgos. Ahora esas fotos se enviarían fuera del campo y se difundirían por todo el mundo.

Entonces aún había personas en Auschwitz que no pensaban únicamente en sobrevivir.

Metió las fotos para Walter en una carpeta con la etiqueta «Reservado», se recostó en el respaldo de la silla y estiró las piernas, mirando el vacío frente a sí.

Suspiró. Sí, estaba cansado, estaba viejo. Y sobre todo se sentía contaminado por los largos años pasados al servicio de las SS. Sin embargo, estaba vivo, y tenía la esperanza de poder sobrevivir más. ¿Valía entonces la pena unirse a la resistencia, como había decidido hacer? Su madre quería volver a verlo, y sus hermanos, su gente. ¿Era oportuno ponerse en peligro? Él ya había hecho su parte, había defendido su honor de ciudadano polaco, había salvado unas cuantas vidas alistando a sus compañeros en el Servicio de Identificación, había evitado algunos excesos, compartido la comida, tratado con humanidad a prisioneros desesperados. ¿Acaso podía hacer más? ¿Debía hacerlo? Una cosa era evitarle a alguien el sufrimiento en la medida de lo posible, otra era combatir por la victoria. ¿Tenía sentido? ¿Pondría en peligro a sus compañeros de trabajo, de los cuales se sentía responsable?

En esos días seguía recordando a dos héroes, dos polacos de los que se sentía orgulloso. Los conoció en el campo y habían muerto en el paredón en octubre y noviembre del año anterior. Eran dos oficiales del ejército derrotado, presos políticos de cierta importancia, quizá tentados por los alemanes con ofertas de colaboración, pero que se mantuvieron fieles a sus juramentos y, en vez de intentar salvar su pellejo, contribuyeron a la resistencia; filtraban noticias al exterior, ayudaban a los prisioneros que necesitaban mentir sobre su verdadera identidad, trataban de evitar que los más débiles acabaran en las cámaras de gas convenciendo a sus compañeros de compartir con ellos algunos bocados de comida. Brasse los recordaba bien, hombres íntegros, justos. Aprendió sus nombres cuando los enviaron al bloque 26 para ser fotografiados y fichados: el coronel Teofil Dziama y el capitán Tadeusz Lisowski. Sin embargo, el segundo dio un apellido falso, cosa que el Servicio de Identificación descubrió tiempo después. Su verdadero apellido era Paolone.

Brasse los admiraba y se regocijó en su interior por sus pequeños éxitos. Luego lloró, sin poder mostrar a nadie sus lágrimas, cuando supo de su arresto y de su inmediata ejecución. Y sufrió aún más al descubrir que quien los había identificado era un informador de las SS. Otro polaco, un hombre llamado Stefan Olpiński. Todos sospechaban que trabajaba para los nazis. Tenía un cuartito propio, en el bloque 25, donde dormían él y sus compañeros, y recibía regularmente excelentes comidas de las cocinas reservadas a los oficiales de las SS. Él fue quien denunció a los dos heroicos hombres y quién sabe a cuántos más en esos años.

Volvió a abrir la carpeta y a mirar las imágenes de la hoguera donde habían terminado tantas vidas inocentes. Morir. ¿Acaso era ese el destino inevitable de todos los prisioneros del campo? ¿Era también su destino, a pesar de cualquier cosa que hiciera, buena o mala?

Incluso Ołpiński había muerto. Pocos meses antes, a finales de 1943, enfermó de fiebre tifoidea y terminó como Ruski, a quien los médicos habían dejado morir durante la epidemia de fiebre exantemática. Esta vez, quienes se encargaron de ello fueron los médicos polacos del bloque 20, pero fingiendo que cuidaban de él, porque, a diferencia de Ruski, Ołpiński era considerado un elemento valioso por sus superiores.

También eso, pensó Brasse, era una forma de resistencia.

Sin embargo, el balance no era muy alentador: en la fábrica de la muerte héroes y traidores morían juntos, y la resistencia no podía hacer nada para evitarlo. Lo mismo sucedía en el exterior, ninguna formación partisana se veía capaz de interrumpir, aunque fuese por unos días, la línea de ferrocarril que llevaba a Auschwitz, y los alemanes seguían ejecutando sus programas sin problema.

En las últimas semanas se había producido una novedad: estaba aumentando el número de los prisioneros italianos. Una verdadera sorpresa. Sin embargo, abandonados por su aliado, los alemanes parecían incluso más fuertes que antes y, cuando hablaban entre ellos de ese giro en su alianza con los italianos, los oficiales amigos de Walter afirmaban con orgullo que ganarían la guerra por sí solos.

En fin, todo considerado, las fotos que había impreso no dejaban lugar a la esperanza. Esa masa de cadáveres amontonados y envueltos en llamas atestiguaba sin lugar a dudas que el ritmo de los asesinatos se estaba acelerando. Se mataba a cada vez más prisioneros, y estos seguían llegando por miles. Quizá los alemanes no estaban ganando la guerra tan rápido como habían previsto, pero el exterminio seguía adelante y era un objetivo tan importante que los recursos que le dedicaban estaban incluso aumentando.

Oyó que se abría la puerta del bloque y cerró la carpeta. No tenía ganas de comentar las fotos, las entregaría y nada más, callaría incluso si Walter le pedía explícitamente su opinión.

Sin embargo, no era Walter.

—¡Brasse, ven!

Edek, el compañero circunciso cuya vida peligraba cada vez que se daba una ducha, parecía atormentado por un pensamiento. Era la hora del toque de queda y, en principio, todos debían volver a las barracas y disponerse a dormir. Pero por lo general nadie acudía a llamarlo cuando se retrasaba en el laboratorio.

—Voy, ya he terminado.

Edek lo miraba con ojos brillantes, parecía que tuviera fiebre.

—¿Ha pasado algo?

—¿No lo has oído?

—No.

—Ha habido unas explosiones, las hemos oído muy bien. Tadek asegura que se trata de un bombardeo de aviones estadounidenses o británicos.

—¿Dónde?

—En la Buna-Werke. Tiene sentido, ¿no? Bombardean las fábricas. Allí se produce goma para los transportes militares.

Salieron juntos, buscaron un punto poco iluminado entre su bloque y el bloque vecino y se quedaron escuchando. Ya era de noche, y el cielo estaba negro y silencioso. Al principio no oyeron ningún ruido. Luego un fragor, un estruendo a lo lejos. Hasta creyeron haber sentido temblar ligeramente el suelo.

—¿Lo oyes? ¿Lo oyes?

Edek estaba emocionado. Brasse trató de conservar la prudencia.

—¡Cállate! ¿Quieres que nos descubran?

Siguieron escuchando. Ahora parecía que se oía también el ruido de los aviones volando. Pero igual podía ser una ilusión.

—En la Buna trabajan muchos prisioneros —comentó el fotógrafo—. Incluso prisioneros de guerra británicos. Y trabajan también de noche. ¿Crees que los estadounidenses o los mismos británicos bombardearían a sus propios compañeros?

—No lo sé. A lo mejor les advierten y ellos fingen que están enfermos y no van a trabajar.

Y en ese momento fueron sorprendidos por estallidos mucho más cercanos y fuertes. Incluso vieron unos resplandores fuera del campo, pero no demasiado lejos.

Esta vez fue Brasse quien se animó.

—¡Es la artillería antiaérea alemana! ¡Disparan a los aviones enemigos!

—¿La artillería antiaérea?

—Sí, me dijeron que los alemanes están instalando unos emplazamientos de artillería antiaérea alrededor del campo. No me lo creí, pero escúchalos, ¡disparan!

—Quizá pretendan bombardearnos a nosotros también —murmuró Edek, preocupado.

«Ojalá lo hicieran», pensó Brasse. Pero tuvo que admitir que morir después de todos esos años a manos de los aliados le habría parecido una burla cruel del destino.

Oyeron que se acercaba una patrulla y se apresuraron a encerrarse en el bloque 25, en la oscuridad. Dentro, los demás ya estaban acostados, pero ninguno dormía. Comentaban las novedades entre susurros, llenos de esperanza.

—No es la primera vez que vienen —aseguró Franek.

—Es más, prefieren bombardear de día, si es posible. Así son más precisos.

Otros compañeros no podían creerse que las noticias fueran ciertas y acusaron a Franek de dar demasiado crédito a los rumores que la resistencia del campo había esparcido para alimentar las esperanzas de los prisioneros. Al oír que citaban a la resistencia, Brasse volvió a recordar a los dos héroes polacos. Y sintió crecer dentro de sí la esperanza que siempre, mes tras mes, durante más de cuatro años, había sofocado para no ilusionarse, para no enloquecer.

Mientras tanto, Franek reaccionaba a las dudas de sus compañeros.

—¿No lo entendéis? Los alemanes han desplegado la artillería antiaérea porque tienen miedo. Llevamos casi cinco años de guerra y por fin los aliados son tan fuertes que bombardean los territorios ocupados. Es una señal evidente de que las cosas van mal para los nazis. También los rusos están contraatacando y se acercan a nuestras fronteras, lo sé con toda seguridad.

Silencio. En la oscuridad se podía intuir el ajetreo de sus mentes. La lucha secreta contra la esperanza.

—Debemos conseguir más información —dijo Brasse en voz alta. Sonó como si fuera una resolución precisa, una orden. Como si estuviera organizando una operación de vital importancia.

Sin embargo, a la mañana siguiente no tuvieron que hacer ningún esfuerzo para obtener noticias. Walter entró al laboratorio con la evidente intención de contarles lo sucedido. Y estaba radiante.

—Ayer por la tarde, casi por la noche, los estadounidenses trataron de asustarnos con un nuevo bombardeo en la Buna-Werke. ¿No oyeron nada?

Brasse se adelantó a los otros y eligió la respuesta más prudente.

—A esa hora estamos cansados y dormimos profundamente, herr *Oberscharführer*. Oí algo, pero pensé que era una tormenta.

El alemán miró a Brasse con atención circunspecta,

como hacía cada vez que tenía la impresión de que el fotógrafo le estaba tomando el pelo. Sin embargo, la noticia que tenía que comunicar le parecía más importante y más agradable que esa sospecha.

—Bueno, en fin, para no extenderme demasiado, la artillería antiaérea que rodea el campo los mantuvo muy lejos de Auschwitz y Birkenau. Es cierto que esos idiotas bombardearon la fábrica, pero lo único que lograron es matar a más de treinta prisioneros de guerra británicos.

Los miembros del Servicio de Identificación se lanzaron miradas rápidas, tratando de pasar desapercibidos. ¿Era verdad?

Walter leyó sus pensamientos.

—Pronto podrán confirmar lo que les estoy contando, no teman. Sabemos bien que los rumores circulan en el campo y también que hay quienes logran conseguir noticias llegadas de fuera, gente que pronto eliminaremos, como ya ocurrió con otros que los antecedieron. Pero es mejor que sepan la verdad y, sobre todo, que se den cuenta de que nuestros enemigos han cometido un error y que este tendrá consecuencias.

Tadek y Franek escuchaban preocupados. En cambio, Brasse ya lo había entendido.

Walter hinchó el pecho y con gusto explicó a qué se refería.

—Nuestros mandos militares mandarán enseguida al enemigo la lista de sus hombres asesinados bárbaramente por sus mismos aviones. También harán que la noticia se difunda en Estados Unidos y Gran Bretaña, superando las limitaciones del secreto militar. ¡Así esos carniceros se guardarán de arriesgar el pellejo contra nuestras baterías antiaéreas y contra nuestros globos de barrera solo para venir a matar a sus compatriotas!

El joven fotógrafo asintió en silencio. Sin embargo, a Walter no le bastó.

—¿Qué opina, Brasse, acaso no tengo razón?

—Por... por supuesto, señor.

—Es así, créame. Por eso, digan a los demás que nadie escapará del campo gracias a los bombardeos enemigos. Cuanto más pronto se quiten toda ilusión, mejor será para todos ustedes.

Acto seguido, Walter se despidió de ellos, saliendo aún más satisfecho que cuando había entrado. Había disfrutado el espectáculo de esas caras decepcionadas. Había disfrutado el espectáculo de su poder sobre aquellos hombres. Y ellos, después de que el alemán saliera, no se atrevieron a mirarse unos a otros para no ver, pintada en cada rostro, la misma amarga desesperación.

3

Un billete de un dólar. Brasse lo puso con cuidado en la mesa de trabajo y lo extendió, apoyándole encima una placa de vidrio limpia. Luego puso la lente del objetivo exactamente en paralelo con la superficie que debía fotografiar. La luz de dos reflectores iluminaba a la perfección el pequeño y preciado rectángulo, y George Washington miraba al fotógrafo con su expresión señorial de hombre justo que en vida cumplió su alta misión.

Walter había dado indicaciones precisas: quería una copia exacta y definida del billete en cada uno de sus detalles. Luego usaría el epidiascopio que les acababa de llegar para proyectar la diapositiva de ambos lados del billete en una pantalla que habían colocado justo el día anterior en el estudio. Esa imagen, tan ampliada, estaría a disposición de un nuevo colega del Servicio de Identificación. Su *Kommando* seguía llamándose así y, aunque continuaban realizando retratos de prisioneros y soldados, en esta ocasión iban a llevar a cabo una tarea muy diferente a las demás. No tenían que tratar con personas, sino con un objeto.

Brasse realizaba su trabajo con la máxima concentración, intentando no dejarse distraer por los miles de pensamientos que lo asaltaban.

Toda la operación se llevaba a cabo en el más absoluto de los secretos. Solo Brasse y Franek estaban involucrados, ellos dos y el nuevo compañero. Se trataba de un judío, y este hecho bastaba para dar una idea de la excepcional importancia de la misión.

—Este es herr Leon Haas —dijo Walter, presentándolo—. Es un experto diseñador gráfico, desde hoy se une a nuestro *Kommando*. Le mostrarán todas nuestras herramientas y le ofrecerán su colaboración para un trabajo que no deberán mencionar bajo ninguna circunstancia a otros prisioneros y ni siquiera a otros miembros del personal del campo. Que nadie lo moleste, y ustedes dos pónganse a su completa disposición. Para cualquier duda, diríjanse solo a mí, ¿han entendido?

El hombre que acompañaba a Walter tenía unos cuarenta años y parecía un pacífico maestro de escuela. El número que llevaba tatuado en el brazo, Brasse y Franek lo sabían bien, indicaba que acababa de llegar al campo, pero llevaba en el rostro y el cuerpo los signos de largas privaciones.

—Vengo del gueto de Theresienstadt —declaró. Y no quiso añadir más, como si ese nombre, que los dos polacos oían por primera vez, bastara por sí solo para dar una idea de los inenarrables sufrimientos que había padecido.

Brasse comprendió que Haas esperaba una gran mejora en sus condiciones de vida a partir de ese traslado. Y el hecho de que Walter le hubiera asignado una misión importante y secreta justo a él, un judío, parecía confirmar sus expectativas. Por eso no quiso turbar al nuevo colega con ninguna consideración.

—¿Qué tenemos que hacer?

Enseguida el hombre mostró una gran competencia. Parecía saber con exactitud lo que esperaban de él.

—Yo diseñaré copias exactas de billetes estadounidenses. Ustedes las fotografiarán y sacaremos unos negativos. De estos obtendrán unas placas para la impresión de los mismos billetes. Es decir, unas copias falsas.

Franek no entendía.

—Y ¿qué harán con ellas?

El hombre sonrió ante la ingenuidad del polaco.

—Intentarán difundir en Estados Unidos una gran cantidad de moneda falsa, para crear confusión o incluso algo peor.

—Entonces es una acción de guerra —concluyó Brasse.

—Sí, una acción de guerra.

No intercambiaron otros comentarios. Ese trabajo era el nuevo precio que tenían que pagar por su supervivencia, punto. Sin embargo, mientras tomaba las fotos al billete, un pensamiento insistente atormentaba a Brasse: finalmente los nazis estaban consiguiendo que luchara a su lado. Con sus armas, por supuesto. Sin embargo...

—¿Todo bien?

Haas se movía como pez en el agua en el papel de jefe de la misión. Pasaban los días y, gracias a la comida y al descanso, su rostro tenía mejor color, su espalda se había enderezado, su cabello estaba limpio y peinado hacia atrás.

Disfrutaba de su inesperado bienestar con la esperanza de haberse vuelto indispensable para sus carceleros.

—Todo bien —contestó el joven polaco—. Esta noche podrás comenzar a dibujar.

En cuanto la ampliación estuvo lista, Haas se puso manos a la obra.

Estaba satisfecho de la reproducción de Brasse, cada detalle resultaba nítido y tenía las justas proporciones. El fotógrafo había evitado incluso la menor inclinación de la lente del objetivo, lo que, una vez ampliada la imagen, habría causado graves distorsiones.

Mientras el otro trabajaba, Brasse lo observaba con curiosidad. Haas dividió la imagen del billete en seis partes iguales y empezó a dibujar cada una de ellas en una hoja de gran formato. Tardó mucho tiempo. Luego Brasse fotografió cada uno de los seis dibujos y lo redujo a las dimensiones exactas del billete original. Después la diapositiva de cada una de las partes fue proyectada con el epidiascopio en la pantalla blanca perlada que habían montado en el estudio, y cada detalle de los dibujos de Haas fue comparado con el dólar auténtico. Cuando, después de examinarlos exhaustivamente, comprobaban que los detalles coincidían, Haas aprobaba la parte del dibujo que estaba comparando. En cambio, cuando advertía la menor discrepancia o imprecisión, volvía a hacer el dibujo hasta que estuviera del todo satisfecho. Entonces Brasse lo fotografiaba otra vez.

Siguieron así durante cinco días: Haas dibujaba, Brasse fotografiaba y proyectaba el dibujo, Haas comparaba, detectaba los errores y volvía a dibujar, y el polaco fotografiaba otra vez. En ese tiempo las visitas al bloque 26 fueron rarísimas y siempre se trataba de Walter y de otros oficiales de la Oficina Política. Los demás prisioneros que trabajaban con Brasse fueron eximidos del servicio.

No acabaron hasta que todos estuvieron de acuerdo en que los dibujos eran perfectos. También coincidió Brasse, a quien le tocó sentir en sus hombros las palmadas amistosas de sus superiores, quienes evidentemente lo consideraban uno de los pilares de esa hazaña.

Walter ordenó que dispusiera los negativos para la preparación de las placas de impresión. No podían crear las placas allí, por lo que enviaron los negativos a un laboratorio de la ciudad de Auschwitz. Dos prisioneros polacos, originarios de Varsovia y expertos impresores, fueron enviados allí para revisar la creación de las placas y luego continuar con la impresión en otro laboratorio. De los negativos de Brasse sacaron las tres placas necesarias, porque en los dólares había tres colores: el negro, el verde y el rojo. Walter se jactó ante Brasse y Haas de que las SS también habían podido conseguir el papel perfecto para reproducir unos billetes que nadie lograría distinguir de los verdaderos. Y, de hecho, ya con las primeras pruebas de impresión obtuvieron unos resultados perfectos. Brasse recibió diez de esos billetes y los fotografió. Luego los proyectaron de nuevo en la pantalla y Haas volvió a revisarlos escrupulosamente en presencia de un grupo de oficiales alemanes.

Ya estaba. Las SS celebraron el éxito de la operación e hicieron grandes cumplidos al diseñador judío y a Brasse por «nuestros» dólares. Walter incluso llegó a estrechar la mano del judío y le hizo lo que, como era evidente, consideraba un gran cumplido.

—¡Se puede decir todo de ustedes, los judíos, pero no que no sean expertos en asuntos de dinero!

Haas no contestó nada.

Por lo que el polaco logró entender, en los siguientes días la impresión de los billetes falsos siguió sin cesar, pero ellos ya no supieron nada al respecto.

Dos semanas después Haas recibió la orden de prepararse para partir. Viajaría a Sachsenhausen.

—Tendré que dibujar unas libras esterlinas —dijo a Brasse con el mismo aire indiferente de un empleado que pasa de una tarea a otra—. Esperemos que allí haya un fotógrafo tan bueno como tú.

Brasse no hizo ningún comentario. Al judío ni siquiera se le pasaba por la cabeza intentar impedir esas acciones de algún modo. Haas no podía hacer nada al respecto, debía tratar de sobrevivir y su arte se lo estaba permitiendo. Era lo mismo que Brasse había hecho durante años.

—¿Terminará esta guerra? —preguntó al dibujante—. ¿Lograremos ganarla?

El otro se encogió de hombros.

—Como puedes ver, los alemanes lo están intentando todo.

Luego añadió con aire astuto:

—Solo sé que para obtener unas libras esterlinas perfectas habrá que trabajar mucho más de lo que hemos hecho aquí. Son billetes mucho más complejos, ¿entiendes?

Brasse sonrió y estuvo de acuerdo. Claro, billetes más complejos, es decir, días y días, semanas de trabajo. Un valioso tiempo que le ganaría a la muerte.

Mientras tanto, seguía pensando en lo que lo había consolado durante todas esas jornadas de trabajo en el laboratorio: cómo hacerle saber a la resistencia lo que los alemanes, también con su ayuda, estaban haciendo para ganar la guerra.

Haas partió. La vida en el *Erkennungsdienst* volvió a ser la de siempre, fotos a los deportados eslovacos o eslovenos y a los presos políticos recién llegados de toda Europa, miembros de la resistencia que los alemanes ficharon con mucho cuidado. Sin embargo, intercambiando unas palabras con ellos, Brasse descubría que a menudo eran simplemente personas comunes a las que habían arrestado por cualquier tipo de represalia o porque tenían alguna relación de parentesco o amistad con quien combatía en la clandestinidad a los nazis.

Un día Walter entró al laboratorio acompañado por

dos *Kapos*, dos alemanes internados por delitos comunes.

—Estos señores van a ser liberados. Debemos prepararles unos documentos para una misión especial —dijo con la máxima seriedad. Luego bajó la voz lo suficiente para subrayar la importancia de lo que iba a añadir—. Y, Brasse, confío en su discreción a propósito de estos y otros voluntarios que le enviaré en las próximas semanas. Usted me entregará los negativos de sus retratos y no mencionará a nadie que van a abandonar el campo. Exijo la máxima discreción, como hicimos con la operación de los dólares, ¿entendido?

Brasse no hizo preguntas y Walter no le dijo nada más de la misión especial que aquellos prisioneros iban a llevar a cabo.

Sin embargo, uno de ellos no logró mantener la boca cerrada. Iban en pareja y pensaban que no los entendían cuando hablaban en alemán entre ellos. E incluso hubo quien se jactó abiertamente de su siguiente tarea frente a los prisioneros del bloque 26.

—Vamos a matar a los rebeldes. Polacos, judíos asquerosos. Como los de Varsovia, el año pasado. Se rebelaron y mataron a un par de SS y de ucranianos torpes. Pero luego murieron todos, aniquilados como ratas. Los cazaron con los lanzallamas, casa por casa. Lanzaban gases asfixiantes a los sótanos, rociaban gasolina en las plantas bajas de los edificios y les prendían fuego. Los que lograron sobrevivir huyeron con el culo en llamas; los alemanes los deportaron a todos y después los gasearon. Aquí también llegaron miles de ellos y ya no eran tan valientes.

Eran conversaciones de vencedores, de gente segura de sí misma. Se intercambiaban esos cuentos animándose con la idea de que pronto podrían usar la violencia. Alguien afirmó haber sido elegido porque hablaba bien polaco y podría recopilar información entre la gente común. Dijo que los polacos eran unos idiotas y que era fácil engañarlos. Alguien incluso mencionó el nombre de su superior.

—Vamos a las unidades especiales del general Zelewski.

—¡Qué apellido! ¿Es polaco?

—No, alemán. Me parece que su apellido completo es Von dem Bach-Zelewski.

—Ah, ha de ser un noble.

—Noble o no, me basta salir de aquí. Si me dan de comer y un arma que funcione, mato a todos los partisanos que quieran.

—Sí, y también somos expertos en gas, ¿verdad?

Reían, se frotaban las manos satisfechos por el buen negocio que estaban a punto de cerrar.

Algunos iban al laboratorio vestidos ya de civiles, con chaquetas deportivas y gorros de cazadores. Una especie de uniforme improvisado, o tal vez solo un código para la foto, que servía para identificar aún mejor a los miembros del equipo secreto que estaba formándose. Brasse permanecía impasible, hacía su trabajo con el orden acostumbrado y fingía no entender ni una palabra. Cuando les pedía que no se movieran y mantuvieran la pose, como mucho decía «*bitte*» y lo pronunciaba mal.

Día tras día entregaba a Walter y a Hofmann tanto las copias como los negativos, pero grababa en su mente los nombres de aquellos hombres cuando los escribía en los expedientes para los documentos.

Si hubiera podido hacer copias de las fotos, las habría escondido con cuidado. Sin embargo, solo tenía los nombres y las descripciones de esos sujetos. Pero al menos había decidido dar a conocer esa información.

A través de los poquísimos prisioneros en los que podía confiar, trató de entrar en contacto con Dunikowski, el artista, pintor y escultor a quien los alemanes hacían trabajar para ellos y que se aprovechó de su confianza para animar la organización clandestina de los prisioneros.

Sin embargo, se llevó una decepción.

—¿Dunikowski? Olvídalo. Lo acaban de arrestar. Está encerrado en las celdas del bloque 11. Lo quieren dejar morir de hambre. Están furiosos porque se sienten traicionados. Gozaba de todos los privilegios, dicen, y mientras tanto los engañaba. Estamos haciendo lo imposible para hacerle llegar comida y agua sin que nos descubran. Si resiste hasta la liberación será un milagro.

Quien le hablaba así era un prisionero que no había querido decirle su verdadero nombre y tenía muy escondido el número tatuado en el brazo.

Brasse sintió un estremecimiento.

—¿Liberación? ¿Qué liberación?

El otro empezó a sospechar.

—¿De qué hablas?

—Dijiste...

—No dije nada. Vete a tu barracón y deja en paz a Dunikowski. Para ti está muerto, ¿de acuerdo?

—Pero yo quería ayudaros.

—No hay nada que tú puedas hacer para ayudarnos. Para ti no existimos. Si necesito tu ayuda, te iré a buscar yo. Tienes comida de más en el bloque 26, ¿verdad?

Brasse asintió.

—Sí, pero tengo también información importante acerca de operaciones secretas de las SS contra la resistencia y contra los aliados.

El otro lo observó con atención. El fotógrafo se sintió como si estuvieran sometiéndolo a un examen.

—Ya veremos —concluyó el prisionero—. Mantente localizable. Tengo que preguntarles a algunos amigos sobre ti.

Enseguida lo dejó solo, alejándose sin despedirse.

El fotógrafo regresó a su bloque, preguntándose si había sido imprudente exponerse así. Pero sobre todo estaba perplejo. Quería desenmascarar la operación de los dólares falsos y el reclutamiento secreto de esbirros contra la resistencia, y ¡le pedían comida! Pero luego pensó que no podían confiar en él así, a la primera ocasión importante. Él trabajaba en estrecho contacto con las SS, fotografiaba, ampliaba y hacía copias de sus fotos y sus retratos; recibía favores desde hacía años. Privilegios impensables para la masa de prisioneros sometidos a trabajos durísimos y a continuas purgas.

Regresó al laboratorio.

—Hay unos prisioneros eslovacos por fotografiar.

Tadek seguía con su trabajo habitual sin titubeos.

También Brasse retomó sus deberes, como cada día desde hacía más de cuatro años. No mencionó nada de lo sucedido con ninguno de sus compañeros. Era demasiado peligroso. Y tal vez inútil. Lo importante era seguir sobreviviendo.

4

En un momento dado, el *Kapo* Maltz, que nunca los golpeaba porque lo tenía prohibido, a pesar de que los odiaba y no perdía ocasión para hacérselo saber, desapareció.

Esperaron unos días antes de preguntar por él, siempre era mejor no mostrar interés por las novedades. Brasse pensó que tal vez también él se había alistado a los equipos especiales. Sin embargo, Tadek tenía una teoría diferente.

—Habrá estado contando su sueño.

Franek no podía creerlo.

—¿Eso crees? ¡No puede ser! Maltz está loco y es peligroso, pero ha estado cinco años en el campo y sabe mantener la boca cerrada.

—Sin embargo, ya viste lo alterado que estaba. Se emocionaba pensando en lo que había visto, se sentía como llamado a una misión especial, ¡el profeta del destino de Alemania! ¡El enviado de los dioses para abrir los ojos a los nazis mientras aún hay tiempo!

—¡Silencio! —Como siempre, Brasse no quería correr ningún peligro. En esas primeras semanas de verano hacía esfuerzos descomunales para evitar llamar la atención hacia el bloque 26. Y tenía los nervios de punta.

—¡Vamos, Wilhelm, estamos bromeando!

—No importa. Si es cierto que Maltz tuvo ese sueño y fue a contarlo por ahí, entonces realmente ha enloquecido. Pero nosotros no debemos hablar del tema, por favor.

En efecto, la última vez que fue con ellos, el *Kapo* parecía estar en plena crisis de nervios y los puso a todos en una situación embarazosa.

—¡Brasse, no te lo vas a creer! Tú también, Tadek, escucha lo que voy a contar...

Cuando Maltz estaba contento, las noticias que traía solían ser pésimas. Ellos siempre estaban ocupados y poco interesados en andar por el campo curioseando, pero el *Kapo* disfrutaba asistiendo a las nuevas llegadas, a las selecciones cada vez más apresuradas, a las ejecuciones. Luego saboreaba el efecto de sus informes en los prisioneros del bloque 26. En particular, le molestaba Brasse: actuaba como si quisiera provocarlo, hacerlo reaccionar, incitarlo a decir algo comprometedor, para luego ir a contárselo a sus superiores. Lo tenía en la diana más que nunca. El polaco temía sus sospechas, se sentía controlado. Tenía miedo de que sus intentos de colaborar con la resistencia, que en esos días estaban dando sus primeros frutos, fueran descubiertos.

—Pues no podéis imaginar qué soñé anoche. Lo

veo todo como si la escena estuviera delante de mí en este momento.

Los prisioneros se dispusieron a escucharlo, fingiendo un prudente interés. Pero luego les fue difícil permanecer indiferentes.

—Vi que la guerra acababa y que Alemania era derrotada. Las fronteras estaban todas rodeadas de alambre de espino. Y ¿quiénes estaban detrás de ese alambre, como si se encontraran en un campo de concentración?

Lo miraban todos, incómodos. Edek, que al principio estaba más intrigado que los demás, de pronto actuó como si se hubiera acordado de que debía acabar un trabajo urgente.

—¡Espera, escucha!

Había que dejarlo terminar. Maltz tuvo al menos el sentido común de bajar la voz.

—¡Detrás del alambre de espino estaban Hitler, Himmler y todos los demás! ¡Los vi a la perfección, con mis propios ojos! ¿Qué opináis?

Nadie quería comentar nada. Brasse clavó la mirada en el triángulo bordado en el uniforme del *Kapo*. Era un político y todos ellos sabían que había sido encarcelado antes de la guerra por comunista. Al parecer, su antigua vocación de enemigo del régimen se estaba despertando otra vez. O simplemente estaba tratando de mostrarse preparado para los grandes cambios que quizá estaban por venir. ¿Mentía? ¿Actuaba para provocarlos? Para un comunista era muy peligroso andar contando cosas así.

Sin embargo, Maltz en realidad parecía haber olvidado toda prudencia.

—¿Entonces? ¿No es extraordinario?

Brasse tuvo que rendirse ante la evidencia: Maltz no estaba persiguiendo ningún objetivo mínimamente sensato, como suscitar en ellos un impulso de entusiasmo para luego denunciarlos o acreditarse como alguien que había decidido colaborar con la resistencia del campo, a lo mejor porque sospechaba que Brasse tenía algún contacto útil. No, parecía en verdad entusiasmado por haber tenido ese sueño, como si hubiera tenido alguna revelación.

El fotógrafo miró a su alrededor. Como siempre, los demás esperaban que él los sacara de esa situación incómoda.

—*Kapo* Maltz, con todo respeto, solo es un sueño.

—¡Mentiras, Brasse! ¡Llevo años viviendo aquí y nunca me ha pasado algo similar! Los vi, ¿entiendes? ¡Tenían la cabeza baja, estaban desesperados! ¡Tenían miedo!

Había que calmarlo, Hofmann o Walter podían entrar en cualquier momento.

—Está bien, *Kapo* Maltz, lo entendemos.

—¡Ah, es que vosotros no entendéis nada! ¡Vosotros no sabéis nada! Os quedáis aquí, encerrados como ratones. Y aquí os encontrarán y os matarán en cuanto empiecen a hacer limpieza. Se acabó, ¿entendéis? ¡Se acabó!

Brasse se levantó.

—¿Puedo seguir trabajando?

Los demás ya se habían alejado, sin esperar la respuesta.

Maltz acercó su rostro al de Brasse. Él pudo oler su aliento. Apestaba a alcohol, había bebido bastante. Sin embargo, en los ojos del alemán había otro veneno, una mezcla loca de rabia y alegría.

—Sigue así, Brasse —le espetó. Ahora estaba furioso y el fotógrafo temió que lo golpeara. Pero el otro parecía perdido en sus pensamientos—. Sigue así y veremos quién de los dos quedará con vida.

Cuando salió, ninguno de ellos comentó lo ocurrido. Hicieron como si nada hubiera pasado y durante más de media hora incluso evitaron dirigirse la palabra.

Y ahora Maltz había desaparecido.

Esperaron unos días, seguros de que lo verían reaparecer. Pero no lo volvieron a ver jamás. En cambio, leyeron su nombre en una lista de prisioneros que habían muerto fusilados y que ya habían pasado por el horno crematorio.

Brasse no se contuvo y, en cuanto le fue posible, preguntó a Hofmann por él, fingiendo no saber nada de la ejecución.

—Herr Hofmann, ¿qué pasó con Franz Maltz?

El cabo sonrió.

—El *Kapo* Maltz ya no vendrá.

Brasse se quedó educadamente a la espera de más detalles. Hofmann fingió ignorarlo, pero se veía que aún le quedaba algo por decir y que deseaba hacerlo.

—¿Qué pasa, Brasse? ¿Quiere saber más?

—No, señor, nosotros...

—Digamos que lo mandamos a soñar a otro lado. ¿Eso le basta?

Bastaba.

Sin embargo, luego se devanaron los sesos, discutiendo entre ellos sobre quién pudo haberle delatado. Tadek respondía con orgullo por sí mismo y por sus compañeros del bloque.

—¡Créeme, Brasse! Ninguno de nosotros habló. No teníamos nada que ganar con ello.

Era verdad. Entonces ¿quién?

Władysław se empeñó en preguntarle a un amigo suyo que conocía a un *Kapo* con el cual se podía hablar. Cuando supo la verdad y se la contó a los demás, lo escucharon aún más incrédulos que cuando habían oído a Maltz hablar de su sueño.

—Ya es una leyenda en el campo. Hablan de él, sobre todo los *Kapos*, mientras que los prisioneros no saben nada del asunto. Solo nosotros, al parecer, conocemos la verdad.

—¿Es decir?

—Maltz fue a contarle su sueño a un comisario político del campo. A uno que odia a los comunistas. Quién sabe, tal vez se le pasó la borrachera y se arrepintió por habérnoslo contado, así que a lo mejor decidió ponerse él mismo en evidencia. Quizá intentó contarlo como un chiste, antes de que los rumores empezaran a circular.

—De ser así, podría habérnoslo dicho. Con Maltz siempre nos fue bastante bien, no teníamos interés en quitarlo de en medio para que nos mandaran a alguien peor.

Tadek tenía razón. Por eso no entendían qué había sucedido.

—¿Es posible que confiara tan poco en nosotros?

Brasse tuvo que confirmarlo.

—Sí, es así. Cualquiera que sea el motivo por el cual fue a contar su sueño, no se le ocurrió acudir a nosotros. Nos odiaba. Siempre nos odió. Entonces nos temía. Eso es todo.

Y Maltz ya era historia. Se levantaron y se pusieron otra vez a trabajar. Sabían que no volverían a hablar del tema.

Brasse se sintió aliviado. El *Kapo* había estado demasiado encima de él, tarde o temprano se habría vuelto peligroso.

Sin embargo, esa noche tuvo problemas para dormir. Seguía viendo los ojos de Maltz, esa locura incontenible. Era esperanza, una esperanza por mucho tiempo reprimida y que por último le había hecho enloquecer. Y en el clima de creciente optimismo que se extendía por el campo, pese a todos los esfuerzos por reprimirlo, alguien como Maltz podía realmente perder la cordura.

Debía dar gracias a esa locura que lo había librado de un enemigo. La suerte seguía estando de su parte. Y él decidió desafiarla sin siquiera volverse hacia atrás. ¿Lo suyo era valor? ¿Era locura?

Quería vivir, como siempre. Pero ya no quería solo vivir. Quería hacer algo bueno. Y esto significaba que ahora estaba listo para correr el riesgo de morir. Ahora que tal vez todo estaba a punto de acabar.

Por eso había pasado a la resistencia la información reservada sobre la operación de los dólares y los nombres de los que habían partido a luchar contra los rebeldes. Ahora que lo había hecho, las dudas se estaban disipando. Se sentía bien. Por fin se estaba rebelando ante el horror y lo absurdo.

Y en ese momento un recuerdo surgió, apareciendo dentro de él, quién sabe de dónde.

Era primavera. ¿De 1941? Sí, más de tres años antes. Un siglo, pues. O bien solo unas pocas páginas atrás en el calendario, cada una de las cuales podía ser intercambiada con las demás, dada la letanía de la muerte que se repetía en cada estación, silenciada y alejada por la conciencia mediante la obstinada monotonía del trabajo.

Las primaveras en Auschwitz habían sido todas iguales. Pero en ese momento, acostado en la oscuridad, acompañado por los ronquidos de Władysław, a los que hacía mucho tiempo que no prestaba atención, Brasse recordó justo ese día de primavera en que desde la ventana del bloque 26 vio desfilar a un grupo de doce frailes en hábitos franciscanos. Aún no los habían obligado a vestir el uniforme de los internos y por un momento él tuvo la curiosa sensación de asistir a un espectáculo de otros tiempos: una procesión en un monasterio, es decir, en un lugar de paz.

Los frailes fueron conducidos hasta el *Erkennungsdienst*. Debían hacerles el acostumbrado retrato en tres poses. Los doce hombres se sometieron a las órdenes de Brasse con calma y compostura. Les resultó natural, a él y a todos sus colegas, aunque alguno de ellos nunca había sido particularmente devoto, tratarlos con respeto. Mientras tomaba las fotos, se preguntó cómo vivirían en el infierno del campo esos hombres de Dios, y si conservarían su serena firmeza una vez despojados de los hábitos religiosos.

Stanisław Trałka, como siempre, preparaba los letreros para combinarlos con los retratos, pero quién sabe por qué en ese caso las SS no habían preparado con antelación una lista completa, y habían ordenado que los prisioneros declararan en la Oficina de Identificación todos los nombres que podían atribuírsele a cada uno de ellos. Quizá temían que, si solo usaban el nombre tomado tras ordenarse frailes, alguno de ellos pudiera esconder sus propios antecedentes.

Uno parecía el jefe, pues los otros lo miraban antes de contestar a las preguntas, sobre todo los más jóvenes. Cuando llegó su turno, Brasse oyó que se dirigía a Stanisław con voz firme.

—Soy el padre Kolbe —dijo—. Maksymilian Rajmund Kolbe.

Y entonces recordó que ya había oído ese nombre. Era un recuerdo de su infancia. El fraile escribía en una revista franciscana para niños, *El pequeño caballero de la Inmaculada Concepción*. Él también la leía, como muchos de sus compañeros que, como buenos cristianos, frecuentaban la parroquia.

El padre Kolbe se sentó en la silla giratoria. Brasse

le sonrió. El fraile contestó a su sonrisa y lo miró con ojos cansados y tristes, pero en los que brilló un relámpago de bondad y amabilidad.

Finalmente les dio las gracias en nombre de todos. Y Brasse lamentó no haber intercambiado unas palabras con él.

Al día siguiente los desnudaron, los vistieron con los uniformes y los asignaron a la recogida y el transporte de cadáveres. El fotógrafo no los volvió a ver.

Luego llegó la mañana de agosto en que presenció el gesto del fraile.

Dos días antes un prisionero había huido. Fritzsch, el director del campo en aquel entonces, tomó represalias de inmediato: si el fugitivo no aparecía en menos de veinticuatro horas, o no lo capturaban, diez de sus compañeros del bloque 14 morirían de hambre. El prisionero no reapareció, así que Fritzsch cumplió con su amenaza y, durante el recuento, empezó a escoger a las víctimas. Brasse estaba presente, como todos, de pie en posición de firmes, y vio y oyó todo lo que sucedía.

Fritzsch caminaba lentamente delante de esos desdichados, alineados en espera de la muerte. De vez en cuando se detenía.

—Tú, da un paso hacia delante —decía, sin añadir nada más. Y el pobre diablo avanzaba, quién sabe cómo, un paso, y se quedaba allí, frente a todos, con la mirada clavada delante de él.

El jefe avanzaba más y de nuevo ordenaba a un prisionero que diera un paso adelante.

Fue terrible.

Ninguno de los escogidos decía una palabra, nadie temblaba o se echaba al suelo por el pánico. ¿Acaso todavía esperaban, hasta el último momento, que el SS cambiara de opinión?

Luego ocurrió algo. Fritzsch escogió a otro hombre y este se puso a gritar.

—¡Madre de Dios, no! ¡Tengo esposa e hijos! ¡No!

Era desgarrador. Brasse enseguida pensó que el oficial haría callar violentamente a ese hombre que turbaba su ceremonia. En cambio, ocurrió otra cosa: un prisionero del bloque 14 avanzó entre las filas sin ser llamado y salió de la formación. Incluso se acercó al *Lagerführer*, sin esperar su permiso, y le habló en alemán, con voz firme y bastante fuerte para que todos lo oyeran.

—Permita que yo ocupe el lugar de este prisionero. Soy anciano y no tengo familia.

Brasse, como todos, miraba a ese hombre que con la espalda recta plantaba cara a su superior. Era el padre Kolbe. Todos sabían que las SS no toleraban los gestos de solidaridad. Pero ocurrió lo impredecible. El hombre escogido cayó de rodillas y empezó a sollozar desesperado. Fritzsch miró a Kolbe con todo el odio que tenía dentro y preguntó su nombre y procedencia.

Nadie oyó la respuesta. Pero al *Lagerführer* debió de gustarle, porque justo después, cuando se llevaron a los diez condenados, dejaron vivir al prisionero que lloraba y tomaron a Kolbe. Mientras se alejaban, los soldados de las SS que escoltaban a esos desdichados miraban al fraile, irreconocible en su sucio uniforme, con sonrisas de escarnio.

El resto era parte de los rumores del campo. Kolbe murió en el búnker del bloque 13, tras diez días de ayuno total. Para acabar con él, le suministraron una inyección letal.

Alguien mencionó que había sido un gesto heroico e insensato.

Brasse, que ahora, a tres años de distancia, no lograba dormir en su cómoda barraca del bloque 25, recordó con una pizca de vergüenza haber estado de acuerdo entonces en que morir en Auschwitz en lugar de un compañero condenado solo garantizaba su supervivencia durante algunas semanas.

Sin embargo...

Habían pasado años. Quién sabe si el prisionero al que Kolbe había salvado aún estaba vivo. El fraile, en cualquier caso, era pura ceniza esparcida en el viento. Mientras tanto, los alemanes seguramente habían cerrado su pequeña revista para niños. Quizá incluso habían quemado su convento o lo habían destinado a otra cosa.

Se giró sobre un costado y trató de dormirse. Las cosas en Auschwitz solo sucedían. Y luego sucedían otras. Punto. De Kolbe ya no quedaba nada.

Pero él no había dejado de pensar en ello. En su mente quedaba el recuerdo, muy vivo, de ese hermoso sacrificio llevado a cabo sin titubeos. Un recuerdo que lo atormentaba por las noches y al mismo tiempo lo consolaba, lo alentaba a seguir adelante. Volvió a pensar en la información que había pasado a la resistencia. Era lo que debía hacer. Ahora, por fin, podía dormir.

5

Al revelar algunas de las fotos que Walter y Hofmann habían tomado en la rampa de llegada de los trenes, Brasse observó que no habían salido bien. Cuando los dos, como había previsto, se mostraron insatisfechos con el resultado, los convenció de que en el exterior obtendrían mejores fotos colocando su cámara portátil en un trípode. Con un punto de apoyo, dijo, las imágenes de los prisioneros en movimiento serían más estables y él no debería desecharlas.

Walter lo escuchó con atención, como siempre hacía cuando el fotógrafo daba consejos profesionales. El alemán ponía mucho esmero en su colección de imágenes de deportados. Los fotografiaba mientras bajaban de los trenes, y también en las primeras selecciones, cuando los soldados separaban a las familias, y los niños se agarraban llorando de las faldas de sus madres desesperadas, que veían a sus maridos alejarse y todavía ignoraban que serían las primeras en ir de inmediato a las cámaras de gas.

Sus dos jefes le agradecieron el consejo y Brasse se

ofreció a conseguirles al día siguiente un trípode en Birkenau, adonde iría a fotografiar a grupos de prisioneras mientras se encaminaban al trabajo, prueba evidente de la invariable eficiencia del campo. Esto también les pareció una buena idea a los alemanes y él les aseguró que el asunto no le supondría ningún esfuerzo.

—Mañana por la mañana lo encontrarán todo listo. Con su permiso, mandaremos llevar el trípode a donde lo necesiten. Luego iremos a recogerlo cuando terminen, o haremos que algún encargado de los transportes del campo lo traiga de vuelta.

Walter no sospechó que Brasse le engañaba, estaba acostumbrado al espíritu de colaboración de su subalterno más profesional y diligente.

Ya entrada la noche, Brasse, que se había quedado en el laboratorio con la excusa de terminar unas ampliaciones, le abrió la puerta a un prisionero que no conocía.

—Buenas noches, soy Jurek.

El joven no dijo nada más. Tenía bien tapado el número en el brazo, y el fotógrafo entendió que le había dado un nombre falso. Pero decidió confiar en él, sin dejarse paralizar por la idea de que, si se trataba de un informador, su suerte estaría marcada.

El prisionero llevaba consigo una mochila militar.

—Aquí está —dijo, apoyando el bulto en la mesa de trabajo—. ¿Tú eres quien se encarga de hacer llegar esto a Birkenau?

—Lo llevará uno de vosotros —contestó Brasse—. Pero en una caja que pertenece a este bloque.

Y sacó la caja del trípode, la abrió y se la enseñó a su visitante. Estaba vacía.

Jurek observó el interior y asintió con seriedad.

—Puede funcionar. Y ¿los alemanes no querrán comprobar qué hay dentro?

—No. La sellaremos y pondremos una etiqueta en la que dirá que se trata de un aparato del *Erkennungsdienst* para el *Oberscharführer* Walter. Nadie se atreverá a abrirla, excepto las mujeres a las que vosotros habéis avisado de la llegada de la mercancía. Ya nos encargaremos de hacer llegar el trípode a Birkenau por nuestra cuenta. Luego, cuando la mercancía esté a salvo, meteremos el trípode y lo traeremos de regreso a este bloque. ¿Crees que puede funcionar?

Jurek parecía satisfecho.

—Sí, funcionará. Los soldados de las SS y los *Kapos* no se atreverán a interferir con la Oficina Política. Y todos saben que Walter se pasa el día tomando fotos por el campo.

Se pusieron manos a la obra. Trasladaron las bolsas llenas de pastillas blancas y polvos de la mochila a la caja. Brasse no hizo preguntas. Cuando le habían dicho que iba a participar en una misión, esperaba que consistiera en llevar comida a Birkenau, donde el hambre ya se había vuelto insoportable. En cambio, se trataba de otra cosa.

El desconocido captó su inquietud.

—Son fármacos de contrabando —explicó—. Tratamos de ayudar a los enfermos. Los alemanes no hacen nada por curarlos, ni siquiera para que regresen a trabajar.

El fotógrafo estaba sorprendido: no se trataba de mercancías sustraídas de alguna manera de las cocinas del campo, sino de material que venía de fuera. Y material de valor: para hacerse con él habrían necesitado dinero y cómplices entre los ciudadanos libres, dispuestos a arriesgar sus vidas para salvar a los prisioneros del campo.

Hubiera querido saber más al respecto, pero acabaron en pocos minutos y enseguida Jurek se preparó para irse.

Se dieron la mano.

—Gracias, nos estás ayudando mucho.

Él no contestó. No se sentía un héroe. Podía y quería hacerlo, punto.

Con las primeras luces del amanecer un prisionero pasó a retirar la caja, que estaba perfectamente sellada, y partió rumbo a Birkenau. Si los alemanes preguntaban qué había dentro, bastaba responder que contenía materiales para unas fotografías que el Servicio de Identificación debía llevar a cabo. Había riesgos, pero Brasse confiaba en la resistencia en el campo, que contaba con apoyos cada vez más consistentes.

Todo salió bien. Por la tarde volvieron a traer la caja con el trípode que Walter había usado para fotografiar a las prisioneras y Brasse se puso de inmediato a revelar las tomas, que esta vez eran perfectas.

Este éxito lo animó. Después de haberse arriesgado proporcionando información sobre los billetes falsos y los hombres que se habían alistado en los cuerpos especiales, esta era la primera vez que participaba directamente en una acción dentro del campo. Y ¡era una acción que él había contribuido a preparar!

En las siguientes semanas, falsificar documentos para prisioneros que iban a fugarse fue mucho más sencillo y seguro. Los alemanes lograban reclutar cada vez a más voluntarios para sus brigadas contra la resistencia. Eran sobre todo asociales y prisioneros comunes alemanes, pero también polacos dispuestos a colaborar con tal de salvar el pellejo. Las noticias se filtraban, la guerra avanzaba hacia el campo, según decían, y muchos vivían aterrorizados, convencidos de que los alemanes nunca dejarían Auschwitz intacta en manos del enemigo. Pero sobre todo se estaba difundiendo el rumor de que, sucediese lo que sucediese, los nazis no dejarían sin terminar el trabajo de exterminio. Por eso todo el mundo trataba de salvarse, fuera como fuera, y el Servicio de Identificación trabajaba horas extras, porque seguía creciendo el número de prisioneros que se alistaban con tal de salir de allí lo más pronto posible. Se multiplicaban las visitas secretas de *Kapos* y prisioneros que, antes de partir, iban a tomarse la foto y se aseguraban un documento de las SS, pero luego no aparecían en ninguna lista oficial. Entonces no era difícil meter entre ellos las fotos de hombres útiles a la resistencia, a quienes luego el movimiento clandestino, una vez fuera, se encargaba de proporcionar nuevos documentos falsos.

Obviamente, esta también era una acción muy útil,

pero para Brasse y sus compañeros no conllevaba casi ningún riesgo.

En un momento dado le propusieron huir a él también. Pero no fue la resistencia quien se lo propuso, ellos lo necesitaban dentro del campo.

La oferta le llegó de un amigo de Katowice que conocía de antes de la guerra. Una mañana fue a sacarse la foto para alistarse en la Wehrmacht. Parecía que hubiera ganado la lotería. Iba vestido de uniforme y era evidente que se sentía muy feliz ante la perspectiva de sobrevivir al campo. Se reconocieron de inmediato.

—¡Wilhelm! ¡Sabía que te encontraría aquí!

Brasse parecía apenado.

—Hola..., ¿cómo estás?

—¿Que cómo estoy? Salgo, así estoy.

—¿Vas a combatir para ellos?

El otro no se inmutó.

—De momento salgo. Luego ya me las arreglaré.

Sí, Brasse debió admitir que era lógico. Por eso el otro insistió.

—Y ¿tú? ¿Estás tan loco como para quedarte? El próximo invierno llegarán los rusos, pero tú ya no estarás vivo para verlos. Los alemanes no te lo van a permitir, lo sabes, ¿verdad?

Silencio.

—¡Tienes que irte tú también! ¡Ahora mismo! ¡Alístate! Además, tu padre es ario.

El fotógrafo miró fijamente a su amigo. ¿Acaso lo había enviado Walter para intentar convencerlo una última vez de que se declarase alemán?

—Así, quédate inmóvil —dijo, continuando su trabajo.

El soldado calló solo durante la toma.

—¿Entonces? Decídete. Podríamos partir juntos, ¿no?

Brasse no titubeó, aunque no quería mirar a los ojos a su antiguo amigo mientras le decía que le daba vergüenza ver en qué se había convertido.

—No, gracias. Yo soy polaco. Moriré como polaco.

Sin embargo, el otro no se alteró. Solo bajó un poco la voz.

—Entonces huye, Wilhelm. Falsifica un documento y finge que sales con nosotros. Huye. Querrás intentar al menos eso, ¿no?

Pero Brasse tenía las ideas más claras que su compañero.

—Mi madre y mis hermanos están en Żywiec. Hasta ahora no los han tocado, creo. Pero cuando esos siete huyeron de las cocinas, el verano del año pasado... ¿Recuerdas?

—Sí, me acuerdo. Ya no regresaron, ¿verdad? Lo lograron. Imagínate tú, ahora, con un documento...

—¡Cállate, no tienes ni idea! —lo interrumpió el fotógrafo, casi con rabia—. Hace dos meses murió aquí la madre de uno de ellos, a quien conocía de antes de la guerra. El hijo no regresó, pero fueron a por ella, y resistió muy poco. Eso no le va a pasar a mi familia, ¿entiendes? Y ¡tú ten cuidado con la tuya!

De pronto el amigo perdió todo su buen humor. Se había ilusionado con poder aprovechar las circunstancias una vez fuera. En cambio, salió del bloque 26 hundido en sombríos pensamientos. Brasse no estaba contento de ello, pero sabía que había hecho lo correcto, a decir verdad. Todos lo necesitaban ahora. No podía seguir engañándose.

El día final, quizá el día del juicio, se acercaba.

Después de ese encuentro retomó su vida de siempre, al menos en apariencia. Pero aprovechó cada ocasión que tuvo para hacer algo bueno mientras estaba a tiempo.

A principios de septiembre logró enviar fuera del campo las primeras fotos de los prisioneros y de las torturas que había sacado. Era como un mensaje en una botella que lanzaba al mar. ¿A alguien le interesaban esas tomas? ¿Acaso había alguien, allí fuera, que podía hacer algo por ellos? ¿Había alguien que, ante la evidencia de lo que sucedía en Auschwitz, pudiera detener o al menos ralentizar la llegada de nuevos trenes cada día?

No tenía respuestas. Pero lo hizo igualmente. La fotografía había sido su ancla de salvación. Ahora podía ser su arma.

6

Brasse se llevaba las manos al vientre y mostraba todos los signos de un malestar que iba en aumento. Nunca había enfermado y nunca había fingido sentirse mal; las posibles ventajas de una hospitalización en el bloque 20 no superaban los privilegios de los que disfrutaba en el bloque 26, mientras que mostrarse débil y perder aunque solo fuese un día de trabajo significaba acabar *ipso facto* en la lista de los prisioneros eliminables.

Sin embargo, ese día no parecía lograr mantenerse en pie y los primeros en creerle fueron sus mismos compañeros.

—¿Qué te sucede?

Stanisław estaba impresionado. Consideraba a Brasse una roca, en todos los sentidos, y no concebía que pudiera ponerse enfermo.

A él le gustó que su compañero tuviera ese concepto de él.

—Tengo que ir al médico ahora mismo. Siento unas punzadas en el intestino...

Como había previsto, poco después entró Walter, y sus compañeros le contaron lo que sucedía.

—Herr Brasse se encuentra mal —le avisaron preocupados.

El suboficial frunció el ceño, pero se dirigió al fotógrafo con cierta amabilidad.

—¿Qué le sucede?

Brasse levantó la mirada de la mesa de trabajo, donde se había sentado con el gesto de abnegación propio de quien quiere cumplir con su deber hasta el último momento.

—Tengo unos retortijones en el estómago, señor. Unas terribles punzadas...

—¿Terminó el trabajo que le encargué?

El alemán parecía más preocupado por sus urgencias que por el prisionero.

Brasse señaló con el mentón una carpeta apoyada en una esquina. Walter la abrió y examinó las copias en las que el fotógrafo había estado trabajando hasta muy entrada la noche. Eran una serie de folletos, firmados por el comando del ejército patriótico, la más importante organización de la resistencia polaca en el país. La firma y los símbolos que acompañaban a cada folleto eran auténticos, pero el texto lo habían escrito las SS. Esos folletos anunciaban a la población noticias falsas: que las tropas soviéticas habían sido rechazadas por los alemanes con graves pérdidas para los primeros; que la misma resistencia invitaba a suspender toda actividad contra los ocupantes en espera de momentos más propicios; que algunos jefes de la resistencia habían sido arrestados; que se estaban llevando a cabo negociaciones para un armisticio entre Alemania y Unión Soviética, con vistas a un acuerdo como el de 1939.

Walter estaba satisfecho. Como siempre, las órdenes de la Oficina Política iban a ejecutarse con rapidez y eficacia. De los negativos de ese falso folleto, que él enviaría de inmediato a la ciudad, se podían hacer planchas para imprimir en pocos días miles de copias que se distribuirían por todo el país, creando confusión y obstaculizando la acción de los rebeldes.

Brasse había acatado las órdenes, pero también se había dado cuenta de las graves consecuencias que suponía su colaboración. Por eso se apretaba el estómago, se había metido en los pantalones otras tantas copias de los folletos, que quería hacer llegar rápidamente a Stanisław Kłodziński, el asistente médico que desde hacía unas semanas era su contacto con la resistencia.

El fotógrafo emitió un gemido contenido.

Walter lo miró. Era el momento de hacer algo por su valioso colaborador.

—No se quede aquí sufriendo, Brasse. Vaya al bloque 20 y pida que le den algo, diga que yo lo he enviado. ¿Puede ir solo?

Brasse se levantó, no muy deprisa y siempre con una mano en el estómago.

—Sí, herr Walter, puedo. Con su permiso...

—Vaya, vaya. Y trate de volver antes del mediodía. Quizá necesite más de estos documentos. Confío solo en usted.

El polaco asintió con la cabeza, dando a entender que su sentido del deber estaba por encima de la repentina indisposición que sentía.

Cuando llegó al bloque 20, preguntó por Kłodziński. Le dijeron que no estaba, había salido con otro médico para atender unas urgencias en el bloque 14. El médico alemán que encontró lo apremió con sus preguntas.

—¿Le duele? ¿Desde cuándo? ¿Con qué regularidad se presentan las punzadas?

Él respondió vagamente, trató de restarle importancia a lo que le sucedía. Dijo que Kłodziński ya lo había ayudado en el pasado, dándole alguna medicina. Luego se arrepintió por esa insistencia, el joven estudiante polaco no debía llamar la atención.

El alemán se impacientó. Si hubiera sido un prisionero normal, lo habría echado de allí a patadas sin perder más tiempo. Pero alguien al servicio de la Oficina Política y con tan buen aspecto físico debía de ser un elemento preciado. Por eso no desistió.

—Olvide a Kłodziński, yo lo ayudaré. Desvístase y recuéstese aquí. —Le indicó una camilla cubierta por una sábana sucia—. Para entender si los dolores son causados por algo importante debo palparle el vientre.

Brasse palideció.

—Tengo... ¿tengo que desvestirme?

—¡Claro! ¿Qué le pasa? ¡Dese prisa!

Había varios testigos alrededor. Otro médico, enfermeros. Incluso algún enfermo había girado la cabeza hacia ellos.

—Yo..., yo... —balbuceó Brasse— nunca me he... no quisiera...

El alemán hizo un gesto de enfado. Luego su rostro se iluminó por una repentina intuición. Se acercó al polaco y bajó la voz.

—Usted es judío y nunca lo ha declarado, ¿verdad?

Brasse asintió con decisión.

—Sí, por favor, yo... Herr Walter me considera un colaborador indispensable, llevo cuatro años trabajando en el *Erkennungsdienst*. Siempre he acatado las órdenes...

—Cálmese, solo le haré un breve examen... —intentó tranquilizarlo el médico.

Sin embargo, él se apartó y alzó la voz, para llamar aún más la atención.

—Pero ¿y los demás? ¡No estamos solos, herr *Doktor*!

Mientras tanto dio un paso hacia atrás, hacia la salida.

El médico observó a su alrededor. Miradas curiosas se cruzaron con la suya. Se giró otra vez hacia el fotógrafo... y ya no lo tenía delante.

Brasse había salido y se encaminó a toda prisa hacia su bloque. Aún temblaba por el susto. Debía reconocer que como miembro de la resistencia no era muy diestro. Se esforzó por calmarse, por dominar sus pensamientos. No podía volver de inmediato al bloque 20, pero podía quedarse en los alrededores para intentar encontrar a Kłodziński. Se detuvo. Sí, podía lograrlo, solo debía tener cuidado.

Volvió sobre sus pasos y, al llegar cerca del bloque hospital, empezó a dar vueltas a su alrededor, siempre fingiendo ser un prisionero empeñado en un servicio importante. Si algún guardia o *Kapo* le preguntaba, podía decir quién era y que se encontraba por allí porque tenía que ir al médico.

Siguió caminando un rato sin perder de vista el bloque al que Kłodziński tarde o temprano debería regresar.

Cruzó algunas miradas con hombres demasiado cansados y débiles como para preguntarse por él. Equipos de trabajo que no parecían tener mucho que hacer pasaron a su lado. Tras la primera media hora, empezó a entender que el ritmo de las actividades habituales parecía ralentizado. Era como si todos estuvieran a la espera de nuevas órdenes y, mientras tanto, la vigilancia y las vejaciones sobre los prisioneros estuvieran temporalmente suspendidas.

Debía de ser solo una impresión suya, se dijo. Y de todos modos nunca dejó de mirar a sus espaldas y de tratar de pasar lo más inadvertido posible.

Por fin vio al asistente médico polaco ir hacia el bloque 20. Por suerte, el joven llevaba consigo una bolsa. Despacio, tratando de no revelar que por fin había encontrado al hombre que podía rescatarlo de un grave apuro, Brasse le hizo un gesto.

Kłodziński lo vio y pareció comprender de inmediato que había novedades. Pero tampoco apresuró el paso ni cambió de dirección.

Se encontraron como por casualidad.

—Tengo unos falsos folletos de la resistencia —dijo el fotógrafo, siempre apretándose el estómago.

—¿Falsos folletos? Y ¿qué dicen?

—Que la guerra de los alemanes va bien, pero sobre todo que ellos y los rusos están a punto de llegar a un acuerdo.

Kłodziński sonrió con complacencia.

—Las SS están disparando sus últimos balazos. No sé quién podría creerse una mentira tan grande...

—¿Por qué? A mí no me parece tan improbable.

Brasse se sentía casi ofendido por que el otro le restara importancia a un asunto por el cual él se había arriesgado tanto.

El asistente se puso serio. Miró a su alrededor para comprobar que no hubiera nadie. Luego se acercó al fotógrafo, puso la bolsa en el suelo, le levantó el borde de la chaqueta y empezó a tocarle el estómago, como si estuviera examinándoselo. Mientras tanto, siempre mirando a su alrededor, comenzó a hablar otra vez.

—Se acabó. Brasse. No habrá ningún acuerdo entre rusos y alemanes. Los rusos avanzan, están ganando. Pronto llegarán aquí. Es cuestión de semanas. No pasaremos otro invierno en Auschwitz, nos trasladarán antes. Pero los rusos no se detendrán. Llegarán hasta Berlín, y no están interesados en repartirse Polonia con los nazis. Más bien, lo que pretenden es reconquistar todo el país. Quizá incluso debamos combatir contra ellos cuando los alemanes se hayan ido. Siempre y cuando logremos salvar nuestro pellejo.

Esas frases confusas, esos fragmentos de noticias mezclados con valoraciones, quizá con propaganda, dejaron a Brasse estupefacto. Quien lo hubiera visto, pasando por ahí, habría podido pensar que estaba enfermo de verdad.

Un instante después los folletos se deslizaron deprisa en la bolsa que Kłodziński había abierto en el suelo y que volvió a cerrar enseguida. Luego el asistente se puso de pie y despidió al fotógrafo con una palmada en el hombro.

—Yo me encargo de los folletos. Gracias, no lo olvidaremos. Si los alemanes imprimen otros, trata de hacérmelos llegar. Estos saldrán de aquí esta noche a más tardar y llegarán a Varsovia dentro de un par de días. El estómago está bien. ¡Solo trata de no coger una indigestión en el bloque 25!

Tenía ánimo de bromear. Brasse le notó en la mirada que el buen humor era sincero. Y eso lo desconcertó aún más que las palabras y las promesas.

Se despidieron. El fotógrafo, totalmente aliviado, se dirigió hacia el laboratorio.

En la puerta lo esperaba Walter, con el uniforme impecable, los brazos cruzados en la actitud del jefe que se asegura de que sus empleados no le den problemas. Ya de lejos Brasse le hizo un gesto indicando que todo estaba en orden.

Al ver la cara de satisfacción del *Oberscharführer*,

concentrado por completo en su elevada misión, le pareció imposible dar por buenas las afirmaciones de Kłodziński. Era mediados de otoño y él hablaba de un posible traslado, quizá incluso del fin de la reclusión, antes del invierno, dentro de unas semanas. ¡Era imposible!

Sin embargo, el asistente médico estaba en contacto con el exterior...

—¿Todo bien?

El alemán parecía preocupado por él.

—Todo bien —confirmó él. Casi se cuadró espontáneamente. Y comprendió que, después de todos esos años de servicio, el campo se le había metido en la carne. Ese pensamiento lo golpeó como una revelación repentina. Walter estaba listo para darle nuevas órdenes y él estaba listo para obedecer, porque era a lo que se había acostumbrado. Y esto, por absurdo que fuera, lo tranquilizaba, le garantizaba puntos seguros de referencia. Lo demás era desconocido. Era un futuro en el que no lograba pensar porque durante demasiado tiempo se había negado a imaginárselo.

—Tengo otros folletos que preparar —comunicó el suboficial. Era evidente que el arma de la propaganda le daba al alemán fe en una inminente victoria. ¿De verdad se lo creía? Era imposible saberlo. Era imposible entender, una vez más, dónde acababa la realidad y empezaba la fantasía.

Brasse sintió un escalofrío y se apresuró a entrar.

—Me pongo a trabajar ahora mismo, herr *Oberscharführer*.

En cuanto entró, el frío lo abandonó. Sabía que no renunciaría a colaborar con la resistencia. Pero mientras tanto estaba también listo para afrontar su quinto invierno en el campo.

7

Ya era diciembre. Diciembre de 1944. Quizá los amigos de la resistencia habían tenido buenas razones para pensar, tres o cuatro meses atrás, que pronto la guerra terminaría, que los rusos estaban cerca, que liberarían Auschwitz antes del invierno. Sin embargo, las semanas transcurrían como siempre y los alemanes se comportaban como si tuvieran todo el tiempo del mundo. Tiempo para matar a los judíos y a los presos políticos que aún llegaban; tiempo para asegurarse de que los prisioneros destinados a nuevos experimentos médicos, niños gemelos o muchachas con ojos de diferente color, estuvieran encerrados a buen recaudo en los subterráneos del bloque que les reservaban..., y tiempo para matar al *Oberkapo* Rudolf Friemel, el joven marido de Margarita Ferrer, protagonista más de un año antes del increíble día de fiesta que Brasse había inmortalizado con las mejores fotos de boda que nunca se habían obtenido en el campo.

Brasse y Friemel se habían hecho amigos. El austriaco, comunista, enemigo acérrimo de los fascistas y de Hitler, había ayudado a los prisioneros del campo de formas que Brasse no podía ni concebir. Siempre estaba dispuesto a encontrar, para un prisionero desesperado, un lugar seguro en su taller, donde reparaban vehículos. Había sido muy activo en el apoyo a la resistencia y tenía contactos con el exterior que el fotógrafo polaco ni se imaginaba que se pudiera tener. Decían que había bandas de rebeldes que se movían incluso en las cercanías de Auschwitz.

Debía de confiar mucho en su existencia para convencerse de que debía intentar fugarse con otro austriaco y un polaco. Brasse no había podido hablar con él de sus planes. Probablemente habría intentado desalentarlo, le habría dicho que tuviera paciencia, que esperara un poco más. Que, en caso de que llegara la orden de desalojar el campo y de eliminar al mayor número de prisioneros posible, él tendría más oportunidades de salvarse que tantos otros desesperados ya en las últimas, sombras de hombres que pesaban treinta kilos y ni se levantaban de los catres. A algunos de ellos, de hecho, se los llevaban vivos, en estado comatoso por el hambre y la sed, y los quemaban así, en las pilas de cadáveres o en los hornos crematorios atascados.

Pero Friemel no pudo esperar más.

¿Huyó porque había descubierto algo que los demás no sabían? ¿Se había enterado de que los alemanes querían bombardear el campo, incendiarlo, utilizar alguna poderosa arma para destruirlo con todos los prisioneros dentro? Se lo preguntaban todos, incluido Brasse.

Eran preguntas tormentosas a las que nadie jamás contestaría.

Fusilaron a Friemel el 30 de diciembre, junto con el otro austriaco y el polaco. Los testigos del fusilamiento contaron que, justo antes de la orden de abrir fuego, él gritó con toda la fuerza que pudo:

—¡Larga vida a Austria! ¡Larga vida a Austria! ¡Viva la libertad!

También el polaco gritó:

—¡Larga vida a Polonia!

A la hora de morir, pues, Friemel pensó en la patria, en la libertad, en el futuro de la humanidad. No pensó en Margarita ni en su hijo. O tal vez ese pensamiento, el más preciado, se lo guardó para sí. Ella había ido a Auschwitz para casarse con él y había visto el campo. Y aunque había sido un día festivo, aunque el novio y Brasse, su testigo, vestían de civiles, ella debió de entender el infierno al que había ido a parar el hombre al que adoraba.

En Auschwitz, por una noche, se habían amado.

Ahora Brasse lo sabía, si conseguía sobrevivir lo podría atestiguar, lo podría gritar: también en Auschwitz había habido amor. Muchas formas de amor: el enamoramiento entre un hombre y una mujer, el sacrificio de un fraile para salvar a otro prisionero, la amistad sincera y leal, el amor patrio. La espera de un mundo mejor para todos.

Entre los compañeros, en el bloque 26, comentaron

la muerte de Friemel, después de una fuga que había sido incluso más insensata de lo que en él era costumbre. Sentían un profundo aprecio por el *Kapo* más justo y valiente que habían conocido. Y, aunque no lo decían, todos pensaban que la suya podía haber sido una de las últimas ejecuciones de Auschwitz.

Había un nuevo prisionero entre ellos. Se llamaba Bronislaw Jureczek. Brasse había hecho lo posible por ayudarlo y ahora estaba allí. Una vez dentro del *Erkennungsdienst*, probablemente se creía ya a salvo, pero ahora descubría que en aquel infierno nadie podía escapar al peligro.

Brasse se atormentaba. Friemel había combatido por un mundo mejor y logró incluso hacer de Auschwitz un lugar más habitable. Y ahora había muerto. ¿Le iría mejor a su hijo?

Fue a recoger las fotos de la boda y el retrato de la familia Friemel. Se quedó observando a escondidas la imagen de los tres durante varios minutos. Margarita miraba sonriente al pequeño Edi. Rudolf, en cambio, miraba también sonriendo al objetivo, como para infundir valor a quien lo observara. Edi era el único que no sonreía, miraba hacia fuera del campo con el aire preocupado del niño al que los adultos no logran engañar. Del inocente que sabe la verdad. Sus ojos tensos, clavados en el exterior, revelaban que, aunque el día de la boda todos se esforzaban por parecer contentos, él esperaba lo peor. Decía: «Aquí van a matar a mi papá. Y mi mamá no volverá a sonreír».

Ahora que Rudolf había muerto, esa foto era definitiva, irremediablemente triste. De una tristeza infinita.

Sin embargo, Brasse ya había decidido que también esa imagen debía salvarse. No permitiría que Rudolf, un hombre generoso que habría podido ignorar a los demás y en cambio había ayudado a muchos, desapareciera para siempre como si no hubiera existido.

Edi tendría la foto de su padre. Algún día miraría el rostro bondadoso de ese hombre íntegro y en su sonrisa encontraría fuerza para luchar contra todo y contra todos.

Acarició la foto, verificó que el negativo se encontraba en buen estado. Volvió a meter todo con cuidado en la robusta carpeta que había que poner a lado de las otras, con miles y miles de imágenes de hombres y mujeres que realmente habían existido.

Dependía de él.

«Estoy listo», se dijo.

No quedaba más que esperar el momento.

8

—Esta también está lista, herr *Oberscharführer*.

Al mostrar al suboficial la pesada caja de madera, preparada según sus órdenes y ahora sellada de modo que no hubiera duda de que su contenido era estrictamente reservado, Brasse y Jureczek se intercambiaron una mirada rapidísima, pero sus rostros permanecieron impasibles. Habían llenado cada espacio con todas las fotos, todos los negativos y todas las películas que concernían a la eliminación de prisioneros de guerra rusos. La mayor parte de ese tipo de documentos normalmente se enviaba fuera del campo para revelarlos, pero el propio Walter, que había tomado y filmado ese material, desde hacía días se preocupaba porque no quedara allí ningún rastro de esa fechoría. Estaba claro que los alemanes temían la llegada de los rusos y estaban haciendo desaparecer las pruebas que los inculpaban.

Brasse estaba asqueado. Sus superiores no parecían preocupados por las fotos de prisioneros judíos, polacos o de otros países ocupados, por las imágenes de los experimentos de Mengele o por los negativos con los retratos de las SS. Aún no, por lo menos.

Sus verdugos solo temían la venganza de los más fuertes, de los próximos vencedores. Las víctimas civiles, cuyas cenizas se esparcían con el viento a través de las chimeneas de los hornos crematorios, parecían no tener a nadie que se preocupara por ellas, que exigiera justicia para ellas. Los nazis habían considerado a millones de personas como escoria, abandonadas por Dios y los seres humanos, y como tales las habían tratado, convencidos de su propia impunidad absoluta. Y seguían haciéndolo.

Eran las fotos de estos inocentes olvidables con facilidad lo que ahora Brasse y sus compañeros custodiaban en el bloque 26.

Walter no se preocupó por verificar el contenido de la caja. Confiaba a ciegas en sus subordinados. Sobre todo en él, el fotógrafo polaco que les servía obedientemente desde hacía más de cuatro años. El *Oberscharführer* mandó llamar a dos soldados de las SS, quienes levantaron la preciada carga y lo miraron con aire interrogativo.

—Esto va con el resto del material de la Oficina Política que sale hoy.

Fingiéndose ocupado en uno de sus habituales trabajos, Brasse aguzó el oído para escuchar adónde enviaban el material, pero sus esfuerzos fueron inútiles.

Encima de él, colgado en la pared, el calendario marcaba el 15 de enero de 1945. Para casi todos los prisioneros del campo, en esos días no estaba sucediendo nada nuevo, todo seguía como siempre, las mismas ejecuciones de los que estaban más débiles y los acostumbrados y escasos repartos de comida. Pero en el *Erkennungsdienst* ya no había dudas de que la llegada de los rusos estaba cerca.

Cerca, pero no inminente. O al menos así lo parecía.

Anocheció. Salieron como de costumbre para el recuento del final del día. Se pusieron en fila, en medio del frío, moviendo los dedos de los pies en los zapatos rotos para evitar congelarse. Respondieron todos a la llamada, bajo la mirada de los miembros de las SS, quienes parecían controlar con tranquilidad la situación.

Luego, en cuanto recibieron la orden de romper filas, Brasse fue sorprendido como los demás por el estruendo de un motor que se acercaba a la explanada. Todos volvieron la mirada en esa dirección y él fue el primero en reconocer a Walter conduciendo una motocicleta. El alemán avanzó entre los prisioneros, que se dispersaron para abrirle paso, y se dirigió hacia el polaco. Cuando estuvo cerca de él frenó, derrapando en el terreno helado, y para superar el fragor del motor casi tuvo que gritar.

—¡Brasse! ¡Iván está llegando!

El fotógrafo miró a su alrededor, temiendo que el alemán quisiera desahogarse con alguien al azar, pero los prisioneros se habían alejado a toda prisa y nadie había podido oír esas palabras agitadas.

Sin embargo, el suboficial tenía otras preocupaciones en la cabeza. Estaba aterrorizado, como si una columna de soldados enemigos ya hubiera entrado al campo.

—¡Quema todas las fotos, los documentos, todo! ¡Todo! ¡Hazlo ahora mismo!

Brasse se quedó boquiabierto.

Estaba ocurriendo, así, de repente.

Su jefe no esperó ninguna respuesta, ya estaba acelerando para rodear al polaco y huir.

Al rozarlo, le gritó en el oído:

—Volveré mañana por la mañana para asegurarme de que lo hayas destruido todo, ¿de acuerdo?

Él asintió y el otro se esfumó en la oscuridad y el hielo.

Pocos instantes después cayó el silencio. Los últimos prisioneros desaparecieron detrás de las barracas, unos por un lado, otros por el opuesto.

Solo Jureczek se detuvo a unos diez metros y lo miró con curiosidad.

Brasse se despabiló, alcanzó a su compañero y le informó de la orden que había recibido.

—Vamos —dijo—. ¡Manos a la obra!

Corrieron al bloque 26. Entraron a toda prisa y de inmediato empezaron a vaciar el armario. Pusieron sobre la mesa de trabajo los paquetes de negativos y las películas. Walter había ordenado que lo quemaran todo. Brasse echó un vistazo a la estufa, la preciada y vital compañera de aquellos terribles días de invierno. Abrió la portezuela y vio que dentro no había fuego, sino tan solo ceniza que cubría unas cuantas brasas incandescentes. Era de noche; como siempre, para no desperdiciar madera, alimentaban la estufa únicamente de día.

El fotógrafo no vaciló. Era como si sintiera encima la mirada de Walter. Sin embargo, una voz dentro de él, lista desde hacía tiempo, comenzaba a manifestarse, tomaba el ritmo de su respiración jadeante. Era como el tictac de una bomba de relojería que parecía crecer conforme se aproximaba la detonación.

Era el momento que estaba esperando. No había preparado ningún plan, pero la suerte se había puesto de su parte.

Un instante después supo qué debía hacer.

—¡Adentro! —ordenó—. ¡Adentro, todo junto!

Metieron los paquetes de negativos en la estufa. Uno, dos, tres.

Siguieron hasta que se llenó. Jureczek acataba la orden, pero mientras tanto miraba a Brasse con los ojos desorbitados.

—Pero ¡Wilhelm, son demasiados! ¡Además no hay fuego! Debemos encontrar algo de gasolina. Pidámosla a las SS, nos la darán.

El fotógrafo miró lleno de determinación a su compañero.

—¡Continúa! Solo debemos mostrar que intentamos acatar la orden. ¡Continúa!

Las películas no se quemaban. Por acá y por allá aparecía en ellas solo alguna mancha provocada por el calor. Se ensuciaban de ceniza y poco más.

—¡Es material no inflamable! —dijo Jureczek.

Quizá no lo sabía, tal vez lo había olvidado. Pero ahora el pobre diablo estaba realmente asustado.

Brasse no le hizo caso. Examinaba con rapidísimas miradas los cientos de tomas esparcidas sobre la mesa. Hombres, mujeres, chicas destinadas a los experimentos médicos, junto a los rostros limpios y ordenados de los miembros de las SS vestidos de uniforme.

En un instante se le vino a la mente todo, los años de reclusión y de servicio pasaron frente a él. Estaban ahí, bajo su mirada. Comprendió que podría contar la historia de cada una de las fotos, y esto lo llenó de una energía que jamás había sentido con tanta fuerza.

«Podría morir mañana por la mañana —se dijo—. Pero ¡ellas no, ellas no!»

Y enseguida, sin titubear, se precipitó hacia la estufa y empezó a sacar lo que hasta un momento antes habían metido en ella con tanta insistencia.

Jureczek lo miró aterrorizado.

—¿Qué haces? Wilhelm, ¿qué haces?

Él le dirigió a su compañero una sonrisa exaltada.

—Vete, ahora. Basto yo... ¡Yo recibí la orden!

Y, mientras hablaba así, soplaba con fuerza sobre las películas, quitando con las yemas de los dedos la ceniza caliente.

—Mañana responderé yo ante Walter —añadió, intentando calmarse—. ¿Ves? Tienen unas manchas por el calor. Ese bastardo creerá que no pude destruir nada. Él también sabe que no se pueden quemar. Mañana por la mañana, cuando esté más tranquilo, lo entenderá.

Sin embargo, Jureczek no se alejó. Se quedó mirando incrédulo a su compañero más experto, que en un momento dado empezó incluso a usar agua para quitar la ceniza de las imágenes. Luego, mecánicamente, comprendiendo poco a poco lo que estaba ocurriendo, empezó a ayudar al fotógrafo a limpiarlo todo. Mientras trabajaban, su corazón se detuvo dos veces, delante del bloque pasó un medio motorizado, luego otro.

La luz de los faros atravesó la habitación, pero ninguno de los vehículos aminoró la velocidad. Ya era evidente que Brasse estaba poniendo todo en su lugar. Incluso empezó a recomponer los paquetes.

Jureczek tuvo una idea.

—¡No, así no! Escucha, esparzamos las fotos por todo el laboratorio. Dispersémoslas. Escondámoslas. ¡Si evacúan el campo a toda prisa, nadie tendrá el tiempo de venir a buscarlas y de recogerlas todas!

El fotógrafo le dio las gracias a su amigo con la mirada. Había entendido que Jureczek quería ayudarlo. Se alegró de ello. Y había tenido una buena idea.

Esparcieron negativos, películas, fotos por doquier, encima y debajo de las mesas, dentro de los muebles, en la esquina secreta donde siempre habían escondido las provisiones de comida y cigarrillos. Lo arreglaron todo como si en el intento de destruir se hubieran confundido, como si ellos también hubieran sucumbido al pánico total.

Por fin se hallaron sumergidos en el silencio. Y llenos de miedo.

—Mañana por la mañana Walter nos meterá un balazo en la cabeza —dijo Jureczek. Sonó como si fuera una certeza, como si estuviera pronunciando su propia sentencia de muerte.

En cambio, Brasse sonreía, parecía tranquilo, incluso sereno.

—No. Mañana por la mañana solo me encontrará a mí. Walter está aterrorizado. Si quiere desquitarse con alguien, se desquitará conmigo. Lo importante es que por ahora las fotos están a salvo. Es lo que cuenta, ¿entiendes? ¡Hasta el último momento!

Cerraron con llave y salieron. Luego Brasse tuvo dudas.

—Podemos cerrar la puerta del laboratorio con sillas, muebles, archivadores. Diré que pensaba que los rusos ya estaban llegando y que ese era el único modo de retrasar su entrada al bloque... En cambio, será Walter quien no tenga tiempo que perder, y deberá dejarlo todo tal como está.

Regresaron y lo atrancaron todo. Transformaron el laboratorio en una celda sellada que contenía su tesoro de rostros vivos y muertos en espera de que alguien volviese a mirarlos.

Por último, jadeando por la prisa, el frío y el miedo, entraron al bloque 25.

Los otros los interrogaron con sus miradas tensas. Nadie lograba dormir.

Hablaron durante toda la noche de las órdenes que

les había dado Walter, de su miedo, de sus urgencias. Las horas transcurrían lentas, interminables, sin ninguna certeza. Nunca se habían sentido tan encerrados. Se aventuraron fuera varias veces, desafiando el toque de queda. Vieron que la guardia alemana seguía en su puesto, como siempre. Por eso no entendían por qué Walter se había asustado tanto.

Esperaron devorados por el ansia. En varias ocasiones se pusieron de pie al oír, o creer oír, unos fragores, unos golpes, el estruendo lejano de un motor. ¿Un camión? ¿Una motocicleta? ¿Un avión?

De repente un grito, un «¡alto!» en plena noche, un disparo, perros ladrando. Alguien no resistió la tensión e intentó huir.

Luego regresó el silencio. Segundos, minutos, horas. En algún momento creyeron que no amanecería. A Brasse, torturado por la espera, le vino incluso a la mente que tal vez con el fin del campo y todos sus increíbles horrores se iba a acabar también el mundo.

Finalmente llegaron la luz y el sonido del gong que lo despertaba cada mañana desde hacía años. Ese día lo escucharon asustados.

Salieron. Vieron a los demás prisioneros encaminarse al recuento, mirando prudentes a su alrededor. Pocos habían podido dormir.

Ellos también se pusieron en fila y contestaron cuando oyeron sus nombres.

Luego Brasse, que había convencido a Jureczek y a los demás para que se quedaran en el bloque 25, se encaminó solo hacia el *Erkennungsdienst*. Llegó al bloque 26 como cada mañana, pero en vez de entrar se sentó en los escalones de la entrada. Hacía mucho frío, pero él ya no sentía nada. Estaba listo para morir frente a la puerta que sellaba ese pequeño santuario de la memoria.

El campo comenzaba a animarse. Resonaban órdenes secas, los gritos de algún *Kapo* con la intención de recordar a sus subalternos que Auschwitz aún existía y que nadie debía creer los rumores de que los oficiales se habían fugado.

Los minutos pasaban. Ni Walter ni su subalterno Hofmann aparecían por allí.

Transcurrió media hora. El fotógrafo se quedó allí, sin pensar en nada. Había dejado de imaginarse a Walter llegando jadeante, quizá en compañía de un par de SS, y preguntándole si lo había destruido todo, y luego entrando y viendo las fotos esparcidas por doquier, los negativos apenas rozados por el fuego. Y cómo entonces se enfurecía, sacaba la pistola...

Brasse dejó de imaginarse todo eso. Había dejado de pensar en ello cuando comprendió que él, ocurriera lo que ocurriera, no diría nada, hasta el final. No contestaría a ninguna pregunta, no susurraría ninguna excusa. Su silencio sería su adiós al mundo. «Callo, callaré para siempre, herr *Oberscharführer*, pero ¡si de mí depende, estos miles de fotos hablarán eternamente!»

Pasó un SS, con el ceño fruncido, sumergido en sus propios pensamientos. No le hizo caso, ni siquiera lo vio.

Se asomó un pálido sol.

Brasse esperó toda la mañana. En varias ocasiones rechazó, con gestos decididos, a los compañeros que aparecían temerosos por la esquina del bloque 25 y que, espiando cómo estaban las cosas, le pedían que volviera con ellos.

Walter no llegó. Ya no llegó nadie.

El Servicio de Identificación se había acabado. Con toda probabilidad, toda la Oficina Política había huido.

Pasado el mediodía, el fotógrafo se levantó y regresó con sus compañeros. Dejó la oficina cerrada y sellada, y se unió a los demás, en espera de nuevas órdenes.

Ellos tampoco volvieron a entrar al laboratorio donde habían trabajado durante años. En los días siguientes sufrieron las operaciones de desalojo, entre gritos y confusión, voces desgarradas y terribles amenazas. Sin que nadie los distinguiera ya de los demás prisioneros, los unieron a uno de los grupos formados por quienes aún estaban en condiciones de marchar.

Partieron la mañana del 21. Se encaminaron hacia la reja de entrada. Dejaban Auschwitz sin saber adónde irían.

Avanzando con los demás, Brasse logró lanzar una última mirada al bloque 26, aún sellado.

Era una mirada de despedida. Esperó que los rusos dieran buen uso a la memoria que, arriesgando su vida, les estaban entregando, y a través de ellos a todo el mundo.

Solo se llevaba consigo una foto: el retrato de su Baśka.

Iban hacia la vida y la libertad, tal vez.

Y quizá, en algún campo lejano, lo mismo le estaba ocurriendo también a ella.

Epílogo

—¿Adónde va?

El soldado ruso cumplía con su tarea sin entusiasmo. Probablemente tampoco entendía por qué razón, ahora que Alemania se había rendido, necesitaba seguir cubriéndose las espaldas como si un nuevo enemigo pudiera esconderse entre la gente normal y corriente. Tendió la mano y recibió los documentos que, como era obligatorio, le entregaba el joven que acababa de bajar de uno de los primeros autobuses que volvían a circular después de la guerra.

Los documentos de Brasse habían sido emitidos por las autoridades estadounidenses y por la Cruz Roja. El certificado de la Cruz Roja decía que se había registrado como ciudadano polaco en Katowice durante el mes de julio de 1945 y que provenía de Mauthausen.

El soldado leyó con atención el nombre de la ciudad austriaca, luego levantó la cabeza y volvió a mirar al hombre que estaba frente a él con renovado respeto, debido al interés que ese nombre le había provocado.

Mauthausen era uno de los *lagers* que en aquel entonces empezaban a ser famosos, uno de los malditos campos de concentración creados por los nazis.

Brasse supo enseguida lo que le pasaba por la cabeza al militar. Últimamente le sucedía lo mismo con cualquiera que se enterase de que había estado en Mauthausen. Por suerte, no aparecía en el documento ninguna referencia a Auschwitz, de otra manera habría tenido que contestar a un montón de preguntas curiosas e incrédulas sobre su experiencia como prisionero y sobre cómo se había salvado.

Sin dar tiempo al otro de pensar, respondió de inmediato a la pregunta.

—Voy a Cracovia, a la periferia, creo. Busco a una persona...

La ciudad se entreveía a espaldas del soldado.

—¿Tiene familiares allí? —preguntó él, devolviéndole los documentos y haciendo un gesto a sus compañeros del retén para que dejasen subir otra vez al autobús al civil que tenía delante.

—No, los míos están todos en Żywiec, es donde vivo. Voy a visitar a una persona que... que conocí durante la guerra.

—Bien, suba y mucha suerte.

Brasse aceptó el augurio con una sonrisa cordial. Sí, la necesitaba.

Cuando el autobús, que llevaba solo a pasajeros que habían superado los controles, lo hubo llevado hasta el centro de Cracovia, el fotógrafo se puso a pasear por las calles de la ciudad, disfrutando de una de las pocas capitales históricas de Polonia que, cosa bastante singular, no había sido destruida por completo durante la guerra.

Habría podido alcanzar su meta rápidamente si hubiera querido; sabía que en esas semanas la gente que se encontraba por las calles estaba concentrada en las preocupaciones y las ansias típicas de un pueblo que vuelve a vivir de nuevo, pero también era amable, incluso atenta, con los forasteros que merodeaban en busca de sus parientes, o que volvían a los barrios menos afortunados para luego descubrir que su casa ya no existía o que estaba en peligro de derrumbe, a menudo irrecuperable, a veces saqueada por otros desdichados.

En cambio, seguía prolongando su vagabundeo. Deseaba llegar a su destino, por supuesto, pero también tenía miedo de hacerlo, aunque no sabía con exactitud por qué.

En el bolsillo, además de los documentos y el poco dinero que le había dado su madre, traía un pedazo de papel con una dirección y una foto.

El retrato de Baśka.

Cracovia no distaba mucho de Żywiec. La dirección se la había dicho ella cuando se encontraban en el campo. Desde entonces, él no había dejado de pensar que, en cuanto estuviera libre, correría a su casa.

Se había imaginado mil veces el reencuentro con ella: la emoción, los abrazos inesperados, las lágrimas de alivio, los planes para el futuro, nada más pensar en todo eso el alma parecía explotarle.

Llegó el mediodía. Gastó unas cuantas monedas en un trozo de pan negro y algunas rebanadas de salami. Comió sentado en el banco de un hermoso parque. Tenía apetito y todo lo que lo rodeaba le transmitía paz, seguridad, cotidianeidad. Pero su estómago sufría por la tensión que lo dominaba, por la espera para una cita con la realidad que no se podía posponer más.

Frotó con las manos el último pedazo de pan y les dio de comer las migajas a las palomas. Un lujo impensable tan solo tres meses antes: ser tan ricos, estar tan seguros de poder seguir comiendo, como para ofrecer un poco de pan a las aves.

«Basta —se dijo—, debo ir.»

Se levantó, se armó de valor y empezó a preguntar entre los vecinos con la dirección en la mano.

Una hora después estaba frente a una casa modesta pero que se había mantenido intacta, en un barrio de las afueras. Se acercó con prudencia a la entrada. Tres escalones de piedra daban a una puerta verde que necesitaba una mano de barniz.

Al lado había más de un nombre escrito. Y también estaba —su corazón sintió un vuelco— el de la familia Tytoniak. Baśka era la abreviación de Stefańska, lo sabía, y sabía también que Stefańska era el nombre que ella les había dado a sus carceleros en vez del verdadero: Anna. Entonces, Anna Tytoniak. Si ella estaba viva, ¿tendría que llamarla así?

No pensó en ello. No pensó en nada.

Llamó a la puerta. Esperó. Luego llamó más fuerte. Tenía la impresión de que hacía tanto ruido que atraería la atención de todo el barrio. Pero luego se dio cuenta de que eran solo imaginaciones suyas, la gente seguía pasando por la calle sin mirarlo.

Llamó una vez más.

Oyó unos pasos.

La puerta se abrió y ella apareció.

—¡Wilhelm!

Pronunció su nombre y se llevó una mano a la boca, los ojos desorbitados. Estaba sorprendida. No, espantada.

Él le sonrió sin saber muy bien qué hacer. El aspecto de Baśka y su reacción lo habían desorientado. Ella estaba muy delgada, pálida, llevaba un viejo vestido desteñido y se había recogido el cabello en una coleta que no le llegaba a los hombros. Y tenía muchas canas. Era Baśka, pero era como si hubieran pasado años desde la última vez que se habían visto.

—¿Puedo...?

Ella dijo que sí, lo dejó entrar y, cuando estuvieron uno frente a la otra, lo miró con temor. Él sonrió una vez más, intentando transmitirle tranquilidad. Pero ella bajó la mirada y lo llevó por un pasillo estrecho y oscuro.

Lo invitó a entrar a una salita limpia, en penumbra, quizá la habitación más arreglada de la casa. El joven oía a su alrededor un silencio irreal.

¿No había nadie? ¿Estaba ella sola?

No tuvo la fuerza de hacerle preguntas. Seguía mirándola, tratando de sonreír, pero algo en ella le inquietaba cada vez más.

La joven se sentó en una silla, pero se quedó en el borde, con la espalda recta. Todavía lo contemplaba con una especie de temor, y se llevó un par de veces la mano al cabello, casi para esconderlo, más que para arreglarlo.

—¿Por qué has venido? —susurró.

Era una pregunta obvia. Sin embargo, era también una pregunta equivocada. Él no comprendía qué estaba sucediendo. ¿Era posible, se dijo en un santiamén, que hubiera algo que explicar con palabras? Estaban vivos. Estaban vivos y podían verse. Él había ido a verla tan pronto como le había sido posible...

Estúpidamente, de tan confundido que estaba, contestó con otra pregunta.

—¿Cómo dices?

Ella pareció irritarse.

—¿Por qué has venido?

¿Debía levantarse y abrazarla? Él no lograba decidirse, solo sabía que no podía ponerse a explicar sus sentimientos. Pero ella seguía callada, inmóvil, mirándolo como de lejos.

Él suspiró. Metió la mano en el bolsillo de la chaqueta, sacó la foto y se la dio.

—Quería darte esto.

Había soñado con hacer un gesto de amor mostrando a su novia de Auschwitz que no había dejado de pensar en ella ni por un instante, que su recuerdo, vivo y lleno de ternura, lo había acompañado durante todos aquellos meses de horror. Pero mientras decía esas palabras y hacía ese gesto, mientras la imagen, pasando de una mano a otra, atravesaba la pequeña habitación, se sintió como si se precipitara por un barranco. Una voz poderosa, dentro de él, le gritó que no, que se había equivocado en todo. Que ella estaba viva, sí, pero que justo por eso con él estaban regresando la muerte, el miedo... Y la foto, la foto...

Demasiado tarde.

Baśka agarró su imagen y la miró fijamente. No dijo nada durante un largo momento, un tiempo infinito.

Luego la rompió. En dos, cuatro, cien pedazos que por último dejó caer en el suelo.

—No me gusto en este retrato —dijo. Pero no lo dijo para disculparse por lo que había hecho. Era la verdad y punto.

Y luego se quedó callada, mirándolo ya sin ninguna emoción.

Él bajó la mirada y observó los fragmentos de su memoria esparcidos en la vieja alfombra, decorosamente limpia.

Más tarde, atravesando solo, a paso rápido, las calles de la bella ciudad que volvía a nacer, se acordó de un viejo dicho que le había enseñado su tío, el pobre tío que habían matado en Auschwitz:

—Recuerda siempre que ni el buen Dios ni el fotógrafo pueden jamás hacer por completo feliz a una mujer.

Una historia verdadera

Los protagonistas

Wilhelm Brasse nació el 3 de diciembre de 1917 en la ciudad de Żywiec, que en aquel entonces pertenecía al Imperio austrohúngaro y que pasó a formar parte de Polonia después de la Primera Guerra Mundial. Su padre descendía de colonos austriacos, su madre era polaca.

En la segunda mitad de los años treinta aprendió fotografía en Katowice, en un estudio dirigido por su tío. Katowice, en la región de la Silesia polaca, era entonces una ciudad rica y cosmopolita, habitada por alemanes, judíos y polacos.

En 1939, tras la invasión alemana de Polonia, el joven Brasse fue interrogado en varias ocasiones por las SS. Se negó a jurar fidelidad a Hitler y a alistarse en la Wehrmacht. Afirmaba que se sentía polaco, un sentimiento que le había inspirado su madre. Intentó fugarse a Hungría, con el objetivo de llegar a Francia y unirse al ejército polaco libre, pero fue capturado en la frontera, a finales de marzo de 1940. Encarcelado durante cinco meses, primero en Sanok y luego en Tarnów, se negó una vez más a unirse a los nazis. El 31 de agosto de 1940 fue deportado a Auschwitz, donde entró con el número de identificación 3444, como preso político. De los 438 deportados que llegaron junto con él, la gran mayoría murió en las primeras semanas que pasaron en el *lager*.

El mismo Brasse padeció terriblemente durante los primeros meses en el campo de concentración, pues lo obligaron a trabajos agotadores en condiciones de vida inhumanas. Lo hicieron trabajar en la construcción de la calzada entre la estación y el horno crematorio, en la demolición de las casas embargadas a los polacos en los terrenos destinados a la expansión del campo, en el transporte de cadáveres del hospital del *lager* al horno crematorio. En pleno invierno entre 1940 y 1941 logró encontrar un trabajo en las cocinas, a donde llevaba cubos de madera repletos de patatas a las parrillas. Finalmente, en febrero de 1941, fue llamado a la Oficina Política, donde los alemanes le asignaron un empleo en el *Erkennungsdienst*, el Servicio de Identificación de Auschwitz. Lo que salvó a Brasse fue sus habilidades con la fotografía, que había adquirido en los años de la adolescencia, y su capacidad de hablar con fluidez el alemán. Es de las vicisitudes de Wilhelm en el Servicio de Identificación de lo que habla este libro.

En enero de 1945, al acercarse el Ejército Rojo, el campo de Auschwitz fue desmovilizado y también el *Erkennungsdienst* cesó sus funciones. Según él mismo calculó, en los cuatro años de trabajo ininterrumpido en el Servicio de Identificación Wilhelm Brasse hizo entre cuarenta mil y cincuenta mil retratos.

En los días en que Auschwitz fue abandonado por los alemanes, Brasse arriesgó su vida para salvar de la destrucción gran parte de las fotos que él mismo había hecho, así como las imágenes que sus jefes habían tomado y él había revelado y hecho copias. A él le debemos la conservación de pruebas decisivas para el conocimiento y la memoria de los horrores cometidos por los nazis.

Tras este episodio fue llevado a Ebensee, un campo adjunto de Mauthausen, Austria, y allí fue liberado por los soldados del ejército estadounidense a principios de mayo de 1945.

Wilhelm, que en aquel entonces apenas tenía veintisiete años, regresó a Żywiec y se reunió con su familia. Sus padres y sus cinco hermanos habían sobrevivido a la guerra. Al tener que volver a empezar de cero, Brasse pensó en aprovechar sus habilidades con la fotografía, pero cuando retomó la cámara fotográfica entendió que jamás lo lograría. Cada vez que miraba a través del objetivo veía a los muertos de Auschwitz. Los fantasmas de las víctimas del nazismo estaban de pie al lado de los muchachos y muchachas que se dejaban retratar en su estudio de Żywiec. Brasse comprendió que era imposible revivir de nuevo un pasado tan tormentoso, dejó la cámara fotográfica y no volvió a cogerla. Abrió un pequeño negocio y vivió una vida tranquila. Se casó y tuvo dos hijos, que le dieron cinco nietos. Colaboró activamente en la creación del Museo de Auschwitz y pasó muchos años educando a los jóvenes, en especial alemanes, en la memoria del Holocausto.

Wilhelm Brasse murió con serenidad en la misma Żywiec que lo había visto nacer, el 23 de octubre de 2012.

En enero de 1945, el superior directo de Brasse en el *Erkennungsdienst* de Auschwitz, el SS **Bernhard Walter**, fue trasladado al campo de concentración de Mittelbau-Dora, en Turingia, donde los alemanes construían los misiles V2. Capturado después de la guerra y procesado, recibió una leve condena a tres años de cárcel.

Ernst Hofmann, SS y brazo derecho de Walter en el Servicio de Identificación, fue procesado después de la guerra y condenado a cadena perpetua.

Maximilian Grabner, el SS que dirigía la Oficina Política de Auschwitz y superior directo de Walter, fue condenado a muerte y ejecutado después de la guerra.

El SS **Hans Aumeier**, quien intentó convencer a Brasse de que se alistase en la Wehrmacht hacia el final de la guerra, hizo carrera en diversos campos de concentración. Después de la guerra fue condenado a muerte y ejecutado.

Karl Fritzsch, el SS que a la llegada de Brasse y sus compañeros a Auschwitz les anunció una muerte inminente, pereció en los primeros meses de 1945 combatiendo contra los soviéticos en la línea del frente.

El doctor **Friedrich Karl Hermann Entress**, el apasionado de los tatuajes, fue condenado a muerte y ejecutado después de la guerra.

El doctor **Josef Mengele**, responsable de los más notorios experimentos médicos sobre los prisioneros de Auschwitz, jamás fue capturado ni llevado ante la justicia. Después de la guerra huyó a Sudamérica, donde murió en 1979.

Eduard Wirths, el SS que buscaba a mujeres con ojos bicolores, se rindió ante los británicos a finales de la guerra y se suicidó.

El doctor **Carl Clauberg**, quien ordenó a Brasse fotografiar los experimentos ginecológicos, jamás fue arrestado y murió sin haber sido juzgado.

El doctor **Maximilian Samuel**, judío alemán prisionero en Auschwitz, obligado a ayudar a Clauberg para sobrevivir, murió en el campo antes de la liberación.

El doctor **Johann Paul Kremer**, para el cual Brasse fotografió el hígado de los judíos asesinados, fue condenado a muerte en 1947. Su sentencia fue luego conmutada por cadena perpetua y salió de la cárcel en 1960.

Las fuentes

Las fuentes directas de este libro son *The Portraitist*, un documental televisivo polaco de 2005 que presenta una larga entrevista a Wilhelm Brasse, y *Wilhelm Brasse: Photographer 3444, Auschwitz 1940-1945*, un libro que recoge el testimonio directo del fotógrafo en cada uno de los episodios aquí narrados, publicado en 2012 por Sussex Academic Press.

Las fuentes generales sobre el Holocausto judío durante la Segunda Guerra Mundial y sobre el campo de concentración de Auschwitz son innumerables. Nos gustaría recomendar tres textos, por su exhaustividad e importancia.

El primero es *La destrucción de los judíos europeos*, ensayo histórico de Raul Hilberg, publicado en España por Akal.

El segundo es *Yo, comandante de Auschwitz*, un libro de memorias de Rudolf Höss, quien durante mucho tiempo dirigió el campo de concentración. Höss escribió el texto antes de ser fusilado por los polacos, en 1947. Arzalia Ediciones es su editor español.

El tercer texto es *La noche*, de Elie Wiesel, superviviente de Auschwitz, Buna y Buchenwald. Se encuentra dentro de *Trilogía de la noche*, publicado por Austral.